AF540646

आमूल क्रान्ति का ध्वज-वाहक : भगतसिंह

आमूल क्रान्ति का ध्वज-वाहक भगतसिंह

सम्पादक
डॉ. रणजीत
अनूप कुमार

लोकभारती प्रकाशन

लोकभारती प्रकाशन
पहली मंजिल, दरबारी बिल्डिंग, महात्मा गाँधी मार्ग
प्रयागराज-211 001
www.lokbhartiprakashan.com
info@lokbhartiprakashan.com

शाखाएँ : 1-बी, नेताजी सुभाष मार्ग, दरियागंज
नयी दिल्ली-110 002
अशोक राजपथ, साइंस कॉलेज के सामने
पटना-800 006 (बिहार)
36-ए, शेक्सपियर सरणी
कोलकाता - 700017 (प.बंगाल)

प्रथम संस्करण : 2019

आस्था पेपर कन्वर्टर
प्रयागराज द्वारा मुद्रित

AAMOOL KRANTI KA DHWAJ-VAHAK
BHAGATSINGH
Edited by Dr. Ranjeet
Anup Kumar

ISBN : 978-93-88211-84-0

मूल्य : ₹ 400

दिनेश जी ग्रोवर, लोकभारती
की स्मृति में

फ़िज़ाओं में चमकती रहेंगी मेरे ख़यालों की बिजलियाँ
किसी को रोशनी देंगी, किसी पर क़हर ढायेंगी।

अनुक्रम

प्राक्कथन

लोकभारती प्रकाशन के साथ मेरे सम्बन्ध पुराने हैं। कोई तैंतीस साल पहले, वर्ष 1985 में इन्होंने मेरी पहली किताब 'प्रगतिशील कविता के मील पत्थर' प्रकाशित की थी, जो निराला से ज्ञानेन्द्रपति तक के कवियों की प्रगतिशील कविताओं का प्रतिनिधि संकलन था। दिनेशचन्द्र जी ग्रोवर से मेरी पहली मुलाकात, उन्हीं दिनों, इसी सिलसिले में हुई थी और एक प्रकाशक के रूप में उनके लेखक के साथ ईमानदार व्यवहार से मैं प्रभावित हुआ था। वे हर वर्ष हिसाब करके मुझे रायल्टी देते थे, भले ही वह सत्तर रुपये ही क्यों न हो। मेरा साबका एक ऐसे प्रकाशक से भी पड़ा है जो वर्ष 2001 में रायल्टी माँगने पर बोला था : कैसे पिछड़े हुए लेखक हैं आप, इक्कीसवीं सदी में बीसवीं की रायल्टी माँगते हैं? अगले ही वर्ष राजस्थान साहित्य अकादेमी, उदयपुर के तत्कालीन अध्यक्ष प्रो. प्रकाश आतुर ने मेरे काव्य संकलन 'झुलसा हुआ रक्त कमल' के प्रकाशन के लिए आर्थिक सहायता दी और उससे मेरा चौथा, राजनीतिक कविताओं का पहला, संकलन लोकभारती ने ही प्रकाशित किया।

अपनी सेवानिवृत्ति के बाद मैंने अपने ही प्रकाशन 'मानवीय समाज प्रकाशन' से जन-शिक्षण के लिए पुस्तकें प्रकाशित करने का सिलसिला शुरू किया, दिनेश जी के इस आश्वासन के बाद, कि छपाई और वितरण की व्यवस्था वे सँभाल लेंगे। उन्हीं के सुझाव पर उस कड़ी की पहली पुस्तक 'ख़यालों की बिजलियाँ' तैयार की गयी और मेरे बेंगलुरू आ जाने के बाद, 2008 में प्रकाशित हुई। अब दिनेश जी के निधन के बाद उनके बड़े भाई रमेश जी इस पुस्तक का नया संस्करण, लोकभारती प्रकाशन से ही प्रकाशित कर रहे हैं, यह मेरे लिये प्रसन्नता की बात है।

इस संस्करण में भगतसिंह का एक और महत्त्वपूर्ण लेख 'क्रान्तिकारी कार्यक्रम का मसौदा' जोड़ रहा हूँ। आशा है इससे पाठकों को यह और भी ज्यादा उपयोगी लगेगी। इस पुस्तक की लगभग सारी सामग्री श्री जगमोहन सिंह और श्री चमन लाल द्वारा सम्पादित और राजकमल प्रकाशन द्वारा प्रकाशित 'भगतसिंह और उनके साथियों के दस्तावेज' से ली गयी है और इसके लिए मैं सम्पादकों, प्रकाशकों और स्वत्वाधिकारी, 'शहीद भगतसिंह शोध समिति' लुधियाना का आभारी हूँ। प्रस्तावना में उद्धृत एक

लम्बे उद्धरण के लिए 'युगद्रष्टा भगतसिंह और उनके मृत्युंजय पुरखे' की लेखिका वीरेन्द्र सन्धु का भी कृतज्ञ हूँ।

आशा है रमेश जी के साथ यह नया सम्बन्ध, हम दोनों के जीते रहने तक बना रहेगा।

2094, शोभा डहेलिया
बेलन्दूर, बेंगलुरू - 560103

रणजीत
23.03.2018

पंजाब का किसान आन्दोलन, गदर लहर और भगतसिंह

शहीदेआजम भगतसिंह की शहादत न केवल भारत बल्कि विश्व इतिहास की एक विलक्षण घटना है। उनकी फाँसी ने संसार की सबसे बड़ी औपनिवेशिक ताकत के श्रेष्ठता और न्यायप्रियता के दावे को तार-तार करके भारतीय जनता के राष्ट्रबोध को ऐसी शक्ति प्रदान की कि भारत का स्वाधीनता आन्दोलन नम्रतापूर्वक स्वशासन माँगनेवाले उच्चकुलीन सामन्तों और पूँजीपतियों की राजनीतिक गतिविधियों से शोषित और पीड़ित जनता की स्वाधीनता और व्यवस्था परिवर्तन की हुंकार में बदल गया। भगतसिंह की शहादत के बाद अंग्रेज भारत में चैन से नहीं बैठ सके और एक के बाद एक आन्दोलनों के चलते अन्ततः 16 साल के छोटे से अन्तराल में ही उन्हें ब्रिटिश ताज का सबसे मूल्यवान् रत्न (हीरा) छोड़कर वापस जाना पड़ा।

भगतसिंह, निस्सन्देह विश्व की महानतम विभूतियों में से एक थे, उन्होंने पंजाब और सम्पूर्ण भारत की विभिन्न समस्याओं पर तार्किक ढंग से विचार करके द्वन्द्वात्मक भौतिकवाद की रोशनी में उनके जो हल निकालने की कोशिश की थी, वे अपने समय से काफी आगे थे। 23 साल की अल्पायु में उन्होंने गहन विचारशीलता के साथ व्यापक राजनीतिक कार्यक्रम तैयार करके क्रान्तिकारी देशभक्तों के एक छोटे से समूह को व्यवस्था परिवर्तन में विश्वास रखनेवाले प्रतिबद्ध युवा क्रान्तिकारियों के सुनियोजित संगठन के रूप में बदलने में जो भूमिका निभायी, वह विलक्षण है। वास्तव में भगतसिंह पंजाब के उस मुक्ति आन्दोलन की तार्किक परिणति थे, जो अंग्रेजों के पंजाब पर कब्जे के साथ ही शुरू हो गया था। इस आन्दोलन की जड़ें पंजाब के किसानों के अंग्रेजों के विरुद्ध असन्तोष में थीं। ग़दर पार्टी और भारत माता सोसाइटी का आन्दोलन इसी की अगली कड़ी थी, स्वाधीनता और जनता के हितों के लिए संघर्ष की विरासत भगतसिंह को अपने पिता सरदार किशनसिंह और चाचा अजीतसिंह से मिली थी।

पंजाब में महाराजा रणजीत सिंह की मृत्यु के बाद हुए अंग्रेज-सिक्ख युद्धों के उपरान्त सन् 1850 के आसपास पंजाब अंग्रेजों के अधिकार में आया। इसके बाद स्थितियाँ तेजी से बदलीं। अंग्रेजों ने भूमि प्रबन्ध में व्यापक परिवर्तन किये। पंजाब में भूमि साझे स्वामित्व में थी, अर्थात् एक गाँव या समूह के पास भूमि का एक

विशाल टुकड़ा होता था, जिस पर गाँव के प्रत्येक व्यक्ति को काम करना होता था। नये भूमि प्रबन्ध से लोगों को भूस्वामी बना दिया गया और भूमि के क्षेत्रफल के हिसाब से नकद लगान तय कर दिया गया। इस परिवर्तन ने पंजाबी कृषक समाज पर व्यापक असर डाला। अब तक लगान देना पूरे गाँव की जिम्मेदारी थी और लगान भी अनाज के रूप में ही लिया जाता था। इस परिवर्तन के चलते किसानों को अपना अनाज मण्डियों तक ले जाना पड़ा। छोटे किसानों के लिए दिक्कतें बढ़ गयीं। फसल ठीक न होने पर लगान देने के लिए उधार लेने का रिवाज शुरू हुआ और किसान कर्जे के बोझ तले दबने लगे। धीरे-धीरे साहूकारों और सूदखोरों का एक नया वर्ग सामने आया।

अंग्रेज सरकार ने इस परिवर्तन को विभिन्न तरीकों से शह दी, क्योंकि यह उसकी कच्चा माल सस्ते में बाहर ले जाने और तैयार माल की मण्डी के रूप में उपनिवेशों को इस्तेमाल करने की रणनीति के अनुकूल था। लगान की सख्ती से वसूली के चलते किसानों पर कर्जे का बोझ बढ़ता गया और जमीनों की जब्ती तथा बिक्री शुरू हो गयी। 'ग़दर पार्टी दा इतिहास' के अनुसार सन् 1887 तक प्रान्त की कुल कृषि भूमि का सात फीसदी भाग गिरवी था। कर्जे की उगाही न हो पाने पर साहूकारों ने अदालतों का रुख किया और हर साल दो लाख के करीब मुकद्दमे अदालतों में आने लगे। 1901 तक 4 लाख 13 हजार एकड़ जमीन बिक गयी और 1901 से 1909 के बीच करीब ढाई करोड़ एकड़ से भी अधिक जमीन गिरवी हो गयी।

किसानों की स्थिति में आयी गिरावट के साथ-ही-साथ ग्रामीण दस्तकारों के जीवन में भी व्यापक परिवर्तन आया। ब्रिटेन में बने माल की सप्लाई के चलते वे बेरोजगार होने लगे। वे मूलतः कृषि-आधारित अर्थव्यवस्था पर ही निर्भर थे, अतः किसानों की बिगड़ती आर्थिक दशा का उन पर भी असर पड़ा। वस्तु विनिमय की सरल पद्धति के स्थान पर मुद्रा-आधारित जटिल अर्थव्यवस्था विकसित होने लगी। धीरे-धीरे गाँवों की आत्मनिर्भर अर्थव्यवस्था अस्ताचल की ओर बढ़ चली। पहले जहाँ गाँव आर्थिक ताकत के केन्द्र थे, अब उनका स्थान कस्बों और नगरों ने ले लिया।

सामाजिक जीवन में आये इस परिवर्तन ने किसानों और दस्तकारों के मध्य अंग्रेज हुकूमत के खिलाफ रोष पैदा किया, जो धीरे-धीरे गहरे असन्तोष में बदल गया। इस असन्तोष का पहला विस्फोट कूका आन्दोलन के रूप में सामने आया। कूका आन्दोलन के नेता गुरु रामसिंह जीवन के प्रारम्भिक दिनों में महाराजा रणजीत सिंह की सेना में थे। कूका लहर धार्मिक थी परन्तु उसका उद्देश्य महज धार्मिक नहीं था। गुरु रामसिंह ने अपने अनुयायियों को समाज सुधार के लिए प्रेरित किया और एक वैकल्पिक व्यवस्था कायम करने की कोशिश की। गुरु रामसिंह ने अपने अनुयायियों

को विदेशी वस्तुओं और सरकारी अदालतों का बहिष्कार करने तथा सरकार का सहयोग न करने के लिए प्रेरित किया।

सरकार ने आन्दोलन को सख्ती के साथ दबाया। गुरु रामसिंह को गिरफ्तार कर रंगून भेज दिया गया। अनेक कूका वीर जेलों में डाल दिये गये। 18 जनवरी, 1872 को मलेरकोटला में लुधियाना के डिप्टी कमिश्नर मि. कावन ने 49 कूका क्रान्तिकारियों को तोप से उड़वा दिया। 'किरती' मासिक पत्रिका में अक्टूबर, 1928 में कूका आन्दोलन पर प्रकाशति एक लेख में भगतसिंह लिखते हैं –

"... पंजाब में सबसे पहली पोलिटिकल हलचल कूका आन्दोलन से शुरू होती है। वैसे तो वह आन्दोलन साम्प्रदायिक नजर आता है, लेकिन जरा गौर से देखें तो वह बड़ा भारी पोलिटिकल आन्दोलन था, जिसमें धर्म भी मिला हुआ था, जिस तरह कि सिक्ख आन्दोलन में पहले धर्म और राजनीति मिली हुई थी।..."

कूका लहर को दबा दिया गया, परन्तु अंग्रेज सरकार पंजाबी किसानों के असन्तोष को पूरी तरह समाप्त नहीं कर पायी और वह कई माध्यमों से प्रगट होता रहा।

इसके बाद किसानों की हालत सुधारने और जमीन पर आबादी का भार कम करने के नाम पर कुछ नये इलाकों में जंगल काटे गये और नहरें निकाली गयीं। इन नये इलाकों में किसानों को बसाया गया। 19वीं शताब्दी के अन्तिम दौर में भगतसिंह का किसान कुटुम्ब भी अपेक्षाकृत अधिक भूमि पाने की आशा में जालन्धर से लायलपुर जिले के बंगा गाँव में आ बसा, क्योंकि वहाँ बसनेवाले प्रत्येक परिवार को सरकार 25 एकड़ भूमि दे रही थी। इन सुधारों का प्रत्यक्ष उद्देश्य तो जमीन पर आबादी का भार कम करना था, परन्तु परोक्ष उद्देश्य कच्चे माल की सप्लाई बढ़ाना था। इन सुधारों से खेती योग्य भूमि का क्षेत्रफल बढ़ा, नयी नकदी फसलों का उत्पादन भी होने लगा परन्तु किसानों की स्थिति में कोई उल्लेखनीय सुधार नहीं हुआ। वास्तव में उनकी स्थिति सुधारना सरकार का उद्देश्य भी नहीं था।

यह नये उभार का दौर था। सन् 1857 में आर्यसमाज की स्थापना हुई और 1885 में कांग्रेस का गठन किया गया। सिक्खों के धार्मिक आन्दोलनों ने भी इसी दौर में आकार लेना शुरू किया। पंजाब में आर्यसमाज का आन्दोलन काफी लोकप्रिय हुआ। भगतसिंह के दादा सरदार अर्जुनसिंह को आर्यसमाज के प्रवर्तक स्वामी दयानन्द सरस्वती से भेंट का सौभाग्य प्राप्त हुआ और वे आर्यसमाजी हो गये। कांग्रेस और आर्यसमाज दोनों को ही एक हद तक अंग्रेजों का समर्थन था क्योंकि कांग्रेस जहाँ सेफ्टी वाल्व के रूप में काम करके जनता के रोष को किसी विस्फोटक आन्दोलन में बदलने से रोक रही थी, वहीं आर्यसमाज भी एक हद तक अंग्रेजी सरकार के एजेण्डे

में मददगार था। यह अलग बात है कि धीरे-धीरे यह दोनों ही संस्थाएँ राष्ट्रीय पुनर्जागरण और राष्ट्रवाद की वाहक बन गयीं।

1905-06 के बंग-भंग आन्दोलन का भी पंजाब पर व्यापक असर पड़ा। इसी बीच सरकार ने किसानों पर मारक चोट की और लगान बढ़ा दिया। स्थानीय स्तर पर जड़ें जमा रहे गुड़ और खाँडसारी उद्योग को बर्बाद करने के लिए गन्ने की खेती पर लगान प्रति बीघे ढाई रुपये से साढ़े सात रुपये कर दिया गया। इसके अतिरिक्त कालोनी ऐक्ट के अन्तर्गत सरकार ने यह नियम बना दिया कि जिन किसानों को नये इलाकों में बसाया गया है, उनके वारिस उनके बड़े बेटे ही हो सकेंगे। छोटे बेटों को कोई हिस्सा नहीं मिलेगा। जो किसान निस्सन्तान हैं उनकी भूमि सरकार द्वारा जब्त कर ली जायेगी। सरकार के इन कदमों को लेकर किसानों में व्यापक असन्तोष था। इस असन्तोष को स्वर दिया भारत माता सोसाइटी ने। सरदार किशनसिंह, सरदार अजीतसिंह, सरदार करतारसिंह केसरगढ़िया, लाला हरदयाल, लालचन्द फलक, नन्दकिशोर मेहता, जियाउलहक, महाशय घसीटाराम, केदारनाथ सहगल और लाला पिण्डीदास जैसे लोगों ने आन्दोलन को दिशा दी। सोसाइटी ने सरकार के कदमों के खिलाफ लोगों के बीच जनजागृति पैदा की। 'पेशवाह' नामक अखबार सोसाइटी का मुखपत्र था। सोसाइटी ने किसानों की एक विशाल सभा आयोजित की जिसमें लाला लाजपत राय भी सम्मिलित हुए। इस सभा में ही लाला बांके दयाल द्वारा प्रस्तुत एक नज्म 'पगड़ी सँभाल जट्टा' के नाम पर किसानों के इस पूरे आन्दोलन का नाम ही 'पगड़ी सँभाल जट्टा' तहरीक पड़ गया और यह नज़्म पंजाब के किसानों के मध्य लोकप्रिय हो गयी।

इसके बाद सरदार अजीतसिंह ने किसानों को बढ़ा हुआ कर न देने के लिए प्रेरित करने और सरकार के विरुद्ध प्रचार करने के लिए तमाम जलसे किये। सम्पूर्ण क्षेत्र में अंग्रेजों के विरुद्ध आक्रोश उत्पन्न हो गया। 17 मार्च, 1907 को हुए किसानों के एक जलसे में सरदार अजीतसिंह ने उत्तेजक भाषण दिया और तकरीबन डेढ़ हजार किसानों ने अँगूठा लगाकर पंजाब सरकार की मार्फत ब्रिटिश सरकार के भारतमन्त्री को समुद्री तार के जरिये प्रस्ताव भेजा—"अंग्रेज हिन्दुस्तान छोड़ जायें, तो बेहतर है, वरना अहिंसात्मक और शान्त ढंग से कर-बन्दी आन्दोलन जोरों से शुरू कर दिया जायेगा।" इसी बैठक में सरकार को यह भी चेतावनी दी गयी कि सरकार अपनी नहरों से पानी देना बन्द कर दे क्योंकि अब किसान जलकर नहीं देंगे।

वास्तव में सरदार अजीतसिंह और भारत माता सोसाइटी का पूरा आन्दोलन किसानों की समस्याओं पर आधारित था। यह आन्दोलन कांग्रेस के आन्दोलन की तरह स्वशासन की माँग तक सीमित नहीं था, क्योंकि आन्दोलन के नेता अच्छी तरह जानते थे कि अंग्रेज सरकार द्वारा निर्मित सरमायेदार-तन्त्र को निर्मूल किये बिना

किसानों और अन्य वर्गों की हालत में परिवर्तन नहीं आ सकता। वे भारत से अंग्रेजों के निष्कासन और पूर्ण स्वराज्य स्थापित करने के उद्देश्य के साथ काम कर रहे थे। सरदार अजीतसिंह 1857 में हुए ग़दर को खुलेआम हिमायत करते थे। परिणाम यह हुआ कि 2 जून, सन 1907 को उन्हें गिरफ्तार कर बर्मा भेज दिया गया। शीघ्र ही वे रिहा भी कर दिये गये परन्तु उन्होंने देश से बाहर रहकर कार्य करने का निर्णय ले लिया और सूफी अम्बा प्रसाद के साथ अफगानिस्तान और ईरान होते हुए दुनिया के तमाम देशों में भारत की आजादी के लिए सहायता जुटाने हेतु घूमने लगे।

भले ही धर्म मूल प्रेरणा रही हो परन्तु पंजाब में अकाली आन्दोलन भी किसानों के आक्रोश का ही परिणाम था। इस दौर तक पंजाब में गुरुद्वारों पर महन्त काबिज थे। यह महन्त ज्यादातर अंग्रेजपरस्त थे और सिक्ख आन्दोलन के मूल सिद्धान्तों के विपरीत उन्होंने गुरुद्वारों के प्रबन्ध पर कब्जा कर रखा था। इन महन्तों का सरकार सरलता से इस्तेमाल कर लेती थी। ग़दर लहर के तमाम सिक्खों को महन्तों ने पतित करार दे दिया था। 9 अप्रैल, 1919 में हुए जलियाँवाला बाग हत्या काण्ड के जिम्मेदार जनरल डायर को भी इन महन्तों की सरकारपरस्ती के कारण दरबार साहिब, अमृतसर में सरोपा भेंट किया गया था। अकाली आन्दोलन में हिस्सा लेनेवालों ज्यादातर जाट-सिक्ख किसान ही थे।

पंजाब में कृषि-आधारित अर्थव्यवस्था के क्षरण के चलते किसान रोजी-रोटी के दूसरे विकल्प तलाशने को मजबूर हुए। अंग्रेज सरकार ने इस स्थिति का लाभ उठाया और अपने साम्राज्यवादी उद्देश्यों को पूरा करने के लिए बड़े पैमाने पर पंजाबी नवयुवकों को अपनी फौजों में भरती करके हिन्दुस्तान से बाहर युद्धों पर भेजा। सिक्ख धर्म के उद्भव के कारण पंजाब के लोग धार्मिक पूर्वग्रहों से काफी हद तक मुक्त हो चुके थे और अपेक्षाकृत स्वतन्त्रताप्रिय और जुझारू थे। भारत से सिपाही के तौर पर गये इन नवयुवकों ने अमेरिका, चीन, ईरान, वर्मा, मिस्र, पूर्वी अफ्रीका और अफगानिस्तान में सरकार के लिए अपनी जानें कुर्बान कीं। चीन, हांगकांग, मलयेशिया और सिंगापुर जैसे क्षेत्रों में पंजाबी नवयुवक फौज की नौकरी छोड़ कर स्थानीय पुलिस में शामिल हो गये और चौकीदार-दरबान जैसे काम करने लगे। उन्होंने अपने रिश्तेदारों और भाई-बन्धुओं को भी बुलाना शुरू किया और यहीं से पंजाबी नवयुवकों के विदेश जाने का सिलसिला शुरू हो गया।

इसी दौरान उन्हें यह पता चला कि दुनिया के कुछ दूसरे क्षेत्र भी हैं, जहाँ उनकी तरक्की के लिए अधिक अवसर हैं। यह क्षेत्र अमेरिका और कनाडा थे। मलयेशिया, हांगकांग, न्यूजीलैण्ड, आस्ट्रेलिया, फिजी और चीन से काफी लोग कनाडा चले गये। शुरुआत में कनाडा पहुँचनेवाले भारतीयों को हाथों हाथ लिया गया। उन्हें रेलपथ

बिछाने, ट्रामलाइनों की मरम्मत करने तथा भवन निर्माण, दुग्धशालाओं, बगीचों और खेतों में काम मिला। मेहनती हिन्दुस्तानियों ने जी तोड़ कर काम किया और अपनी धाक जमा ली। इसी दौरान स्वामी रामतीर्थ और स्वामी विवेकानन्द की यात्राओं ने धर्म और संस्कृति के क्षेत्र में आदान-प्रदान के नये द्वार खोले। भारत के पढ़े-लिखे सम्भ्रान्त वर्ग की भी बाहर की दुनिया में रुचि जागी और बड़े पैमाने पर विद्यार्थियों ने उच्च शिक्षा प्राप्त करने के लिए अमेरिका, कनाडा और दुनिया के अन्य देशों की ओर रुख करना शुरू किया।

कनाडा के बाद भारतीयों ने अमेरिका को अपना अगला पड़ाव बनाया। कनाडा ब्रिटिश साम्राज्य का एक हिस्सा था। जातिभेद और रंगभेद की नीति वहाँ भी थी। कनाडाई हिन्दुस्तानियों में बढ़ रही खुशहाली को बर्दाश्त नहीं कर पा रहे थे। उनमें बढ़ रही राजनैतिक चेतना को भी कनाडा में अच्छी निगाह से नहीं देखा जाता था। अतः कनाडा सरकार ने उनके प्रवेश पर रोक लगाने की शुरुआत कर दी। उनकी सम्पत्ति पर हमले किये गये। इस परिस्थिति में हिन्दुस्तानियों ने भारत की ब्रिटिश सरकार की ओर मदद के लिए देखा पर उन्हें निराशा ही हाथ लगी। सन् 1906 में भारतीय यात्रियों की एक टोली को कनाडा उतरने नहीं दिया गया। 9 मई, 1907 को प्रिवी काउन्सिल ने आज्ञा दी कि कनाडा में सिर्फ वही लोग प्रवेश कर सकेंगे, जो अपने मूल देश से सीधे यात्रा द्वारा वहाँ जायेंगे।

इस आज्ञा का सीधा अर्थ यही था कि हिन्दुस्तानी कनाडा में प्रवेश नहीं कर सकेंगे, क्योंकि हिन्दुस्तान से सीधे जहाज कनाडा नहीं जाते थे। कनाडा में चीनियों और जापानियों को प्रवेश की अनुमति थी, परन्तु भारतीयों के प्रवेश पर प्रतिबन्ध था। उन पर तमाम तरीके के मुकद्दमे लगाये गये। सन् 1908 में उन्हें होण्डुरास भेजने का प्रयास किया गया परन्तु उन्होंने इनकार कर दिया। सरकार ने बल प्रयोग किया परन्तु लोग अपनी शर्तों पर अड़ गये और संघर्ष करने पर उतर आये। इन परिस्थितियों ने भारतीयों की आँखें खोल दीं और ब्रिटिश सरकार का न्यायप्रियता का छद्म उनके सामने आ गया। गुरुद्वारे भारतीयों के संघर्ष का केन्द्र बन गये। आन्दोलन को असाम्प्रदायिक बनाये रखने के लिए यूनाटेड इण्डियन लीग बनायी गयी और सन् 1913 में एक अखबार 'संसार' निकाला गया, जिसका सम्पादक मि. रहीम को बनाया गया। कनाडा में भारतीयों के संघर्ष की गूँज हिन्दुस्तान में भी सुनायी दी। कांग्रेस, मुस्लिम लीग और अन्य संगठनों ने सरकार से इस बात की माँग की कि कनाडा के हिन्दुस्तानियों का मामला सहानुभूतिपूर्वक निबटाया जाये।

कनाडा की घटनाओं का हिन्दुस्तानियों पर बुरा प्रभाव पड़ा और उन्होंने देश की आजादी के लिए कमर कसना शुरू कर दिया। कनाडा के अतिरिक्त हिन्दुस्तानी

अमेरिका में भी बसने लगे। अमेरिका में कनाडा की तरह के प्रतिबन्ध न थे और मजदूरी भी अच्छी मिलती थी। जलवायु के नजरिये से भी वह उनके लिए अधिक अनुकूल था। अमेरिका में भारतीयों ने कारखानों से लेकर खेतों तक में काम किये। अमेरिका दुनिया का पहला ऐसा देश था, जिसमें लिखित संविधान के आधार पर गठित सरकार थी। भारतीयों के राजनैतिक जागरण से भी अमेरिकी लोगों को कोई ऐतराज नहीं था, क्योंकि वे कनाडाई लोगों की तरह ब्रिटिश हुकूमत का हिस्सा नहीं थे।

हिन्दुस्तान में भारत माता सोसाइटी के आन्दोलन में भगतसिंह के पिता सरदार किशनसिंह के निकट सहयोगी लाला हरदयाल भी स्वाधीनता आन्दोलन को तीव्रतर करने हेतु विदेशों में रह रहे भारतीयों को संगठित करने के उद्देश्य से सैनफ्रान्सिस्को चले गये। भाई भगवानसिंह ने पहले ही कनाडा के विभिन्न क्षेत्रों में अंग्रेजों के खिलाफ जागृति उत्पन्न कर दी थी। सन् 1912-1913 में आस्टोरिया में 'हिन्दुस्तानी एसोसिएशन ऑफ पैसिफिक कोस्ट' की स्थापना की गयी, जिसमें केसर सिंह को अध्यक्ष और बलवन्त सिंह को सचिव बनाया गया। इसी के साथ युगान्तर प्रेस और युगान्तर आश्रम की स्थापना करके 'ग़दर' नामक अखबार निकालने का निर्णय लिया गया।

2 जून, 1913 को सैनफ्रान्सिस्को में ग़दर पार्टी की स्थापना हुई। लाला हरदयाल और ग़दर पार्टी के दूसरे सदस्य निरन्तर बदल रही अन्तरराष्ट्रीय परिस्थितियों का लाभ उठाकर भारत में विप्लव उत्पन्न कर आजादी पाने का स्वप्न देख रहे थे। इस सन्दर्भ में भगतसिंह के चाचा और 'पगड़ी सँभाल जट्टा' आन्दोलन के नेता सरदार अजीतसिंह को अमेरिका लाने की योजना बनायी गयी। ग़दर पार्टी के लोगों ने देश की आजादी हासिल करने के लिए दोतरफा योजना बनायी। एक ओर प्रथम विश्व युद्ध के कारण उत्पन्न राजनैतिक स्थितियों का लाभ उठाकर ब्रिटिश हुकूमत के खिलाफ लड़ रही शक्तियों से सहायता प्राप्त करना और दूसरी ओर युद्ध से कमजोर हो रही सरकार पर देश के अन्दर से निर्णायक चोट करना।

ग़दर पार्टी का गठन भले ही विदेश में हुआ था परन्तु उसके सिद्धान्त भविष्य के भारत के निर्माण की नींव थे। संगठन में सिक्खों की अधिकता थी और वही उसके मुख्य आधार थे परन्तु आन्दोलन कहीं से भी साम्प्रदायिक या भाषाई संकीर्णता का शिकार नहीं था। ग़दरी भारत में एक लोकतान्त्रिक जनवादी राज्य स्थापित करना चाहते थे। एक खास बात ग़दर आन्दोलन में यह देखने में आती है कि 1857 में भारतीय जनता के पहले संगठित विद्रोह को अंग्रेजों ने सिपाही ग़दर कह कर उसका महत्त्व कम करने की कोशिश की थी परन्तु ग़दरी बाबाओं ने दृढ़तापूर्वक उसी नाम को अपनाया और उसे राष्ट्रीय मुक्ति का प्रतीक बना दिया।

ग़दर पार्टी द्वारा प्रकाशित समाचार-पत्र 'ग़दर' क्रान्ति का अग्रदूत था। 1 नवम्बर, 1913 में पहला अंक प्रकाशित हुआ, जिसके सम्पादक लाला हरदयाल और सहायक करतार सिंह सराबा तथा श्री गुप्ता थे। शुरुआत में यह पत्र उर्दू में साइक्लोस्टाइल से प्रकाशित किया जाता था। परन्तु बाद में अपना प्रेस लगाया गया और पत्र पंजाबी में भी प्रकाशित होने लगा। लाला हरदयाल के अतिरिक्त रामचन्द्र पेशावरी का भी 'ग़दर' में महत्त्वपूर्ण योगदान था। प्रति सप्ताह प्रकाशित होनेवाला यह पत्र अमेरिका और कनाडा के अलावा बर्मा, अर्जेण्टाइना, पनामा, शंघाई सहित उन सभी क्षेत्रों में भेजा जाता था जहाँ-जहाँ हिन्दुस्तानी रहते थे। प्रवासी भारतीय समुदाय में भारत की स्वतन्त्रता के लिए अलख जगाने में इस समाचार-पत्र ने महान् कार्य किया।

ग़दर पार्टी और अखबार की गतिविधियों से भारतीय क्रान्तिकारी आन्दोलन को काफी बल मिला और अंग्रेज सरकार ने लाला हरदयाल की गतिविधियों पर नजर रखने और उन्हें अमेरिका से निकलवाने का प्रयास शुरू कर दिया। लाला जी के विरुद्ध वारण्ट जारी हो गये। ग़दर पार्टी ने तत्काल उनकी जमानत का इन्तजाम कर लिया परन्तु उनके सहयोगियों ने उन्हें अमेरिका से चले जाने की सलाह दी। वे अमेरिका छोड़कर स्विट्जरलैण्ड चले गये। लाला जी के बाद बाबा सोहन सिंह भकना, केसर सिंह ठठगढ़, बाबा ज्वाला सिंह, भाई सन्तोख सिंह, भाई भगवान सिंह, पण्डित कांशीराम, मौलवी बरकतउल्ला, सरदार करतार सिंह सराबा आदि लोगों ने पार्टी के काम को आगे बढ़ाया और वहाँ रहनेवाले भारतीयों को संगठित करने में महत्त्वपूर्ण योगदान दिया।

ग़दर पार्टी के नेताओं ने जर्मन सरकार से सम्बन्ध स्थापित कर यह प्रयास किया कि यह ब्रिटिश सरकार के खिलाफ उनकी मदद करे। इसमें वे काफी हद तक सफल भी हुए। इसी तथ्य के कारण बाद में ग़दर कार्यकर्त्ताओं के खिलाफ चले मुकद्दमों में सरकार ने यह साबित करने का प्रयास किया कि ग़दर आन्दोलन जर्मनी द्वारा खड़ा किया गया कठपुतली आन्दोलन था। वास्तव में द्वितीय विश्वयुद्ध में जो काम नेता जी सुभाष चन्द्र बोस ने जापान और जर्मनी की मदद लेकर आजाद हिन्द सेना गठित करके किया था, वही कार्य ग़दर के नेता प्रथम विश्वयुद्ध के दौरान करना चाहते थे। सरदार अजीतसिंह, सूफी अम्बा प्रसाद, बरकतउल्ला आदि नेताओं ने भी काफी प्रयास किया था कि अफगानिस्तान, ईरान, तुर्की, रूस और कुछ स्वाधीन अरब मुमालिक की मदद से सशस्त्र हमले के जरिये हिन्दुस्तान को आजाद करा लिया जाये।

अमेरिका और कनाडा में रह रहे ग़दर से जुड़े क्रान्तिकारियों ने सैन्य प्रशिक्षण प्राप्त करने और हथियार आदि लेकर हिन्दुस्तान जाकर ग़दर करने की योजना बनायी थी। अमेरिका में बाबा ज्वाला सिंह ने वहाँ आनेवाले हिन्दुस्तानियों की मदद करके

बड़ा नाम कमाया था। वे आलू उत्पादन करनेवाले किसान थे और उन्होंने आलुओं के बादशाह का खिताब पा लिया था। उनका फार्म हाउस क्रान्तिकारियों के लिए निशानेबाजी और हथियार चलाने की ट्रेनिंग का महत्त्वपूर्ण स्थान बन गया था। सभी यही चाहते थे कि जैसे ही युद्ध शुरू हो और अंग्रेज लड़ाई में लग जायें, वे हिन्दुस्तान पहुँच कर ग़दर का ऐलान कर दें। इसके साथ ही विभिन्न ब्रिटिश बस्तियों में तैनात भारतीय फौजियों में विद्रोह करवाना भी उनकी रणनीति का हिस्सा था। इसके लिए ग़दर कार्यकर्त्ता घूम-घूम कर अलख जगाते रहे।

ग़दर लहर के इतिहास में "कामागाटामारू' की घटना ऐसा महत्त्वपूर्ण बिन्दु साबित हुई जिसने समूचे आन्दोलन का रुख बदल दिया। बाबा गुरुदित्त सिंह सरहाली हांगकांग आये। वहाँ उन्होंने हिन्दुस्तानियों को बड़ी दयनीय दशा में देखा। उन्होंने भारतीयों की मदद करने के साथ-ही-साथ व्यापारिक सम्भावनाओं को देखते हुए कामागाटामारू नामक जापानी जहाज ठेके पर ले लिया। 1914 के अप्रैल महीने में जहाज हांगकांग से कनाडा के लिए रवाना हुआ। उस समय उसमें 150 यात्री सवार थे। शंघाई से 111, मोजी से 86 और याकोहामा से 14 यात्री और आ मिले। 22 मई को जहाज बैंकोवर पहुँचा, परन्तु कनाडाई अधिकारियों ने उसे गहरे पानी में खड़े रहने को मजबूर कर दिया और एक भी यात्री को उतरने नहीं दिया। पुलिस की कश्तियाँ बराबर किनारे पर गश्त करती रहीं। कनाडा में पहले से रह रहे हिन्दुस्तानियों ने मामला न्यायालय में ले जाने का प्रयास किया परन्तु उनके वकील को यात्रियों से मिलने नहीं दिया गया। वे केस भी हार गये। सरकार ने बल प्रयोग किया और युद्धपोत क्रूजर रेनबो को कामागाटामारू यात्री जहाज से मुकाबले के लिए तैनात कर दिया गया परन्तु अन्त में समझौता हो गया और 24000 डॉलर की खाद्य सामग्री लेकर जहाज वापस चल पड़ा।

यह घटना कनाडा में रह रहे हिन्दुस्तानियों के लिए बेहद अपमानजनक थी। जहाज में पहले से ही ग़दर पार्टी के कई लोग थे और ग़दर अखबार भी पहुँचाया जाता था। इस घटना के बाद बाबा सोहन सिंह भकना याकोहामा पहुँचे और उन्होंने क्रान्तिकारी साहित्य एवं हथियार यात्रियों तक पहुँचाये। हांगकांग में भी यात्रियों को उतरने नहीं दिया गया। अन्ततः जहाज कलकत्ता से 26 मील दूर कुलबी में रुका। जहाज का स्वागत पुलिस ने किया। तलाशी ली गयी। बाबा गुरुदित्त सिंह को पुलिस ने गिरफ्तार करने का प्रयास किया परन्तु यात्रियों से संघर्ष हो गया और बाबा जी सुरक्षित स्थान पर पहुँच गये। अगले दिन ज्यादातर यात्री या तो पकड़ लिये गये या गोलियों का शिकार हो गये। जो बच गये वह क्रान्तिकारी गतिविधियों में सम्मिलित हो गये।

यह प्रथम विश्वयुद्ध का दौर था। समय का लाभ उठाकर गदरियों ने पूरे देश में विद्रोह करा देने का निर्णय लिया। 26 जुलाई, 1914 को अमेरिका में एक सभा में भाई भगवान सिंह और बरकतउल्ला ने स्पष्ट रूप से घोषणा की कि महायुद्ध अब शुरू हो चुका है, इसलिए यही समय है कि भारत के अन्दर से भी अंग्रेजों पर मारक चोट की जाये। भारत से बाहर जहाँ-जहाँ हिन्दुस्तानी फौजें थीं, वहाँ-वहाँ ग़दर के प्रचारक बिखर गये और छावनियों में अंग्रेज विरोधी प्रचार करने लगे। युद्ध के शुरुआती दो वर्षों में लगभग 8000 भारतीय स्वदेश लौटे। इनमें ज्यादातर कनाडा और अमेरिका में रह रहे पंजाबी थे। अनेक लोग अपनी जायदादें बेच कर हिन्दुस्तान में ग़दर करने के लिए चल पड़े थे। ब्रिटिश सरकार के पास प्रवासी क्रान्तिकारियों की विद्रोही गतिविधियों की पूरी जानकारी थी, अतः उसने 5 सितम्बर, 1914 को एक अध्यादेश जारी करके वापस आ रहे लोगों के 'स्वागत' की तैयारियाँ कर रखी थीं।

ग़दर कार्यकर्त्ता जोश में थे। वे विभिन्न मार्गों से भारत पहुँचना शुरू हो गये। पकड़े जाने और गाँवों में नजरबन्द किये जाने के बावजूद उनकी गतिविधियाँ रोकी नहीं जा सकीं। वे उत्तर भारत के विभिन्न इलाकों में फैलकर भारतीय सिपाहियों को ग़दर के लिए तैयार करने लगे। सरकारी खजाने लूटने के प्रयास किये गये। गाँव-गाँव में विद्रोही पर्चे बाँटना, भाषण देना, स्थानीय लोगों को ब्रिटिश सरकार के दूसरे उपनिवेशों में भारतीयों के साथ होनेवाले अत्याचारों के बारे में बताना, हथियार इकट्ठे करना और पूरे देश में ग़दर का नेटवर्क तैयार करना ग़दर कार्यकर्त्ताओं के काम करने के प्रमुख तरीके थे। इन कार्यकर्त्ताओं ने बंगाल के क्रान्तिकारियों के साथ भी सम्बन्ध स्थापित कर लिया था।

अत्यधिक जोशोखरोश के बावजूद एक व्यवस्थित केन्द्रीय संगठन के अभाव में ग़दर पार्टी को असफलता ही हाथ लगी। तमाम हमले नाकाम हुए और बहुत सारे लोग पुलिस के साथ हुई मुठभेड़ों में शहीद हो गये। अनेक पार्टी कार्यकर्त्ता गिरफ्तार कर लिये गये और उन पर मुकद्दमे चलाये गये। सरदार करतारसिंह सराबा, विष्णु गणेश पिंगले, पण्डित कांशीराम, डॉ. मथुरासिंह, गन्धासिंह, बन्तासिंह संघवाल, रंगासिंह, हरनामसिंह और सोहनलाल पाठक सहित अनेक क्रान्तिकारियों को फाँसी दे दी गयी। अनेक अण्डमान में कालापानी की सजा काटते हुए जेलकर्मियों से संघर्ष करते हुए शहीद हो गये। अनेक ग़दरी बाबा लम्बी सजा काटकर पुनः सार्वजनिक जीवन में कूद पड़े और जनता की प्रेरणा के केन्द्र बन गये।

वास्तव में ग़दर आन्दोलन भारत के स्वाधीनता संग्राम के इतिहास की महत्त्वपूर्ण घटना थी। यह आन्दोलन कई दृष्टियों से अनोखा था। इसमें भाग लेनेवालों में अधिसंख्य सिक्ख किसान थे, जो काम की तलाश में भारत से बाहर गये थे। इसी

बहाने उन्होंने बाहर निकल कर दूसरे देशों की स्थितियों को देखा और लोग परतन्त्र देशों के लोगों के साथ किस प्रकार का व्यवहार करते हैं, इसका प्रत्यक्ष अनुभव किया। उनमें धर्म को लेकर किसी भी प्रकार का भेदभाव नहीं था। प्रान्तवाद का भी उनमें कोई भाव नहीं था, बल्कि वे कश्मीर से लेकर कन्याकुमारी तक पूरे देश की स्वतन्त्रता के लिए प्रयासरत थे। कनाडा की घटनाओं ने अंग्रेज सरकार की दोहरी नीति का खुलासा उनके सामने कर दिया। कनाडा ब्रिटिश सरकार के अधीन था। जब कनाडा की स्थानीय सरकार ने उनके खिलाफ प्रतिबन्ध लगाये तो इन्होंने ब्रिटिश सरकार की ओर देखा कि वह उनकी मदद करेगी क्योंकि वे भी कनाडा के लोगों की तरह उसकी रिआया थे, परन्तु अश्वेत भारतीयों के बजाय ब्रिटिश सरकार ने कनाडा की श्वेत सरकार का ही पक्ष लिया।

इसके अतिरिक्त अमेरिका के स्वाधीनता संग्राम की कहानियों ने उन्हें प्रेरित किया। आयरलैण्ड के क्रान्तिकारियों से सम्पर्क ने उनमें अपने देश को स्वाधीन कराने का जज्बा पैदा किया। इसी के साथ वे दुनिया भर के राष्ट्रवादी आन्दोलनों से परिचित हुए और ब्रिटेन की विभिन्न कालोनियों में चल रही असन्तोष की सुगबुगाहट को भी उन्होंने महसूस किया। कामागाटामारू की घटना ने उनके हृदयों की आग को ज्वाला में बदल दिया और ग़दर करने के लिए वे अपना सब-कुछ गँवाकर भारत की ओर चल पड़े। यह कहना किसी भी दृष्टि से गलत न होगा कि ग़दर आन्दोलन का भगतसिंह और उनके साथियों पर गहरा प्रभाव था। भगतसिंह के पिता सरदार किशनसिंह सरकार विरोधी गतिविधियों में शामिल रहते थे। ग़दर लहर के विभिन्न नेताओं के साथ उनके गहरे सम्बन्ध थे। स्वयं उनके अनुज सरदार अजीतसिंह ग़दर के नेताओं में से एक थे। लाला हरदयाल और सूफी अम्बाप्रसाद के साथ उन्होंने स्वयं काम किया था। ऐसे में भगतसिंह पर ग़दर लहर का प्रभाव पड़ना स्वाभाविक था। ग़दर लहर के दौरान आये लोग अपने साथ तमाम साहित्य भी लाये थे, जो स्थानीय स्तर पर पुनर्प्रकाशित हुआ और आगे के क्रान्तिकारी आन्दोलन का वैचारिक आधार बना।

वास्तव में भारत के स्वाधीनता संग्राम की क्रान्तिकारी धारा के इतिहास में ग़दर पार्टी के आन्दोलन का स्थान निर्धारित किया जाना अभी भी बाकी है। पंजाब में कूका आन्दोलन से शुरू हुए स्वाधीनता आन्दोलन का ही विकास आगे ग़दर लहर के रूप में हुआ, जो आगे चल कर भगतसिंह और उनके साथियों के कारनामों के रूप में सामने आया। ग़दर आन्दोलन की स्पिरिट से गहरे रूप से प्रभावित भगतसिंह ने आन्दोलन को वैज्ञानिक समाजवाद का वैचारिक आधार प्रदान किया और देश को जगाने के लिए अपनी आहुति दी। इसके अलावा ग़दर पार्टी के बचे हुए लोगों में से अनेक ने वामपन्थी राजनीति को ही अपने आगे के काम का आधार बनाया।

भगतसिंह के साथी शिव वर्मा अपने प्रसिद्ध लेख 'क्रान्तिकारी आन्दोलन का वैचारिक विकास' में लिखते हैं –

"1913 में ग़दर पार्टी का गठन क्रान्तिकारी आन्दोलन के विकास की दिशा में एक बहुत बड़ा और महत्त्वपूर्ण कदम था। इसने राजनीति को धर्म से मुक्त किया और धर्मनिरपेक्षता को अपनाया। धर्म को निजी मामला घोषित कर दिया गया।

अखबार 'ग़दर' ने हिन्दू-मुसलमान दोनों का आह्वान किया कि वे आर्थिक मसलों पर ज्यादा ध्यान दें क्योंकि उनका दोनों के जीवन पर एक-सा प्रभाव पड़ता है। प्लेग से हिन्दू और मुसलमान दोनों ही मर रहे हैं। अकाल पड़ने पर अन्न से दोनों ही वंचित रहते हैं। पगार के लिए जोर-जबर्दस्ती दोनों पर की जाती है और दोनों को ही अत्यधिक ऊँची दरों पर भू-राजस्व तथा जलकर देना पड़ता है। समस्या हिन्दू बनाम मुस्लिम की नहीं बल्कि भारतीय बनाम अंग्रेज शोषकों की है। हिन्दू-मुस्लिम एकता को इतना मजबूत बनाया जाना चाहिए कि कोई उसे तोड़ न सके।

ग़दर पार्टी धर्मनिरपेक्षता में विश्वास रखती थी और ठोस हिन्दू-मुस्लिम एकता की तरफदार थी। वह छूत और अछूत के भेदभाव को भी नहीं मानती थी। भारत की एकता और भारत के स्वाधीनता संग्राम के लिए एकता, यही उसे प्रेरित करनेवाले प्रमुख सिद्धान्त थे। इस मामले में ग़दर पार्टी उस समय के अन्य भारतीय नेताओं से मीलों आगे थी। 14 मई, 1914 को ग़दर में प्रकाशित एक लेख में लाला हरदयाल ने लिखा–"प्रार्थनाओं का समय गया। अब तलवार उठाने का समय आ गया है। हमें पण्डितों और काजियों की कोई जरूरत नहीं है।" 1913 में पोर्टलैण्ड में भाषण देते हुए उन्होंने कहा था, "कि ग़दर के क्रान्तिकारियों को आगामी क्रान्ति के लिए तैयार रहना चाहिए। उन्हें भारत जाकर और वहाँ से अंग्रेजों को भगाकर अमेरिका जैसी एक जनतान्त्रिक सरकार कायम करनी चाहिए जिसमें धर्म, जाति और रंग के अन्तर से परे सभी भारतीय समान और स्वतन्त्र हों।"

श्री वर्मा ग़दर आन्दोलन के एक दूसरे पक्ष की ओर ध्यान दिलाते हुए लिखते हैं– "ग़दर के क्रान्तिकारियों की दूसरी महान् उपलब्धि थी, उनका अन्तरराष्ट्रीय दृष्टिकोण। ग़दर का आन्दोलन एक अन्तरराष्ट्रीय आन्दोलन था। उसकी शाखाएँ मलाया, शंघाई, इण्डोनेशिया, ईस्ट इण्डीज, फिलिपीन्स, जापान, मनीला, न्यूजीलैण्ड, हांगकांग, सिंगापुर, फिजी, बर्मा और दूसरे देशों में कार्यरत थीं। ग़दर पार्टी के उद्‌देश्यों के प्रति इण्डस्ट्रियल वर्कर्स ऑफ द वर्ल्ड (आई. डब्ल्यू. डब्ल्यू.) की बहुत हमदर्दी थीं।"

भगतसिंह 28 सितम्बर, 1907 को पैदा हुए थे। जिस समय पंजाब में 'पगड़ी सँभाल जट्टा' तहरीक अपने उरूज पर थी, वह नन्हें शिशु थे। ग़दर आन्दोलन के समय भी वह स्कूल में पढ़नेवाले बालक थे परन्तु उसके थपेड़ों से अनजान नहीं थे,

क्योंकि घर में पिता किशनसिंह स्वयं आन्दोलनों का हिस्सा बने रहते थे और उनका एक पाँव घर में और एक जेल में रहता था। सरदार अजीतसिंह उनके होश सँभालने से पहले ही विदेश जा चुके थे। परिवार के राष्ट्रीय विचारों से प्रेरित होने के कारण यह स्वाभाविक ही था कि भगतसिंह ने देश की गुलामी से नफरत विरासत में पायी थी। कहानियाँ सुनने की उम्र में उन्होंने अपने चाचा सरदार अजीतसिंह, सूफी अम्बाप्रसाद और अन्य क्रान्तिवीरों की चर्चाएँ सुनीं और जब पढ़नेवाले हुए तो घर में रखा क्रान्तिकारी साहित्य पढ़ डाला। वास्तव में भगतसिंह में क्रान्तिकारी की नींव उनके बचपन में ही पड़ गयी थी।

भगतसिंह ने अपनी प्रारम्भिक शिक्षा बंगा गाँव की प्राइमरी पाठशाला में प्राप्त की। यह समय उन्होंने अपने दादा सरदार अर्जुनसिंह के सान्निध्य में बिताया, जो कि आर्यसमाज आन्दोलन के बड़े नेता थे। पाँचवीं पास करने के बाद आगे की पढ़ाई के लिए वे अपने माता-पिता के पास नवाकोट लाहौर चले आये, जहाँ सरदार किशनसिंह ने उन्हें डी.ए.वी. कॉलेज में भर्ती कराया। यह दौर प्रथम विश्वयुद्ध का था और ग़दर पार्टी का आन्दोलन असफल हो चुका था। गिरफ्तार ग़दरी नेताओं के खिलाफ मुकद्दमे चल रहे थे। उन्हें फाँसी और कालेपानी की सजाएँ दिये जाने की खबरें अखबारों की सुर्खियाँ बन रही थीं। जनता की सहानुभूति प्रत्यक्ष और परोक्ष रूप से क्रान्तिकारियों के साथ ही थी। भगतसिंह भी इनसे प्रभावित होते थे और अंग्रेज विरोधी विचारधारा उनके हृदय में गहरे जड़ें जमा रही थीं। आगे चलकर उन्होंने ग़दर आन्दोलन के शहीदों श्री बलवन्तसिंह, डॉ. मथुरासिंह और शहीद करतारसिंह सराबा पर प्रेरक लेख लिखे।

1919 में जब गाँधी जी भारत के राजनैतिक क्षितिज पर उभरे, भगतसिंह 12 वर्ष के सातवीं जमात के विद्यार्थी थे। असहयोग आन्दोलन बढ़ता गया। भगतसिंह जलसों में जाते थे और नेताओं के भाषण सुनते थे। 13 अप्रैल, 1919 को अमृतसर में हुए जलियाँवाला हत्याकाण्ड ने उनके कोमल मानस पर गहरा असर डाला। सन् 1921 में महात्मा गाँधी के पंच बहिष्कार के आह्वान के तहत उन्होंने स्कूल छोड़ दिया और आन्दोलन में कूद पड़े। खादी पहनने, विदेशी वस्त्रों की होली जलाने, जुलूस निकालने आदि के काम में वे शिद्दत से बड़ों का अनुसरण करते रहे। 5 फरवरी, 1922 को गोरखपुर के चौरी-चौरा नामक स्थान पर कांग्रेस के एक जुलूस के दौरान लोगों ने 21 सिपाहियों को एक थाने में बन्द कर जला कर मार डाला। गाँधी जी ने इस घटना से दुःखी होकर असहयोग आन्दोलन वापस ले लिया। गाँधी के इस कदम का देश भर में जबर्दस्त विरोध हुआ। भगतसिंह के मानस पर भी असहयोग आन्दोलन वापस लेने का विपरीत प्रभाव पड़ा और कांग्रेस के अहिंसात्मक रवैये के प्रति अरुचि का भाव भी

उत्पन्न हुआ, जिसने उन्हें ग़दर पार्टी के नेताओं का रास्ता अपनाने के लिए प्रेरित किया और आगे चलकर उन्होंने सशस्त्र संघर्ष का मार्ग पकड़ा।

असहयोग आन्दोलन में डी.ए.वी. कॉलेज छोड़ने के पश्चात् भगतसिंह ने आगे की शिक्षा के लिए लाला लाजपत राय द्वारा स्थापित नेशनल कॉलेज में प्रवेश ले लिया। नेशनल कॉलेज के राष्ट्रवादी माहौल में कक्षाओं में होनेवाली राजनीतिक चर्चाओं ने उन्हें परिपक्व बनाया। कॉलेज के ही प्रांगण में स्थित द्वारिकादास लाइब्रेरी में भगतसिंह ने दुनिया भर के क्रान्तिकारी आन्दोलन का अध्ययन किया। रूसी अराजकतावादी बाकुनिन और फ्रान्सीसी क्रान्तिकारी वेलां का उन पर गहरा प्रभाव पड़ा। अराजकतावाद पर मई, 1928 में लिखी गयी एक लेख माला में भगतसिंह लिखते हैं –

"अराजकतावाद के अनुसार जिस आदर्श स्वतन्त्रता की कल्पना की जाती है वह पूर्ण स्वतन्त्रता है, जिसके अनुसार न तो मन पर भगवान या धर्म का भूत सवार हो, न माया या सम्पत्ति के लालच का जुनून समाया हुआ हो और न ही शरीर पर किसी प्रकार की सरकारी जंजीरें कसी हुई हों। इसका अर्थ यह है कि वह इन तीनों मोटी-मोटी बातों को दुनिया से पूरी तरह खत्म कर देना चाहते हैं–1. चर्च, भगवान् और धर्म, 2. स्टेट (सरकार), 3. प्राइवेट प्रापर्टी (निजी सम्पत्ति)।"

नेशनल कॉलेज में ही उनकी मित्रता सुखदेव और भगवतीचरण वोहरा से हुई। दोनों ही भगतसिंह के समान ही अध्ययनशील और प्रखर मेधा के धनी थे। इस समय तक वे क्रान्तिकारी दल के सदस्य बन चुके थे।

सन् 1923 में भगतसिंह ने एफ.ए. पास कर लिया और अब वे बी.ए. प्रथम वर्ष के विद्यार्थी थे। उनके परिवारजनों ने उनका विवाह कर देने का इरादा किया। पहले तो वह शान्त रहे, परन्तु फिर सगाई की तिथि के पूर्व ही पिता को एक पत्र लिख कर गायब हो गये, जिसमें उन्होंने अपने आगे की जिन्दगी का मकसद बयान कर दिया था। लाहौर से भागकर वे कानपुर पहुँच गये और प्रसिद्ध पत्रकार गणेशशंकर विद्यार्थी के अखबार 'प्रताप' के सम्पादकीय विभाग से जुड़ गये। 'प्रताप' में वे बलवन्त के नाम से लिखने लगे। इसके साथ-ही-साथ क्रान्तिकारी दल की गतिविधियों में भी भाग लेने लगे। इसी दौरान दल की आर्थिक जरूरतें पूरी करने के लिए डाले गये डाकों में वह शामिल हुए। इन गतिविधियों को देखकर उनके मन में यह बात स्पष्ट हो गयी कि इस तरह की गतिविधियों से जनता के मध्य लोकप्रियता हासिल नहीं की जा सकती और जनता के व्यापक हिस्से के साथ जुड़े बिना देश की आजादी का आन्दोलन कभी सफल नहीं हो सकता।

छह महीने बाद दादी जयकौर के बीमार होने की खबर पाकर वह वापस लाहौर लौट आये और वहीं रहने लगे। इस बीच उनका क्रान्तिकारी आन्दोलन से रिश्ता

बराबर बना रहा। यह दौर 'अकाली आन्दोलन' का था। महाराजा नाभा के गिरफ्तार होने के बाद अकाली जत्थों का मोर्चा ननकाना साहब से हटकर जैतों में आ गया। जैतों जानेवाले अकाली जत्थों का किसानों द्वारा स्थान-स्थान पर स्वागत किया जाता था। इसी तरह का एक जत्था बंगा से होकर गुजर रहा था। अंग्रेज सरकार और सरकारपरस्त नहीं चाहते थे कि अकालियों को जनता का समर्थन मिले। किशनसिंह चाहते थे कि उनकी अनुपस्थिति में अकाली जत्थे का भव्य स्वागत हो। अंग्रेजपरस्त सरदार बहादुर दिलबागसिंह ने अकाली जत्थे का स्वागत न होने देने के लिए हर सम्भव प्रयास किया परन्तु भगतसिंह ने आयोजन की जिम्मेदारी अपने कन्धों पर ले ली। बंगा आने पर जत्थे का भव्य स्वागत किया गया और वह एक दिन की बजाय तीन दिन तक वहाँ रुका। इस आयोजन के जरिये भगतसिंह ने अपनी संगठनशक्ति का परिचय दे दिया।

भगतसिंह दिल्ली आ गये और 'दैनिक अर्जुन' में काम करने लगे। कुछ दिनों पश्चात् वे पुनः कानपुर पहुँच गये। लाहौर आने पर भगतसिंह एक नये आयोजन में जुट गये। यह आयोजन था – नौजवान भारत सभा की स्थापना। केदारनाथ सहगल, डॉ. सैफुद्दीन किचलू, लाला पिण्डीदास, लाला लालचन्द फलक और डॉ. सत्यपाल ने इस कार्य में सहयोग दिया। श्री रामकिशन बी.ए. सभा के अध्यक्ष बने, भगतसिंह जनरल सेक्रेटरी और भगवतीचरण वोहरा प्रचार मन्त्री। सभा आयोजित करके ग़दर लहर के तरुण शहीद करतारसिंह सराबा का बलिदान दिवस मनाया गया। सभा के घोषणापत्र में लिखा था –

"... भारत के उद्योग-धन्धों के पतन और विनाश के बारे में बतौर गवाही क्या रमेश चन्द्र दत्त, विलियम डिगबी और दादा भाई नौरोजी के ग्रन्थों को उद्धृत करने की आवश्यकता होगी? क्या इस बात को साबित करने के लिए कोई प्रमाण जुटाना पड़ेगा कि अपनी उपजाऊ भूमि तथा खानों के बावजूद आज भारत सबसे गरीब देशों में से एक है, कि भारत जो अपनी महान् सभ्यता पर गर्व कर सकता था आज बहुत पिछड़ा हुआ देश है, जहाँ साक्षरता का अनुपात केवल पाँच प्रतिशत है? क्या लोग यह नहीं जानते हैं कि भारत में सबसे अधिक लोग मरते हैं, और यहाँ बच्चों की मौत, अनुपात दुनिया में सबसे ऊँचा है? प्लेग, हैजा, इनफ्लूएंजा तथा इसी प्रकार की अन्य महामारियाँ आये दिन की व्याधियाँ बनती जा रही हैं? क्या बार-बार यह सुनना कि हम स्वशासन के योग्य नहीं हैं, एक अपमानजनक बात नहीं है? क्या यह तौहीन की बात नहीं कि गुरु गोविन्दसिंह, शिवाजी और हरीसिंह जैसे शूरवीरों के बाद भी हमसे कहा जाये कि हममें अपनी रक्षा करने की क्षमता नहीं है? खेद है कि हमने अपने वाणिज्य और व्यवसाय को उसकी शैशवावस्था में ही कुचला जाते नहीं देखा। जब बाबा गुरु

दित्तसिंह ने 1914 में गुरु नानक स्टीमशिप चालू करने का पहला प्रयास किया था तो दूर देश कनाडा में और भारत आते समय उनके साथ अमानवीय व्यवहार किया गया और अन्त में बज-बज के बन्दरगाह पर उन साहसी मुसाफिरों का गोलियों से खूनी स्वागत किया गया। और भी क्या कुछ नहीं किया गया? क्या हमने यह सब नहीं देखा? उस भारत में जहाँ एक द्रौपदी के सम्मान की रक्षा में महाभारत जैसा युद्ध लड़ा गया था, वहाँ 1919 में दर्जनों द्रौपदियों को बेइज्जत किया गया था, उनके चेहरों पर थूका गया। क्या हमने यह सब नहीं देखा? फिर भी हम मौजूदा व्यवस्था से सन्तुष्ट हैं। क्या यह जीने योग्य जिन्दगी है?''

यहाँ पर ग़दर लहर की मशहूर घटना 'कामागाटामारू प्रकरण' का जिक्र किया गया है जिससे भगतसिंह और साथियों पर ग़दर लहर का प्रभाव और नौजवान भारत सभा की स्थापना का उद्देश्य स्पष्ट हो जाता है। वास्तव में भगतसिंह का उद्देश्य क्रान्तिकारी आन्दोलन को जनता के मध्य लोकप्रियता का मजबूत आधार प्रदान करता था। वे चाहते थे कि नौजवान भारत सभा में भारत की स्वतन्त्रता के लिए कार्य करनेवाले युवक आगे आयें और उन्हीं में से चुनिन्दा लोगों को क्रान्तिकारी दल में शामिल किया जाये। क्रान्तिकारी दल के लिए मजबूत आर्थिक आधार, जो कि लोगों के सहयोग से ही सम्भव था, भी उनका उद्देश्य था।

सन् 1925 में लखनऊ के निकट काकोरी नामक स्थान पर सरकारी खजाना लूट लिया गया। यह घटना काकोरी ट्रेन डकैती काण्ड के नाम से प्रसिद्ध हुई। इस मामले में तमाम लोग पकड़े गये और उन पर मुकद्दमा चलाया गया। भगतसिंह लगातार इस मुकद्दमे में दिलचस्पी लेते रहे। आगे चलकर उन्होंने 'किरती' में काकोरी काण्ड के विषय में कई लेख लिखे। काकोरी के वीरों से परिचय नामक लेख में घटना का वर्णन करते हुए वे लिखते हैं –

''9 अगस्त, 1925 को एक छोटे-से स्टेशन काकोरी से एक पैसेंजर ट्रेन चली। यह स्टेशन लखनऊ से आठ मील की दूरी पर है। ट्रेन मील-डेढ़ मील चली होगी कि सेकेण्ड क्लास में बैठे हुए तीन नौजवानों ने गाड़ी रोक ली और दूसरों से मिलकर गाड़ी में जा रहा सरकारी खजाना लूट लिया। उन्होंने पहले ही जोर से आवाज देकर सभी यात्रियों को समझा दिया था कि वे डरें नहीं, क्योंकि उनका उद्देश्य यात्रियों को तंग करने का नहीं, सिर्फ सरकारी खजाना लूटने का है। खैर वे गोलियाँ चलाते रहे। वह कोई यात्री जो गाड़ी से उतर पड़ा गोली लग जाने से मर गया।''

जुलाई, 1927 को दशहरे के मेले में बम विस्फोट के एक मामले में पुलिस ने भगतसिंह को गिरफ्तार कर लिया। वास्तव में बम विस्फोट केवल एक बहाना था और पुलिस भगतसिंह की गतिविधियों पर काफी लम्बे समय से निगाह रख रही थी। पुलिस

ने क्रान्तिकारी दल के भेद उगलवाने की बहुत कोशिश की परन्तु भगतसिंह नहीं टूटे। कुछ दिनों पश्चात् सरदार किशनसिंह ने 60,000 रुपये की जमानत देकर उन्हें छुड़वा लिया।

जेल से छुड़वाने के बाद सरदार किशनसिंह ने भगतसिंह को काम में लगाने का निश्चय किया। उन्होंने लाहौर के पास खामरियाँ में एक डेरी खुलवा दी। भगतसिंह बड़ी रुचि से डेरी का काम करने लगे। इस बीच भी क्रान्तिकारियों से उनके सम्बन्ध बने रहे। डेरी में काम करने के दौरान भगतसिंह ने लेखन और नौजवान भारत सभा की गतिविधियों की ओर ध्यान दिया। उनके अनेक लेख जो विभिन्न पत्र-पत्रिकाओं में प्रकाशित हुए हैं, इसी दौरान लिखे गये। अनेक क्रान्तिकारियों के चित्र और जीवन चरित्र खोजे गये, जिनकी स्लाइडें बना कर मैजिक लालटेन द्वारा प्रदर्शन किया जाता था।

धीरे-धीरे डेरी के काम से उनका ध्यान हट गया और वे अपने जीवन के सर्वाधिक महत्त्वपूर्ण कार्य की ओर बढ़ने लगे। 8-9 सितम्बर, 1928 को दिल्ली में फिरोजशाह कोटला के खँडहरों में क्रान्तिकारी दल की एक बैठक हुई, जिसने आनेवाले दिनों में भारत के क्रान्तिकारी आन्दोलन का रास्ता बदल दिया। इस बैठक में उत्तर प्रदेश, बिहार, राजस्थान के क्रान्तिकारियों ने हिस्सा लिया। क्रान्तिकारी दल जो अब तक हिन्दुस्तान प्रजातन्त्र संघ कहलाता था, का नाम बदल कर हिन्दुस्तान समाजवादी प्रजातन्त्र संघ कर दिया गया और दल की केन्द्रीय समिति का गठन किया गया। चन्द्रशेखर आजाद, जो नवगठित दल के प्रमुख बनाये गये थे, इस बैठक में उपस्थित नहीं थे, परन्तु उन्होंने दल में होनेवाले निर्णयों को पूरी तरह स्वीकार करने की सहमति जता दी थी। इस बैठक में क्रान्तिकारी आन्दोलन की वैचारिक दिशा निर्धारित की गयी और छुटपुट कार्यवाहियाँ करके अंग्रेज सरकार को छकाने की बजाय एक सुस्पष्ट नीति बनायी गयी।

अलग-अलग प्रान्तों के लिए प्रभारी नियुक्त किये गये और यह निर्णय लिया गया कि संगठन का फैलाव देशभर में किया जाये। भगतसिंह को देशभर में घूम कर वहाँ के क्रान्तिकारी समूहों से सम्पर्क करने और उन्हें केन्द्रीय संगठन से जोड़ने का दायित्व दिया गया। इसी दौरान भगतसिंह ने केश कटा दिये और छद्म नाम 'रणजीत' के साथ काम करना शुरू किया। उन्होंने दल को अखिल भारतीय स्वरूप देने के लिए काफी प्रयास किये। पंजाब, दिल्ली, बंगाल और उत्तर प्रदेश की अनेक यात्राएँ कीं और अपनी संगठन शक्ति का परिचय दिया।

देश के प्रशासन में सुधार के सुझाव देने के लिए ब्रिटिश सरकार ने सर जॉन साइमन की अध्यक्षता में एक कमीशन गठित किया। इस कमीशन को देश के विभिन्न

भागों की यात्रा और भारतीयों के विभिन्न समूहों से बातचीत करके सरकार को रिपोर्ट सौंपनी थी। 3 फरवरी, 1928 को कमीशन बम्बई पहुँचा। कमीशन का देशभर में जबर्दस्त विरोध हुआ। लोगों ने 'साइमन गो बैक' के गगनभेदी नारे के साथ काले झण्डे दिखाये। सारे देश में हड़ताल रही। कलकत्ता में भी काले झण्डे दिखाये गये। कलकत्ता और मद्रास में उग्र प्रदर्शनकारी पुलिस से भिड़ गये। पुलिस की चलायी गोली से मद्रास में तीन प्रदर्शनकारी मारे गये।

अक्टूबर, 1928 के अन्तिम दिनों में कमीशन को लाहौर आना था। भगतसिंह और उनके साथियों ने नौजवान भारत सभा के झण्डे तले कमीशन का विरोध करने का निर्णय लिया। कई अन्य संगठन भी प्रदर्शन में शामिल हो गये। लाला लाजपत राय को प्रदर्शन के नेतृत्व के लिए तैयार कर लिया गया। जब लाहौर रेलवे स्टेशन पर साइमन कमीशन के सदस्य उतरे तो उनका स्वागत काले झण्डों और 'साइमन गो बैक' का नारा लगाती भीड़ ने किया। पुलिस बौखला उठी। भीड़ पर जबर्दस्त लाठीचार्ज किया गया। लाला जी भी गम्भीर रूप से घायल हुए। इस घटना के कुछ ही सप्ताह बाद 17 नवम्बर को लाला जी का निधन हो गया। इस घटना से न केवल पंजाब बल्कि पूरे देश की जनता में रोष फैल गया। लोगों ने लाला जी की मौत का जिम्मेदार पुलिस को माना। भगतसिंह और साथियों के लिए भी गहरा आघात था।

इस घटना का बदला लेने की योजना बनायी गयी। लाहौर के पुलिस प्रमुख मिस्टर स्कॉट को निशाना बनाने का निर्णय लिया गया। भगतसिंह, राजगुरु, चन्द्रशेखर आजाद और जयगोपाल को स्कॉट पर हमला करना था। लाला जी की मृत्यु के ठीक एक महीने बाद 17 दिसम्बर को स्कॉट पर हमला करना तय हुआ। हमला हुआ पर स्कॉट के बजाय डी.एस.पी. साण्डर्स मारा गया। यह घटना दूसरी तमाम क्रान्तिकारी घटनाओं की तरह नहीं थी, इसके पीछे जो उद्देश्य था वह लाहौर की गलियों में लगे पोस्टरों से स्पष्ट हो गया –

'हमें एक व्यक्ति की हत्या का खेद है, परन्तु यह व्यक्ति उस निर्दयी, नीच और अन्यायपूर्ण व्यवस्था का एक अंग था, जिसे समाप्त कर देना आवश्यक है। इस व्यक्ति की हत्या हिन्दुस्तान में ब्रिटिश शासन के कारिन्दे के रूप में की गयी है। यह सरकार संसार की सबसे अत्याचारी सरकार है।

मनुष्य का रक्त बहाने के लिए हमें खेद है, परन्तु क्रान्ति की वेदी पर कभी-कभी रक्त बहाना अनिवार्य हो जाता है। हमारा उद्देश्य ऐसी क्रान्ति है, जो मनुष्य द्वारा मनुष्य के शोषण का अन्त कर देगी।''

इस घटना ने पंजाब पुलिस के कान खड़े कर दिये। जबरदस्त धरपकड़ शुरू कर दी गयी। भगतसिंह, भगवतीचरण वोहरा की पत्नी दुर्गा भाभी की मदद से छद्मवेश में

लाहौर से कलकत्ता भाग गये। इस घटना ने पंजाब की जनता में क्रान्तिकारियों के प्रति सम्मान का भाव उत्पन्न किया और वे नायक बन गये।

कलकत्ता में उस समय कांग्रेस का वार्षिक अधिवेशन चल रहा था। कांग्रेस नेता ब्रिटिश सरकार को यह चेतावनी देने का प्रयास कर रहे थे कि अगर भारत को औपनिवेशिक स्वतन्त्रता न मिली तो वे पूर्ण स्वराज्य माँगने लगेंगे। कांग्रेस नेतृत्व की यह समझौतावादी नीति राष्ट्रवादियों की फूटी आँखों नहीं सुहा रही थी। इसी दौरान भगतसिंह अपने जीवन के सबसे महत्त्वपूर्ण कारनामें की ओर बढ़ रहे थे। कलकत्ता से आगरा आकर उन्होंने दल की गतिविधियों को आगे बढ़ाना शुरू कर दिया। उन्होंने असेम्बली में बम फेंकने का प्रस्ताव दल को केन्द्रीय समिति के सामने रखा, जिसे स्वीकार कर लिया गया। आगरा में बम बनाने के लिए कुछ मकान लिये गये और बम बनाने शुरू कर दिये गये।

भगतसिंह फ्रान्सीसी क्रान्तिकारी वेलां, फ्रान्सीसी असेम्बली में बम फेंकने के उसके कारनामें और उसके बयान से बहुत प्रभावित थे। असेम्बली में बम फेंकने की योजना के पीछे वेलां का आदर्श ही उनके सामने था। वे बम फेंकने के बहाने सम्पूर्ण देश का ध्यान आकर्षित कर दल के उद्देश्य और एक विस्तृत राजनैतिक कार्यक्रम देश के सामने रखना चाहते थे। अपने कानपुर प्रवास के दौरान आर्थिक संसाधन जुटाने के लिए दल द्वारा डकैती डालने की घटनाओं के वे प्रत्यक्षदर्शी थे और अच्छी तरह समझ गये थे कि इस तरह की गतिविधियों से जनता की सहानुभूति और सहयोग प्राप्त करना असम्भव है। वे चाहते थे कि दल के उद्देश्य जनता के सामने आयें और मुट्ठी-भर लोगों के द्वारा लड़ी जा रही लड़ाई करोड़ों हिन्दुस्तानियों की लड़ाई बन जाये ताकि कुछ लोग राष्ट्रीय हितों की सौदेबाजी न कर सकें। इतिहास गवाह है कि वे अपने उद्देश्य में पूरी तरह सफल हुए। उनकी शहादत के बाद अंग्रेज हुक्मरान भारत में सुख से सो नहीं सके और कुछ ही बरसों में उन्हें वापस जाना पड़ा।

भगतसिंह की असेम्बली में बम फेंकने की योजना से चन्द्रशेखर आजाद सहित सभी सदस्य सहमत थे परन्तु भगतसिंह को वहाँ भेजा जाये इस पर सहमति नहीं थी। इसके अतिरिक्त आजाद बम फेंकने के बाद गिरफ्तारी देने के प्रस्ताव के पक्ष में नहीं थे। वह चाहते थे कि बम फेंकने के बाद सुरक्षित लौट आया जाये। भगतसिंह इससे सहमत न थे क्योंकि इस स्थिति में यह एक और आतंकवादी गतिविधि भरी होती। अन्त में भगतसिंह का प्रस्ताव स्वीकार किया गया और उनका तथा बटुकेश्वर दत्त का नाम तय किया गया। दिन रखा गया— 8 अप्रैल, 1929। इसी दिन बम फेंकने के पीछे भी कुछ महत्त्वपूर्ण कारण थे। केन्द्रीय असेम्बली में दो बिल पेश किये गये थे—पब्लिक सेफ्टी बिल और ट्रेड डिस्प्यूट्स बिल। पहले कानून का उद्देश्य देश की आजादी के

आन्दोलन को विदेशी समर्थन पर अंकुश लगाना था, तो दूसरा मजदूरों की हड़तालों पर रोक लगाने के लिए लाया गया था। असेम्बली का गणित सरकार के अनुकूल नहीं था अतः दोनों ही बिल अस्वीकृत हो गये। सरकार बिलों को कानून में बदलने के लिए प्रतिबद्ध थी। अतः वाइसराय ने अपने विशेषाधिकार का प्रयोग करते हुए बिल पास कर दिये। 8 अप्रैल को असेम्बली में इसी की घोषणा की जानी थी।

निर्धारित समय पर भगतसिंह और बटुकेश्वर दत्त असेम्बली पहुँच गये। जैसे ही अध्यक्ष वी. जे. पटेल वाइसराय की घोषणा सुनाने के लिए खड़े हुए, भगतसिंह ने खाली स्थान पर एक के बाद एक दो बम फेंके और पिस्तौल से दो हवाई फायर किये। इन्हीं धमाकों में लगभग पूरा सदन खाली हो गया। दोनों क्रान्तिकारियों ने इन्कलाब-जिन्दाबाद के नारे लगाये और अपनी जेबों से निकाल कर तमाम पर्चे असेम्बली हाल में फेंके। अंग्रेजी में छपे इन पर्चों में देश की आजादी के लिए हो रही सौदेबाजी की ओर संकेत करते हुए कहा गया था –

''हम यह स्पष्ट कर देना चाहते हैं कि कुछ लोग साइमन कमीशन के द्वारा सुधारों के नाम से जो जूठे टुकड़े मिलने की सम्भावना है, उसकी आशा लगाये हुए हैं और मिलनेवाली ताज़ी हड्डियों के बँटवारे के लिए झगड़ा तक कर रहे हैं। इसी समय सरकार भी भारतीय जनता पर दमनकारी कानून लादती जा रही है, जैसे कि 'पब्लिक सेफ्टी बिल' और 'ट्रेड डिस्प्यूट बिल'। इन्हीं के साथ उसने 'प्रेस सिडीशन' बिल को असेम्बली के अगले अधिवेशन के लिए सुरक्षित रख लिया है। मजदूर नेता जो खुले रूप में अपना कार्य कर रहे थे, उनकी अन्धाधुन्ध गिरफ्तारियों से यह स्पष्ट हो जाता है कि सरकार का रुख क्या है?''

''जनता के चुने हुए प्रतिनिधि अपने निर्वाचन क्षेत्रों में लौट जायें और जनता को आनेवाली क्रान्ति के लिए तैयार करें। सरकार को यह जान लेना चाहिए कि सेफ्टी बिल और ट्रेड डिस्प्यूट बिल और लाला जी की नृशंस हत्या का असहाय भारतीय जनता की ओर से विरोध करते हुए हम इस पाठ पर जोर देना चाहते हैं, जिसे कि बहुत बार इतिहास ने दोहराया है कि व्यक्तियों की हत्या कर डालना आसान है, लेकिन तुम विचारों की हत्या नहीं कर सकते। बड़े-बड़े साम्राज्य नष्ट हो गये, जबकि विचार जीवित रहे। (फ्रान्स के) ब्रूवां और (रूस के) जार समाप्त हो गये, जबकि क्रान्तिकारी विजय की सफलता के साथ आगे बढ़ गये।''

असेम्बली भवन में बम का धमाका करने के बाद भगतसिंह और बटुकेश्वर दत्त सार्जेण्ट टेरी और इन्स्पेक्टर जॉनसन द्वारा गिरफ्तार कर लिये गये।

पुलिस ने भगतसिंह और बटुकेश्वर दत्त को सेशन जज की अदालत में प्रस्तुत किया। 4 जून, 1929 को दिल्ली जेल में सेशन जज मिस्टर मिडलटन की अदालत में

मुकद्दमा शुरू हुआ। 6 जून को भगतसिंह और बटुकेश्वर दत्त ने अपना ऐतिहासिक बयान दिया। असेम्बली की निरर्थकता के बारे में उन्होंने कहा -

''हमारा ध्येय उस संस्था के विरुद्ध अपना व्यावहारिक प्रतिरोध प्रकट करना था, जिसने अपने आरम्भ में केवल अपनी निरुपयोगिता का ही नहीं, वरन् हानि पहुँचाने की दूरगामी शक्ति का भी नग्न प्रदर्शन किया है। हमने जितना अधिक चिन्तन किया है, हम उतने ही अधिक इस परिणाम पर पहुँचे हैं कि इस संस्था—'विधान मण्डल' के अस्तित्व का प्रयोजन संसार के समक्ष भारतीय दीनता और असहायता का प्रदर्शन करना है तथा यह एक अनुत्तरदायी एवं स्वेच्छाचारी शासन की दमनकारी सत्ता की प्रतीक बन गयी है।

जनता के प्रतिनिधियों की राष्ट्रीय माँग को बार-बार रद्दी की टोकरी में फेंक दिया जा रहा है। सदन-द्वारा पारित पवित्र प्रस्तावों को तथाकथित भारतीय संसद के फर्श पर निरादरपूर्वक पाँवों तले कुचला जाता रहा है। दमनकारी एवं स्वेच्छाचारी कानूनों के निवारण से सम्बन्धित प्रस्तावों की सबसे अधिक अपमानपूर्वक उपेक्षा की गयी है तथा निर्वाचित प्रतिनिधियों ने जिन सरकारी कानूनों और प्रस्तावों को अस्वीकार कर दिया, उनको भी सरकार द्वारा स्वेच्छाचारितापूर्वक स्वीकृति प्रदान की जा रही है।

संक्षेप में, ईमानदारी के साथ प्रयत्न करने पर भी हमारी समझ में यह नहीं आ रहा कि एक ऐसी संस्था का अस्तित्व किस प्रकार न्यायसंगत माना जा सकता है, जिसकी शान-शौकत बनाये रखने के लिए भारत के करोड़ों लोगों के गाढ़े पसीने की कमाई खर्च की जाती है फिर भी जो निरर्थक अभिनय और शैतानी से भरा षड्यन्त्र-मात्र बन कर रह गयी हैं।''

उन्होंने देश के श्रमिकों और किसानों की दयनीय दशा का वर्णन करते हुए खुले शब्दों में सरकार की दमनकारी नीतियों का विरोध किया –

'कोई भी ऐसा व्यक्ति जिसके हृदय में मूक और पराधीन श्रमिकों की दुर्दशा के प्रति हमारे-जैसी सहानुभूति है, इस दृश्य को शान्तिपूर्वक नहीं देख सकता तथा जिसके हृदय में उन श्रमिकों के लिए करुणा है, जिन्होंने उन शोषकों के आर्थिक ढाँचे के निर्माण के लिए मौन रहकर अपना जीवन-रक्त गिराया है, वह इनके निर्दय, निर्दलन के फलस्वरूप उठनेवाले आत्मा के क्रन्दन को दबा नहीं सकता। परिणामतया हमने गवर्नर जनरल की कार्यकारी परिषद् के भूतपूर्व विधि-सदस्य स्वर्गीय श्री सी. आर. दास के उन शब्दों से प्रेरणा ग्रहण की, जो उन्होंने अपने पुत्र के नाम एक पत्र में लिखे थे और जिनका तात्पर्य यह था कि इंग्लैण्ड को उसके दुःस्वप्न से जगाने के लिए बम आवश्यक है। हमने उन लोगों की ओर से प्रतिरोध प्रकट करने के लिए असेम्बली के

फर्श पर बम फेंका, जिनके पास अपनी हृदय विदारक व्यथा की अभिव्यक्ति का कोई दूसरा मार्ग नहीं रह गया है... ।''

सरकार और सरकारपरस्त ताकतें क्रान्तिकारियों पर हिंसक होने का आरोप लगाती थीं। असेम्बली बम काण्ड को भी आम जनता के मध्य एक आतंकवादी कार्यवाही के रूप में प्रस्तुत करके भगतसिंह और साथियों को बदनाम किया गया। इसका प्रतिरोध करते हुए उन्होंने कहा –

''क्रान्ति के घातक संघर्षों का अनिवार्य स्थान नहीं है, न उसमें व्यक्तिगत रूप से प्रतिशोध लेने की ही गुंजाइश है, क्रान्ति बम और पिस्तौल की संस्कृति नहीं है। क्रान्ति से हमारा प्रयोजन यह है कि अन्याय पर आधारित वर्तमान व्यवस्था में परिवर्तन होना चाहिए। उत्पादक अथवा श्रमिक समाज के अत्यन्त आवश्यक तत्त्व हैं तथापि शोषक लोग उन्हें श्रम के फलों और मौलिक अधिकारों से वंचित कर देते हैं। एक ओर सबके लिए अन्न उगानेवाले कृषक सपरिवार भूखों मर रहे हैं, सारी दुनिया के बाजारों में कपड़े की पूर्ति करनेवाले बुनकर अपने और अपने बच्चों के शरीर को ढाँकने के लिए पूरे वस्त्र प्राप्त नहीं कर पाते, भवन-निर्माण, लोहारी और बढ़ईगिरी के कामों में लगे लोग शानदार महलों का निर्माण करके भी गन्दी बस्तियों में रहते और मर जाते हैं, दूसरी ओर पूँजीपति, शोषक और समाज पर घुन की तरह जीनेवाले लोग अपनी सनक पूरी करने के लिए करोड़ों रुपया पानी की तरह बहा रहे हैं। यह भयंकर विषमताएँ और विकास के अवसरों की कृत्रिम असमानताएँ समाज को अराजकता की ओर ले जा रही हैं। यह परिस्थिति सदा बनी नहीं रह सकती तथा यह स्पष्ट है कि वर्तमान व्यवस्था एक ज्वालामुखी के मुख पर बैठी हुई आनन्द मना रही है...''

प्रसिद्ध क्रान्तिकारी और काकोरी काण्ड में अभियुक्त रहे मन्मथनाथ गुप्त भगतसिंह के इस बयान के बारे में लिखते हैं –

''इस वक्तव्य में उन्होंने बताया कि क्रान्तिकारी-दल का उद्देश्य देश में मजदूरों तथा किसानों का अधिनायकत्व स्थापित करना है। इस बयान से पहले बहुत से लोगों ने असेम्बली पर बम फेंकने के लिए क्रान्तिकारियों की बड़ी निन्दा की थी किन्तु इस बयान के बाद लोगों की गलतफहमियाँ दूर हो गयीं। लोक मुक्तकण्ठ से क्रान्तिकारियों की प्रशंसा करने लगे।... सरदार भगतसिंह और बटुकेश्वर दत्त ने जो बयान दिया था उसकी अपील सिर्फ हृदय के प्रति नहीं थी, बल्कि लोगों के दिमाग को थी। इसके पहले किसी भी क्रान्तिकारी ने अदालत में खड़े होकर इतना विद्वतापूर्ण बयान नहीं दिया था।''

10 जून, 1929 को केस की सुनवायी समाप्त हुई और सेशन जज ने 41 पृष्ठों के अपने फैसले में दोनों क्रान्तिकारियों को आजन्म कारावास की सजा सुना दी।

यद्यपि भगतसिंह को अपने बचाव की कोई चिन्ता नहीं थी परन्तु इस फैसले के खिलाफ हाईकोर्ट में अपील कर दी गयी। जस्टिस फोर्ड और जस्टिस एडीसन की अदालत में हाईकोर्ट में मामले की सुनवायी शुरू हुई। यहाँ भी भगतसिंह ने अपनी वक्तृत्व क्षमता का परिचय दिया –

"पहली बात यह है कि असेम्बली में हमने जो दो बम फेंके, उनसे किसी भी व्यक्ति की शारीरिक या मानसिक हानि नहीं हुई। इस दृष्टिकोण से हमें जो सजा दी गयी है, वह कठोरतम ही नहीं है, बदला लेने की भावनावाली भी है। यदि दूसरे दृष्टिकोण से देखा जाये तो जब तक अभियुक्त की मनोभावना का पता न लगाया जाये, उसके असली उद्देश्य का पता ही नहीं चल सकता, यदि उद्देश्य को पूरी तरह भुला दिया जाये, तो किसी भी व्यक्ति के साथ न्याय नहीं हो सकता, क्योंकि उद्देश्य को नजरों में न रखने पर बड़े-बड़े सेनापति साधारण हत्यारे नजर आयेंगे, सरकारी कर वसूल करनेवाले अधिकारी चोर-जालसाज दिखायी देंगे और न्यायाधीशों पर भी कत्ल करने का अभियोग लगेगा। इस तरह तो समाज-व्यवस्था और सभ्यता, खून-खराबा, चोरी और जालसाजी बन कर रह जायेगी। यदि उद्देश्य की उपेक्षा की जाये, तो हर धर्म-प्रचारक झूठ का प्रचारक दिखायी देगा और हरेक पैगम्बर पर अभियोग लगेगा कि उसनें करोड़ों भोले और अनजान लोगों को गुमराह किया। यदि उद्देश्य को भुला दिया जाये तो हजरत ईसा मसीह गड़बड़ फैलानेवाले, शान्ति भंग करनेवाले और विद्रोह का प्रचार करनेवाले दिखायी देंगे और कानून के शब्दों में–'खतरनाक व्यक्तित्व' माने जायेंगे।"

"माई लार्ड, इन नीयत से और उद्देश्य को दृष्टि में रखते हुए हमने कार्यवाही की और इस कार्यवाही के परिणाम हमारे बयान का समर्थन करते हैं। एक और नुक्ता स्पष्ट करना आवश्यक है, यदि हमें बमों की ताकत के सम्बन्ध में कोई ज्ञान न होता, तो हम पण्डित मोतीलाल नेहरू, श्री केसकर, श्री जयकर, श्री जिन्ना जैसे सम्माननीय राष्ट्रीय व्यक्तित्वों की उपस्थिति में बम क्यों फेंकते? हम नेताओं के जीवन को किस तरह खतरे में डाल सकते थे? हम पागल तो नहीं हैं और अगर पागल होते, तो जेल में बन्द करने के बजाय हमें पागलखाने में बन्द किया जाता। बमों के सम्बन्ध में हमें निश्चित जानकारी थी। उसी के कारण ऐसा साहस किया। जिन बेंचों पर लोग बैठे थे, उन पर बम फेंकना कहीं आसान काम था, लेकिन खाली जगहों पर बम फेंकना निहायत मुश्किल था। अगर बम फेंकनेवाले सही दिमाग के न होते, या वे असन्तुलित होते तो, बम खाली जगह की बजाय बेंचों पर गिरते, मैं तो कहूँगा कि खाली जगह के चुनाव के लिए जो हिम्मत हमने दिखायी, उसके लिए हमें इनाम मिलना चाहिए। इन हालातों में माई लार्ड, हम सोचते हैं हमें ठीक तरह समझा नहीं गया। आपकी सेवा में

हम सजाओं को कम कराने नहीं आये, बल्कि अपनी स्थिति स्पष्ट करने के लिए आये हैं। हम तो चाहते हैं कि न तो हमसे अनुचित व्यवहार किया जाये और न ही हमारे सम्बन्ध में अनुचित राय दी जाये। सजा का सवाल हमारे लिये गौण हैं।''

हाईकोर्ट ने भगतसिंह और बटुकेश्वर दत्त की दलीलों को कोई महत्त्व नहीं दिया और 13 फरवरी, 1929 को सेशन जज के फैसले को बरकरार रखते हुए दोनों को आजन्म कारावास की सजा सुना दी। इसके बाद बटुकेश्वर दत्त को लाहौर और भगतसिंह को मियाँवाली जेल भेज दिया गया। इसी बीच पुलिस ने महत्त्वपूर्ण सफलता प्राप्त करते हुए अनेक क्रान्तिकारियों को गिरफ्तार कर लिया। दल के कई सदस्य वादामाफ गवाह बन गये। उनसे मिले सुरागों से कई अन्य लोग भी गिरफ्तार हो गये। इसी दौरान पुलिस को साण्डर्स केस के मामले में नयी जानकारियाँ मिलीं और मुकद्दमा शुरू हुआ। भगतसिंह इस केस के मुख्य अभियुक्तों में से थे। भगतसिंह ने 17 जून को मियाँवाली से इन्स्पेक्टर जनरल, पंजाब जेल्स को पत्र लिखकर माँग की कि साण्डर्स मामले में वे भी अभियुक्त हैं अतः उन्हें लाहौर सेण्ट्रल स्थानान्तरित कर दिया जाये। उन्हें लाहौर भेज दिया गया। इसी बीच भगतसिंह ने राजनैतिक कैदी होने के नाते बेहतर सुविधाएँ देने की माँग को लेकर भूख हड़ताल शुरू कर दी। वास्तव में उनकी भूख हड़ताल की खबर अखबारों में 15 जून को छपी परन्तु वे अपनी हड़ताल दिल्ली से चलते समय ही शुरू कर चुके थे।

10 जुलाई, 1929 को लाहौर में स्पेशल मजिस्ट्रेट श्रीकृष्ण की अदालत में साण्डर्स-हत्या केस की सुनवायी शुरू हो गयी। जब मुकद्दमे की कार्यवाही के लिए भगतसिंह को अदालत लाया गया तो वे बेहद कमजोर हो चुके थे। पूरे देश में उनकी भूख हड़ताल की खबर फैल गयी। बोर्स्टल जेल के साथियों ने भी भूख हड़ताल शुरू कर दी। 14 जुलाई को भारत सरकार के होम मेम्बर को भेजे गये पत्र में भगतसिंह ने माँग की —

1. राजनैतिक कैदी होने के नाते हमें अच्छा खाना दिया जाना चाहिए, हमारे जीवन का स्तर यूरोपियन कैदियों जैसा होना चाहिए। हम उसी तरह की खुराक की माँग नहीं करते बल्कि खुराक का स्तर वैसा चाहते हैं।
2. हमें मशक्कत के नाम पर जेलों में सम्मानहीन काम करने के लिए बाध्य नहीं किया जाना चाहिए।
3. बिना किसी रोक-टोक के पूर्व स्वीकृत पुस्तकें और लिखने का सामान लेने की सुविधा मिलनी चाहिए।
4. कम-से-कम एक दैनिक पत्र हरेक राजनैतिक कैदी को मिलना चाहिए।

5. हरेक जेल में राजनैतिक कैदियों का एक विशेष वार्ड होना चाहिए, जिसमें उन सभी आवश्यकताओं की पूर्ति की सुविधा होनी चाहिए, जो यूरोपियनों के लिए होती हैं। और एक जेल में रहनेवाले सभी राजनैतिक कैदी उस वार्ड में इकट्ठे रहने चाहिए।
6. स्नान के लिए सुविधाएँ मिलनी चाहिए।
7. अच्छे कपड़े मिलने चाहिए।
8. यू.पी.जेल सुधार कमिटी में श्री जगतनारायण और खान बहादुर हाफिज हिदायत हुनैन की इस सिफारिश को कि राजनैतिक कैदियों के साथ अच्छी क्लास के कैदियों जैसा व्यवहार होना चाहिए, हम पर भी लागू किया जाये।

भगतसिंह का वजन 5 पौण्ड प्रति सप्ताह घटने लगा। सरकार ने भूख-हड़ताल को प्रतिष्ठा का प्रश्न बना लिया। कैदियों को जबरन दूध पिलाने का प्रयास किया गया। यतीन्द्रनाथ दास को जबरन दूध पिलाने के कारण दूध उनके फेफड़ों में पहुँच गया और वह गम्भीर रूप से बीमार हो गये। भूख हड़ताल की खबर ने देशभर में उफान ला दिया। जुलूसों और प्रदर्शनों की बाढ़ आ गयी मुकद्दमें में भगतसिंह और साथियों द्वारा दिये जा रहे बयान अखबारों में स्थान पा रहे थे और वे अपने उद्देश्यों में सफल हो रहे थे। जनता जागने लगी थी और पूरा देश क्रान्तिकारियों के पक्ष में आ खड़ा हुआ था। मुकद्दमा लड़ने के लिए एक डिफेन्स कमिटी बनायी गयी। इस कमिटी को देशभर से लोगों ने धन दिया। सरकार के सामने विकट समस्या खड़ी हो गयी थी। वह न तो सहजता से क्रान्तिकारियों की माँगें मान पा रही थीं और न ही जनता के व्यापक असन्तोष को झेल पा रही थीं। जेलों में सुधार के मामले को लेकर वह एक कदम आगे और दो कदम पीछे का खेल खेलती रही। 13 सितम्बर, 1929 को देश दुःख और आक्रोश से भर उठा। यतीन्द्रनाथ दास भूख हड़ताल करते हुए शहीद हो गये। सरकार का अमानवीय चेहरा जनता के सामने आ गया, जो भगतसिंह और साथियों का मुख्य उद्देश्य था। 5 अक्टूबर को भूख हड़ताल समाप्त हो गयी।

मुकद्दमे के दौरान भी भगतसिंह और साथियों ने राजनैतिक अधिकारों के लिए संघर्ष का नया मोर्चा खोल दिया। उन्होंने अदालत लाये जाते समय हथकड़ी लगाये जाने का कड़ा विरोध करते हुए मजिस्ट्रेट से कहा –

''यह हमारे सम्मान के विरुद्ध है कि हमें एक मामूली सिपाही के साथ बाँधा जाये और यह न्याय के भी विरुद्ध है, क्योकि हम अदालत की आवश्यक बातें नोट नहीं कर पाते। आप पुलिस के हाथों में खेल रहे हैं, यह बहुत अनुचित बात है। मैं पूछता हूँ, मैजिस्ट्रेट आप हैं या पुलिस अधिकारी मिस्टर अब्दुल अजीज! ऐसा ही है तो न्याय का

तमाशा क्यों कर रहे हें। इसे बन्द कर दीजिये और पुलिस को अपना काम करने दीजिये।''

भगतसिंह और साथी अदालती कार्यवाही का अपने उद्‍देश्य के लिए भरपूर उपयोग कर रहे थे। वे बयान देते थे, जो अखबारों में छपते थे। लोग मुकद्‍दमे की कार्यवाही देखने के लिए कोर्ट में आते थे और गीत गाते, हँसते मुस्कराते क्रान्तिकारियों और बात-बात पर खीझते वकीलों, जजों और पुलिस कर्मियों को देखते तथा बाहर जाकर उनकी चर्चा करते। अदालत में पुलिस उनकी पिटायी करती और वे पुलिस अधिकारियों पर व्यंग्य करते। भगतसिंह और उनके साथी आम जनता के मध्य नायक के रूप में स्थापित हो चुके थे। उनके समर्थन में जुलूसों और प्रदर्शनी की बात आम थी। समाचार-पत्रों की सुर्खियों में भी केवल लाहौर षड्यन्त्र केस ही रहता था।

सरकार इस केस के चलते काफी जलालत झेल चुकी थी, अतः 1 मई, 1930 को लाहौर षड्यन्त्र केस आर्डिनेन्स के नाम से स्पेशल आदेश जारी करके तीन जजों का स्पेशल ट्रिब्यूनल बनाया गया और उसे अधिकार दे दिया गया कि वह अभियुक्तों, बचावपक्ष के वकीलों और गवाहों की उपस्थिति के बिना भी फैसला कर सकता था। नया ट्रिब्यूनल पंजाब हाईकोर्ट ने गठित किया। जिसके अध्यक्ष थे—जस्टिस जे. कोल्डस्ट्रीम। सदस्य थे—जस्टिस जी. सी. हिल्टन और जस्टिस आगा हैदर। सरकारी वकील की भूमिका निभायी मिस्टर एम. सी. कार्डनोड ने। यह अदालत पुंछ हाउस में बैठना शुरू हुई। एक बार फिर मुकद्‍दमा चलाने के नाम पर न्याय का प्रहसन शुरू हुआ। भगतसिंह शुरू से ही अपने बचाव के खिलाफ थे। ट्रिब्यूनल के सामने भी वे उसी तरह अपनी वक्तृत्व कला का प्रदर्शन करते रहे।

गीत गाते, नारे लगाते क्रान्तिकारी जिस तरह से न्यायालय को चुनौती दे रहे थे, वह माननीय जस्टिस जे. कोल्डस्ट्रीम और जस्टिस जी. सी. हिल्टन के बर्दाश्त के बाहर था। ऐसे में फिर वही कुछ दोहराया गया जो स्पेशल मैजिस्ट्रेट की अदालत में हो चुका था। अभियुक्तों की पिटायी की गयी। जस्टिस आगा हैदर ने अदालत के फैसले से अपने को अलग कर लिया। आगा हैदर के न्याय के नाम पर किये जा रहे नाटक से सहमत न होने और अदालत के शेष दो सदस्यों का साथ न देने के कारण कोर्ट भगतसिंह, सुखदेव और राजगुरु को फाँसी देने में असमर्थ था, अतः वाइसराय ने एक नये ऑर्डिनेन्स के जरिये पुराने ट्रिब्यूनल को तोड़ कर नया ट्रिब्यूनल गठित किया। जिसमें अध्यक्ष थे—जस्टिस जी. सी. हिल्टन और सदस्य थे—जस्टिस अब्दुल कादिर और जस्टिस के. के. टैप। 7 अक्टूबर, 1930 की सुबह ट्रिब्यूनल के एक विशेष सन्देशवाहक ने जेल में आकर अदालत के फैसले की सूचना दी —

'भगतसिंह, सुखदेव और राजगुरु को फाँसी, कमलनाथ तिवारी, विजय कुमार सिन्हा, जयदेव कपूर, शिव वर्मा, गया प्रसाद, किशोरी लाल और महावीर सिंह को कालापानी। कुन्दनलाल को सात साल और प्रेमदत्त को तीन साल की कैद। मास्टर आशाराम, सुरेन्द्रनाथ पाण्डेय, जितेन्द्र नाथ सान्याल और अजय घोष को बरी कर दिया गया। 8 अक्टूबर को देश की तरुणाई उबल पड़ी, लाहौर में छात्रों ने हड़ताल करवा दी। डी.ए.वी. कॉलेज के एक प्रोफेसर और तमाम छात्रों ने पुलिस पर हमला कर दिया। जुलूसों की बाढ़ आ गयी। पुलिस ने लाठीचार्ज किया। देशव्यापी असन्तोष ने सरकार को हिला कर रख दिया। इस तरह भगतसिंह अपने उद्देश्य को आगे बढ़ाने में सफल हो गये।

भगतसिंह के पिता सरदार किशनसिंह ने उनके बचाव के लिए ट्रिब्यूनल को एक प्रार्थनापत्र लिखा जिसका भगतसिंह ने कड़ा प्रतिवाद किया। डिफेन्स कमिटी ने प्रिवी काउन्सिल में अपील की, जो बाद में खारिज़ हो गयी पंजाब के गवर्नर को लिखे पत्र में भगतसिंह, सुखदेव और राजगुरु ने कहा –

"... अंग्रेज जाति और भारतीय जनता के मध्य एक युद्ध चल रहा है। दूसरे यह कि हमने निश्चित रूप से इस युद्ध में भाग लिया है, अतः हम युद्धबन्दी हैं।... अब यह सिद्ध करना आपका काम है कि आपको उस निर्णय में विश्वास है जो आपकी सरकार के एक न्यायालय ने किया है। आप अपने कार्य द्वारा इस बात का प्रमाण दीजिये। हम विनयपूर्वक आपसे प्रार्थना करते हैं कि आप अपने सेना विभाग को आदेश दें कि हमें गोली से उड़ाने के लिए एक सैनिक टोली भेज दी जाये।"

अन्ततः 23 मार्च, 1931 को भगतसिंह, सुखदेव और राजगुरु को लाहौर सेण्ट्रल जेल में फाँसी दे दी गयी। सूचना बाहर आते ही पूरे देश में कोहराम मच गया। कांग्रेस को भी जनता के आक्रोश का सामना करना पड़ा। सबसे बड़ी बात यह थी कि भगतसिंह की शहादत के बाद अब देश अंग्रेज हुक्मरानों से किसी प्रकार का कोई भी समझौता करने को तैयार नहीं था। कांग्रेस के आन्दोलन में भी एक नया तीखापन आ गया। भगतसिंह, सुखदेव और राजगुरु अब केवल क्रान्तिकारी भर नहीं बल्कि युवाओं के हृदय सम्राट बन चुके थे। उनकी शहादत ने देश को नया जीवन दे दिया था। अब स्वतन्त्रता की चिन्गारी को बुझाना मुश्किल था और भारत में ब्रिटिश हुकूमत के दिन गिने चुने ही बचे थे। अन्ततः 1947 में भारत की जनता ने स्वतन्त्रता का नया प्रभात देखा।

भगतसिंह एक भावुक तरुण ही नहीं थे बल्कि उनमें एक परिपक्व क्रान्तिकारी के सभी गुण थे। गहन अध्ययन ने उन्हें देश की राजनैतिक आजादी से ऊपर उठकर मानव-मानव की समानता के विचार की ओर मोड़ा। विदेशी क्रान्तियों और आन्दोलनों

से सम्बन्धित साहित्य के अध्ययन ने उन्हें अन्तरराष्ट्रीय स्तर पर चल रहे कम्युनिस्ट आन्दोलन से जोड़ा। वैचारिक प्रखरता और परिस्थितियों के विश्लेषण की अद्भुत क्षमता के चलते उन्होंने असेम्बली बम काण्ड के बाद चले मुकद्दमे को राजनैतिक मंच की तरह प्रयोग किया और अपनी शहादत से वह आग लगा दी जो कभी बुझी ही नहीं। एक लेखक के रूप में भी उनका व्यक्तित्व अद्भुत था। परिवारजनों को लिखे गये पत्रों से लेकर 'किरती' अखबार में प्रकाशित लेखों और अदालत में दिये गये बयानों तक भगतसिंह निरन्तर विकासमान लेखक के रूप में सामने आते हैं।

भगतसिंह की नेतृत्व क्षमता और रणकौशल पर उनकी भतीजी वीरेन्द्र सिन्धु ने अपनी पुस्तक **युगद्रष्टा भगतसिंह और उनके मृत्युंजय पुरखे** में अच्छा प्रकाश डाला है।

साण्डर्स-हत्याकाण्ड यदि चन्द्रशेखर आजाद की सैनिक व्यूह-रचना का एक महान् प्रदर्शन था, तो लाहौर षड्यन्त्र केस भगतसिंह की बौद्धिक व्यूह-रचना का एक अनुपम प्रदर्शन। एक तरफ संसार की सबसे बड़ी शक्ति अंग्रेजी हुकूमत थी, उसके विशेषज्ञ थे, उसकी पुलिस थी, उसके साधन थे, दूसरी तरफ इक्कीस-बाईस साल का एक युवक था, जिसका नाम कुछ दिन पहले ही एक नये सूर्य की तरह भारत के आकाश में उगा था और ऐसे ही उनके कुछ साथी थे। आश्चर्य है कि दोनों में बाहर से कोई जोड़ नहीं था। सरकार उसे मसल सकती थी, पर वह मस्त था और सरकार परेशान थी। हर दाँव पर वह पिट रही थी और वह पीट रहा था।...

भगतसिंह की प्रतिभा और संगठन-शक्ति अपने पूरे उभार पर थी, इस समय हर क्षण इतिहास का था और इतिहास के हर क्षण पर उनका नियन्त्रण था। ये क्षण उसके सामने इसी तरह फैले हुए थे, जैसे जौहरी के सामने हीरे-मोती फैले रहते हैं और अपनी योजना के अनुसार वह जिसे जहाँ चाहता है, उठाकर जड़ देता है। लाहौर षड्यन्त्र केस भगतसिंह की प्रतिभा का जड़ाऊ अलंकार ही तो है। मुकदमा बचाव के लिए लड़ा जाता है, पर यहाँ तो मृत्यु का चाव युद्धनीति का दाँव बन कर खेल रहा था। भगतसिंह के मुकद्दमे का पूरा उपयोग करने के लिए अपना एक ट्रिब्यूनल बनाया था, जिसमें वे थे, सुखदेव थे, विजय कुमार सिन्हा थे और योजनापूर्वक अपने उद्देश्यों का जनजीवन में प्रचार करने का प्रयत्न किया था।

पहला मोर्चा भूख हड़ताल का था और वह जीता जा चुका था। उसके कारण देश के इतिहास में पहली बार राजनैतिक कैदी का व्यक्तित्व स्वीकार किया गया था। अब उन लोगों के पास आरामकुर्सियाँ थीं, खाना खाने के टेण्ट थे, दूसरे सामान थे, सुविधाएँ थीं और सबसे बड़ी बात यह कि यह मान लिया गया था कि वे देश-भक्त हैं और उनका उद्देश्य एक नयी समाज व्यवस्था के लिए पुराने ढाँचे को तोड़ना है।

अब दूसरा मोर्चा आया, जो यह था कि अदालत में मुकद्दमे की कार्यवाही देखने और सुनने के लिए अधिक दर्शक आयें, जिससे जनता की चर्चाओं में मुकदमा समाय, प्रचार हो और क्रान्ति का वातावरण बने। सरकार इसमें बाधा डालती थी, क्योंकि वह तो कुल्हिया में गुड़ फोड़ना चाहती थी, इन लोगों का नाम भी जनता के कानों से दूर रखना चाहती थी, पर वह देख रही थी कि ये तो उनके हृदयों में देव-प्रतिमाओं की तरह प्रतिष्ठित होते जा रहे थे, हीरो बन रहे थे। इसके बाद भी वह मजबूर थी। सब-कुछ उसके हाथ में था, पर हो वह रहा था, जो भगतसिंह चाहते थे। अब अदालत में दर्शकों की भारी भीड़ जमने लगी थी और वह राजनैतिक महफिल बनती जा रही थी।

फ्री स्टाइल कुश्ती के अखाड़े में जैसे झूमते हुए पहलवान आते हैं, ऐसे ही देश के दीवाने और मृत्यु-दीप के परवाने लोग आते। बिल्कुल उन पहलवानों की तरह गर्वभरी मुद्राओं और मस्ती भरी निगाहों से एक बार चारों ओर देखते। इसके बाद नारे लगाते—इन्कलाब जिन्दाबाद। ऐसे शब्द और स्वर भी होते हैं, जो जीभ से उठते हैं और ऐसे भी जो कण्ठ से आते हैं या फेफड़ों से, पर ऐसे-ऐसे भी शब्द और स्वर होते हैं, जो देह, मन और आत्मा के कण-कण का मन्थन कर उठते हैं। इन नारों के शब्द भी, स्वर भी ऐसे ही होते। अदालत क्या गूँजती, भारत का आकाश ही गूंज उठता—इन्कलाब-जिन्दाबाद! तब राष्ट्रीय गान आरम्भ होता—वन्दे मातरम्...। और फिर वन्दना के इन पावन और मांगलिक स्वरों में बलिदान की कामना ही साकार हो उठती -

'सर-फरोशी की तमन्ना अब हमारे दिल में है।
देखना है जोर कितना बाजुए कातिल में है!!
वक्त आने दे बता देंगे तुझे ऐ आसमाँ,
हम अभी से क्या बताएँ क्या हमारे दिल में है।
ऐ शहीदे मुल्कोमिल्लत, मैं तेरे ऊपर निसार,
अब तेरी हिम्मत की चर्चा गैर की महफिल में है!
सर-फरोशी की तमन्ना अब हमारे दिल में है!!'

फिर नारा गूँज उठता—इन्कलाब-जिन्दाबाद। वन्दे मातरम् देश-भक्ति का भाव पैदा करता, तो 'सर-फरोशी की तमन्ना' तथा इसी तरह के बहुत से दूसरे गीत देश के लिए सर्वस्व न्योछावर कर देने की भावना पैदा करते और 'इन्कलाब-जिन्दाबाद' नयी समाज व्यवस्था के निर्माण का चाव जगाता। सर्व-सत्ता-सम्पन्न सरकार के प्रतिनिधि आप-ही-आप अपनी आँखों में छोटे हो जाते और कैदी महान् हो जाते।"

यह सत्य है कि अपनी विचारयात्रा के अन्तिम दौर में भगतसिंह मार्क्सवादी विचारधारा के काफी निकट आ गये थे, वे मजदूरों और किसानों की सुसंगठित क्रान्ति की ही नहीं, सर्वहारा के अधिनायकत्व की भी बात करने लगे थे, पर जैसा कि **भगतसिंह और उनके साथियों के सम्पूर्ण उपलब्ध दस्तावेज** (राहुल फाउण्डेशन, लखनऊ) के सम्पादक सत्यम कहते हैं, इस तथ्य पर जोर देना ही पड़ेगा कि भारत के अधिकांश विलायतपलट कम्युनिस्ट नेताओं की तरह उन्होंने मार्क्सवादी शास्त्रों के अध्ययन और ब्रिटिश तथा सोवियत पार्टियों के विश्लेषणों को आधार बना कर भारतीय परिस्थितियों को देखने और कार्यभार तय करने के बजाय स्वयं अपनी दृष्टि और अध्ययन के आधार पर ब्रिटिश साम्राज्यवाद, कांग्रेस, गाँधी जी आदि का मूल्यांकन किया। अप्रोच की यह मौलिकता विशेष रूप से भारत जैसे देश के क्रान्तिकारी आन्दोलन के लिए मूल्यवान साबित हो सकती थी, जहाँ अन्तरराष्ट्रीय नेतृत्व का अन्धानुकरण लगातार एक गम्भीर बीमारी के रूप में मौजूद रहा है। इस मामले में भगतसिंह, भगवतीचरण वोहरा आदि की विकास-प्रक्रिया माओ त्से तुंग और हो-ची-मिन्ह के अधिक निकट जान पड़ती है, जिन्होंने अपने-अपने देशों की ठोस परिस्थितियों का स्वयं अध्ययन किया और क्रान्ति की रणनीति तथा मार्ग का निर्धारण किया।

आज जब भगतसिंह के समय का बोल्शेविक ढंग का समाजवाद मुख्यतः जनवादी मान-मूल्यों की निरन्तर अवहेलनाओं के कारण, समता-स्थापन के नाम पर मनुष्य की मूलभूत स्वतन्त्रता के दमन के कारण, ढह चुका है, यह याद दिलाना जरूरी लगता है कि स्वतन्त्रता उनके लिए कितना महत्त्वपूर्ण मूल्य था। स्वतन्त्रता को वे प्रत्येक मनुष्य का जन्मसिद्ध अधिकार घोषित करते हैं। क्योंकि वे अराजकतावाद के माध्यम से मार्क्सवाद तक पहुँचे थे, इसलिए स्वतन्त्रता के प्रति उनके प्रेम और राजसत्ता के प्रति उनकी घृणा ने उन्हें कहीं भी मार्क्सवादी जड़सूत्रवाद का शिकार नहीं होने दिया। दिल्ली असेम्बली में फेंके गये परचे का एक वाक्य है – "हम मनुष्य के जीवन को पवित्र समझाते हैं। हम ऐसे उज्ज्वल भविष्य में विश्वास रखते हैं, जिसमें प्रत्येक व्यक्ति को पूर्ण शान्ति और स्वतन्त्रता का अवसर मिल सके।" उनकी जेल डायरी जहाँ एंजेल्स और लेनिन के उद्धरण नोट करती है वहाँ विपुल मात्रा में अमेरिकन, आयरिश और फ्रान्सीसी क्रान्तिकारियों, विचारकों और कवियों को भी उद्धृत करती है। इनमें स्वतन्त्रता के परम उपासक अमेरिकी कवि वाल्ट ह्विटमन, रूसी कवि-वैज्ञानिक मोजोरोव और अंग्रेज कवि वर्ड्सवर्थ, बायरन और टेनीसन मुख्य हैं। फिर मार्क्सवाद की समकालीन सैद्धान्तिक आलोचना से भी वे नावाकिफ नहीं थे, इसका प्रमाण है उनकी जेल डायरी के पृष्ठ 102(75) पर ब्लादिमीर जी. सिखोविच की पुस्तक 'मार्क्सवाद

बनाम समाजवाद' के सम्बन्ध में उनकी टिप्पणी। इसमें वे लिखते हैं—वह एक-एक करके मार्क्स के सारे सिद्धान्तों की आलोचना करते हैं और इन सभी को खारिज करते हैं —

1. मूल्य का सिद्धान्त
2. इतिहास की आर्थिक व्याख्या।
3. सम्पदा का थोड़े से हाथों, अर्थात् पूँजीपतियों के हाथों में संकेन्द्रण, मध्यमवर्ग का पूरी तरह खात्मा और सर्वहारा वर्ग की बाढ़।
4. बढ़ती गरीबी का सिद्धान्त, जिसकी परिणति के तौर पर।
5. आधुनिक राज्य और सामाजिक व्यवस्था का अपरिहार्य संकट।

वह निष्कर्ष निकालते हैं कि मार्क्सवाद इन्हीं मूलभूत सिद्धान्तों पर आधारित है और उन्हें एक-एक कर खारिज करते हुए निष्कर्ष के तौर पर कहते हैं कि क्रान्ति के जल्दी फूट पड़ने की सारी सम्भावनाएँ अभी तक निर्मूल ही साबित हुई हैं। मध्यमवर्ग, घट नहीं बल्कि बढ़ रहा है। धनी वर्ग भी संख्या में बढ़ रहा है तथा उत्पादन और उपभोग की प्रणाली भी परिस्थितियों के अनुसार बदल रही है, अतः मजदूरों की दशा में सुधार करके किसी भी प्रकार के संघर्ष को टाला जा सकता है। सामाजिक अशान्ति का कारण बढ़ती गरीबी नहीं, बल्कि औद्योगिक केन्द्रों पर गरीब वर्गों का संकेन्द्रण है, जिसके नाते वर्ग चेतना पैदा हो रही है।

इन सब तथ्यों पर विचार करते हुए कहा जा सकता है कि भगतसिंह एक स्वयंचेता या स्वातन्त्र्यचेता मार्क्सवादी थे। रूढ़िवादी मार्क्सवादियों की तरह वे हिंसा को क्रान्ति का अनिवार्य घटक या साधन नहीं मानते। वे स्पष्ट शब्दों में कहते हैं—"क्रान्ति के लिए सशस्त्र संघर्ष अनिवार्य नहीं है और न ही उसमें व्यक्तिगत प्रतिहिंसा के लिए कोई स्थान है। वह बम और पिस्तौल का सम्प्रदाय नहीं है।"—अन्यत्र वे कहते हैं—"हिंसा तभी न्यायोचित हो सकती है जब किसी विकट आवश्यकता में उसका सहारा लिया जाये। अहिंसा सभी जन-आन्दोलनों का अनिवार्य सिद्धान्त होना चाहिए।" यह वाक्य विशेष तौर से उनके नायकत्व को नये सिरे से भुनाने के लिए अधीर नक्सलवादियों के लिए मनन करने योग्य है। मानव रक्त की पवित्रता में विश्वास रखनेवाले और क्रान्ति की बलिवेदी पर दूसरों का नहीं, स्वयं अपना ही रक्त चढ़ानेवाले भगतसिंह हिन्दी के कालजयी निबन्ध 'सच्ची वीरता' के लेखक प्रोफेसर पूर्णसिंह की परिभाषा पर पूरी तरह खरे उतरनेवाले सच्चे वीर थे। उन्होंने तलवार उठाने की बजाय हर जोखिम के सामने अपना सिर आगे किया। दकियानूस गाँधीवादी दृष्टि के लिए वे बम और पिस्तौल के पुजारी रहे हों पर एक सुसंस्कृत गाँधीय नजरिया उनके असेम्बली की खाली बेंचों पर निशाना साध कर बम फेंकने और फिर बिना भागे

तथा बिना संघर्ष किये गिरफ्तार हो जाने की घटना को सच्चे सत्याग्रह के एक अनोखे उदाहरण के रूप में देखने से बच नहीं सकता।

भगतसिंह और गाँधी जी के बीच के मतभेदों को आम तौर पर बढ़ा-चढ़ाकर देखने की प्रवृत्ति अनेक लेखकों में दिखायी देती है, पर इस सन्दर्भ में इस तथ्य पर भी ध्यान देना चाहिए कि भगतसिंह ने कभी भी गाँधी जी के प्रति अपशब्दों का प्रयोग नहीं किया है। न केवल उन्होंने 1924 में लिखे अपने निबन्ध 'विश्व-प्रेम' में तिलक के साथ-साथ उन्हें भी विश्व-प्रेम की देवी के उपासकों में सम्मानपूर्वक याद किया है, बल्कि जून 1928 में 'किरती' की सम्पादकीय टिप्पणी 'सत्याग्रह और हड़तालें' में गाँधी जी और सरदार पटेल के नेतृत्व में चल रहे किसानों के बारदोली सत्याग्रह का पूरे समर्थन के स्वर में विवरण प्रस्तुत किया है।

क्रान्ति की परिभाषा देते हुए भगतसिंह कहते हैं—"क्रान्ति शब्द का अर्थ है प्रगति के लिए परिवर्तन की भावना एवं आकांक्षा। क्रान्ति की इस भावना से मनुष्य जाति की आत्मा स्थायी रूप से ओत-प्रोत रहनी चाहिए, जिससे कि रूढ़िवादी शक्तियाँ मानव समाज की प्रगति में बाधा डालने के लिए संगठित न हो सकें। यह आवश्यक है कि पुरानी व्यवस्था सदैव न रहे और वह नयी व्यवस्था के लिए जगह खाली करती रहे।"

क्या उनका यह वाक्य केवल सामन्तवादी और पूँजीवादी व्यवस्थाओं के लिए ही सही है? समाजवाद के नाम पर स्थापित स्टालिन, चाउसेस्की और पोलपोट की जनद्रोही स्वेच्छाचारी, व्यवस्थाओं के लिए नहीं? जिन्हें 23 वर्ष की उम्र में ही मातृभूमि की स्वतन्त्रता की, और मनुष्य द्वारा मनुष्य के शोषण की व्यवस्था को समाप्त करनेवाली क्रान्ति की, बलिवेदी पर चढ़ कर असमय अपनी जीवनलीला समाप्त कर लेनेवाले भगतसिंह देख ही नहीं पाये थे?

भगतसिंह एक मृत्युंजय क्रान्तिकारी तो थे ही, पोर-पोर एक सहृदय मानव भी थे। वास्तव में तो यह मानवीयता ही उनकी क्रान्तिकारिता का उत्स थी। वीरेन्द्र सिन्धु ने उनकी इस मानवीयता एक प्रभावक बिम्ब प्रस्तुत किया है –

"अदालत के मंच पर न्यायाधीश बैठे थे। सामने सब अभियुक्त थे। सरकारी मुखबिर हंसराज वोहरा कटघरे में खड़े बयान दे रहे थे। बयान क्या था, अभियुक्तों के लिए मौत का फन्दा था। क्रान्तिकारी दल के रहस्य खुलते जा रहे थे, षड्यन्त्रों की कहानी कही जा रही थी। भगतसिंह टकटकी बाँधे हंसराज को देख रहे थे। यह देखना इतना तल्लीन था, इतना भावपूर्ण था कि लग रहा था, जैसे भगतसिंह देख तो रहे हैं पर सुन नहीं रहे हैं। उनका पूरा चेतनायन्त्र उनकी आँखों में समा गया था। उनकी खूबसूरत आँखें इस तल्लीन दर्शन से और खूबसूरत हो उठी थीं। अचानक उनके चेहरे पर भावों का उतार-चढ़ाव एक तेज चक्कर की तरह घूम गया। पहले तनाव आया।

फिर गुस्से की गर्मी से तमतमाहट आयी। तब व्यथा की हल्की रेखा खिंची। फिर यह रेखा गहरी, और भी गहरी होती गयी। आँखें पहले झपझपायीं फिर नम हुई, फिर टपकीं और बरसने लगीं।

भगतसिंह क्यों रो पड़े? क्या मुखबिर का बयान उन्हें फाँसी के तख्ते की ओर बढ़ा रहा है इसलिए? इस पर कौन हाँ कहेगा, क्योंकि दुनिया जानती है कि मृत्यु को एक वरदान के रूप में प्राप्त करने के लिए भगतसिंह ने लम्बी योजना बनायी थी। मृत्यु के प्रति उनमें भय कहाँ था? फिर वे रोये क्यों?

मानवीयता के इतिहास में एक अद्भुत घटना घटी कि इस बात को ठीक-ठीक समझा मुखबिर हंसराज ने और इसका ठीक-ठीक उत्तर भी दिया—उसकी भी आँखें बरस पड़ीं, वह भी रो पड़ा। चार आँखें एक साथ रो रही थीं। दो आँखें करुणा से आप्लावित होकर रो रही थीं कि हाय, साथी हंसराज पर कितने अत्याचार हुए जो वह इस तरह टूट गया। मुखबिर बनने को मजबूर हुआ। भगतसिंह लाहौर के किले में ऐसे अत्याचार स्वयं सह चुके थे और इस समय उन्हें अपनी देह पर अनुभव कर रहे थे। दो आँखें पश्चात्ताप से विह्वल होकर रो रही थीं। उनके लिए भगतसिंह के आँसुओं में क्रोध या घृणा का नहीं, बन्धुता का कोमल भाव ही सत्य था। मेरा प्यारा और आदरणीय साथी मेरे कारण दुःखी है और मेरे पतन के बाद भी मेरे प्रति क्रुद्ध नहीं, करुण ही है। यह अहसास तो पत्थर को भी पिघला सकता है, हंसराज तो एक मनुष्य ही था।

भगतसिंह हिमालय की ऐसी चट्टान थे जिस पर हथौड़े की चोट काम नहीं करती, पर जिसमें निर्मल शीतल जल अवश्य बहता है। उनके जीवन का गहन विश्लेषण कर ऐसा लगता है कि वे ज्वाला, आँसू और मुस्कान के प्रयोग थे। जो आदमी भरी अदालत में रो पड़ा उसने ही दिल्ली जेल से अपने पिता के नाम यह पत्र लिखा कि अगर आप मिलने के लिए आयें तो अकेले ही आ जायें। वालिदा साहिबा को साथ न लाइयेगा। खामखाह वे रो देंगी और मुझे भी कुछ तकलीफ जरूर होगी। जो आदमी मृत्यु के प्रति निर्लिप्त है और निर्लिप्त भी क्या, उसके आगमन की योजनापूर्वक व्यवस्था कर रहा है, वह माँ के आँसुओं के प्रति निर्लिप्त तो है ही नहीं, उनके प्रति आशंका से प्रभावित है। यह मृत्युंजय भगतसिंह का मानवीय रूप है। वे तरह प्रवाही भी हैं, गरलपायी भी और, अनलदाही भी। वे स्वयं आँसुओं की तरह कोमल हैं, गरल की तरह घातक हैं, अनल की तरह दाहक हैं। वे किसी श्रेष्ठ राष्ट्र के श्रेष्ठ नागरिकों में श्रेष्ठ स्थान पर बैठने योग्य हैं, तो विश्व के श्रेष्ठ क्रान्तिकारियों में श्रेष्ठ क्रान्तिकारी कहलाने योग्य भी।''

रणजीत
अनूप कुमार

▲

विश्व-प्रेम

[बलवन्तसिंह के छद्म नाम से लिखा गया भगतसिंह का यह लेख कलकत्ता से प्रकाशित सा. 'मतवाला' (वर्ष : 2 अंक सं. 13-14) के दो अंकों में छपा था। इन अंकों की तारीखें क्रमशः 15 नवम्बर, 1924 एवं 22 नवम्बर, 1924 थीं।... सं.]

''वसुधैव कुटुम्बकम्!'' जिस कवि सम्राट् की यह अमूल्य कल्पना है, जिस विश्व-प्रेम के अनुभव का यह हृदयोद्‌गार है, उसकी महत्ता का वर्णन करना मनुष्य-शक्ति के सर्वथा बाहर है।

'विश्व-बन्धुता!' इसका अर्थ मैं तो समस्त संसार में समानता (साम्यवाद, World-wide Equality in the true sense) के अतिरिक्त और कुछ नहीं समझता।

कैसा उच्च है यह विचार! सभी अपने हों। कोई भी पराया न हो। कैसा सुखमय होगा वह समय, जब संसार से परायापन सर्वथा नष्ट हो जायेगा; जिस दिन यह सिद्धान्त समस्त संसार में व्यावहारिक रूप में परिणत होगा, उस दिन संसार को उन्नति के शिखर पर कह सकेंगे। जिस दिन प्रत्येक मनुष्य इस भाव को हृदयंगम कर लेगा, उस दिन संसार कैसा होगा? जरा कल्पना करो तो!

उस दिन इतनी शान्ति होगी कि 'शान्ति-शान्ति' की पुकार भी शान्ति भंग न कर सकेगी। उस दिन भूख लगने पर रोटी के लिए किसी को भी चिल्ल-पों मचाने की आवश्यकता नहीं हुआ करेगी। व्यापार उस दिन उन्नति के शिखर पर होगा, परन्तु फ्रान्स और जर्मनी में व्यापार के नाम पर घोर युद्ध न हुआ करेंगे। उस दिन अमेरिका और जापान दोनों होंगे, परन्तु उनमें पूर्वीय और पश्चिमीयपन न होगा। काले-गोरे उस दिन भी होंगे, परन्तु अमेरिकावासी वहाँ के मूल निवासी (Red Indians) को जीते-जी जला न सकेंगे। शान्ति होगी परन्तु पैनलकोड की आवश्यकता न होगी। अंग्रेज भी होंगे और भारतवासी भी, परन्तु उस समय उनमें गुलाम और शासक का भाव न होगा। उस दिन महात्मा टाल्सटाय के Resist not the evil (बुराइयों का प्रतिकार मत करो वाले) सिद्धान्त की उच्च ध्वनि न लगाने पर भी संसार में बुराइयाँ नजर न आयेंगी। उस समय होगी पूर्ण स्वतन्त्रता। कैसा होगा वह समय? जरा कल्पना करो!

वर्तमान दशा को देखकर कौन कह सकता है कि ऐसा समय भी आ सकता है, जिस समय किसी के भय से नहीं, परन्तु अपने हृदय की प्रेरणा से ही मनुष्य पाप कर्म

नहीं करेंगे। यदि उस दिन भी हमें किसी कल्पित स्वर्ग की लिप्सा होगी तो हम कह देंगे कि स्वर्ग कोई वस्तु है ही नहीं! क्या वह समय आ सकता है? यह है एक समस्या—एक बड़ी समस्या है। इसका उत्तर देना कोई सुगम कार्य नहीं है। परन्तु मैं पूछता हूँ कि क्या लोग उस समय को लाना चाहते हैं? वह लोग जो 'विश्व-बन्धुता' (Universal brotherhood या Cosmopolitanism) का घोर नाद किया करते हैं, क्या वास्तव में उसे लाने के इच्छुक हैं? 'हाँ' कह देने से ही काम नहीं चलेगा। कांग्रेस का प्रस्ताव नहीं है। प्रश्न गम्भीरतापूर्वक विचार करने योग्य है। क्या लोग उसके लिए बलिदान देने को तैयार हैं? उस कल्पित भविष्य के लिए हमें घोर वर्तमान देना होगा। उस कल्पित शान्ति के लिए हमें अशान्ति फैलानी होगी। उस हवाई किले के लिए हमें सर्वस्व देना होगा। उस शान्तिपूर्ण राज्य की स्थापना के लिए हमें घोर अराजकता फैलानी होगी। उस अत्याचार रहित संसार को अपनी ओर खींचने के लिए अत्याचार करने होंगे। उस सुखमय जीवन के लिए—नहीं, नहीं, उसकी आशा मात्र के लिए मर मिटना होगा। क्या हम लोग उसके लिए तैयार हैं?

हमें प्रचार करना होगा समता-समानता का। अत्याचार करना होगा उन पर जो उससे इनकारी हों। अराजकता फैलानी होगी उन राज्य-साम्राज्यों के स्थान पर जो शक्तिमद से अन्धे होकर करोड़ों की पीड़ा का कारण हो रहे हैं। क्या लोग उसके लिए तैयार हैं?

हमें समस्त संसार को उस सिद्धान्त के स्वागत के लिए तैयार करना होगा। उस आशामयी खेती के लिए हमें खेतों में से सब-कुछ उखाड़ फेंकना होगा। काँटेदार झाड़ियों को उखाड़कर ज्वाला की शान्ति के लिए मटियामेट कर देना होगा। रोड़ा, कंकड़ पीस डालना होगा? हमें घोर परिश्रम करना होगा। गिरे हुओं का उत्थान करना होगा। 'पस्ती' वालों को उन्नति का मार्ग दिखाना होगा। मिथ्या शान्तिवादियों को घसीटकर अपने साथ खड़े होने को विवश करना होगा। अहंकारियों का अहंकार तोड़ उन्हें नम्रता प्रदान करनी होगी। निर्बलों को बल, पराधीनों को स्वाधीनता, अशिक्षितों को शिक्षा, निराशावादियों को आशा की आभा, भूखों को रोटी, बेघरों को घर, नास्तिकों को विश्वास, अन्धविश्वासियों को विचार-स्वतन्त्रता देनी होगी। क्या लोग इतना काम करेंगे। ऐ विश्व-बन्धुता चिल्लानेवाले! क्या तुम उसके लिए तैयार हो? यदि नहीं तो आज से इस ढोंग को छोड़ दो। हमें उस विश्व-प्रेम की देवी के चरणों पर तुम्हारा भी बलिदान देना होगा, क्योंकि तुम मिथ्यावादी हो। अगर तैयार हो तो आ जाओ कर्मक्षेत्र में अभी परीक्षा हो जायेगी। घर में बैठे हुए, कोनों में दुबके हुए कर्मक्षेत्र के भयंकर दृश्य की कल्पना मात्र से काँपते हुए, सत्यप्रकाश से 'बाज' रहने के लिए इस महान् सिद्धान्त की आड़ मत लो। यदि सचमुच उस कल्पित समय को लाने की

चेष्टा है तो आओ। पहला काम पतित भारत का उत्थान करना होगा। गुलामियों की जंजीरों को काटना होगा। अत्याचार का सर्वनाश करना होगा। पराधीनता को मिट्टी में मिला देना होगा क्योंकि यह अपनी कमजोरी के कारण उस मनुष्य-जाति को, जिसकी सृष्टि परमपिता ने अपने ही अनुरूप की थी, न्यायपथ से भ्रष्ट करने का प्रलोभन हो रहा है।

यदि उपरोक्त कथन की सत्यता को मानते हुए भी तुम जेल के डर से या फाँसी के डर से इस मार्ग में आने से झिझकते हो तो आज से इस ढोंग को छोड़ दो।

अगर इस भय से कि क्रान्ति के पीछे घोर अराजकता फैल जायेगी या घोर रक्तपात होगा, एकदम अशान्ति होगी—तुम इस मार्ग से नहीं आते तो भी तुम भीरु हो, कायर हो, बुजदिल हो, इस आडम्बर को छोड़ दो।

अशान्ति फैलती है तो फैलने दो, परतन्त्रता भी तो न होगी। अराजकता फैलती है तो फैलने दो, पराधीनता का भी तो सर्वनाश हो जायेगा। आहा! उस कशमकश में कमजोर पिस जायेंगे। रोज-रोज का रोना बन्द हो जायेगा। निर्बल न रहेंगे, बलवानों में मैत्री होगी। बलिष्ठ लोगों में घनिष्ठता होगी। उनमें प्रेम होगा, संसार में विश्व-प्रेम का प्रचार हो सकेगा।

हाँ! हाँ!! निर्बलों को एकबारगी पिस जाना होगा। वे समस्त संसार के अपराधी हैं। उन्होंने ही घोर अशान्ति फैला रखी है। सब बलवान् बनें, नहीं तो उस चक्की में पिसकर मलीदा हो जायेंगे।

आये! कौन माता का लाल सच्चे हृदय से विश्व-बन्धुता का इच्छुक है। कौन है समस्त संसार के लिए अपना सुख बलिदान करनेवाला?

कोई गुलाम जाति इस उच्चतम सिद्धान्त का नाम तक लेने की अधिकारिणी नहीं हैं। एक गुलाम मनुष्य के मुख से निकलकर इसका महत्त्व ही जाता रहता है। एक अपमानित मनुष्य, पद-दलित मनुष्य, पैरों तले रौंदे जानेवाला मनुष्य यदि कहें—"मैं विश्व-बन्धुता का अनुगामी हूँ, Universal brotherhood का पक्षपाती हूँ, इसलिए इन अत्याचारों का प्रतिकार नहीं करता—तो उसका कथन क्या मूल्य रख सकता है? कौन सुनेगा उसके इस कायरतापूर्ण वाक्य को? हाँ—तुममें शक्ति हो, तुममें बल हो, चाहो तो बड़े-बड़ों को पैरों तले रौंद सको, एक इशारे से बड़े-बड़े अभिमानियों को मिट्टी में मिला सको, तख्तो-ताजवालों को खाक में सुला सको, उनको धूल में मिला सको और फिर तुम यह वाक्य कहते हुए कि 'हम विश्व-प्रेमी हैं' ऐसा न करो, तो तुम्हारी बात वजनदार होगी—फिर तुम्हारा एक-एक वाक्य प्रभावशाली होगा। फिर 'वसुधैव-कुटुम्बकम्' भी महत्त्वपूर्ण हो जायेगा।

आज तुम गुलाम हो, पराधीन हो, परतन्त्र हो, बन्दी हो, तुम्हारी यही बात आज ढोंग प्रतीत होती है, एक आडम्बर दीख पड़ती है, बकवास मालूम देती है। क्या तुम उसका प्रचार करना चाहते हो? अगर हाँ, तो उसका अनुसरण करना होगा, जो कहता था, "He who loveth Humanity loveth God" तथा "God is love and love is God"—जो राजद्रोह के अपराध में फाँसी चढ़ा, उसकी तरह वीरतापूर्वक विश्व-प्रेम का प्रचार करने को तैयार हो? जिस दिन तुम सच्चे प्रचारक बनोगे, इस अद्वितीय सिद्धान्त के, उस दिन तुम्हें माँ के सच्चे सुपुत्र गुरु गोविन्दसिंह की तरह कर्मक्षेत्र में उतरना पड़ेगा। उस विश्व-प्रेम के सच्चे अनुगामी—सच्चे पक्षपाती की तरह—सब सपूत हैं एक पिता के, कहनेवाले उस महापुरुष की तरह, अपने चारों आँखें के तारों, लख्ते जिगरों को जाति के भेंटकर माता के पूछने पर सरलता से उत्तर देने वाले की तरह तुम्हें धैर्य दिखाना होगा। क्या तुम अपने प्रिय-से-प्रिय को—जिसकी स्मृति मात्र से हृदय धड़कने लगता हो, जिसे तुम हर समय अपने हृदय में छिपाये रखने के इच्छुक हो—अपनी आँखों के सामने ही बलिवेदी पर चढ़ता देख धैर्य रख सकोगे, क्या उसके सामने ही तुम जीते-जी अग्नि-चिता पर प्रसन्नतापूर्वक चढ़ सकोगे, और हँसते हुए संसार की ओर करुणा-भरी दृष्टि से देखते हुए विदा हो सकोगे? यदि हाँ, तो आओ परीक्षा हो जायेगी, समय आ गया है। यदि हृदय में कुछ भी झिझक है तो खुदा के वास्ते इस आडम्बर को छोड़ दो।

जब तक 'काला-गोरा', 'सभ्य-असभ्य', 'शासक-शासित', 'धनी-निर्धन', 'छूत-अछूत' आदि शब्दों का प्रयोग होता है तब तक कहाँ विश्व-बन्धुता और विश्व-प्रेम? यह उपदेश स्वतन्त्र जातियाँ कर सकती हैं। भारत-जैसी गुलाम जाति इसका नाम नहीं ले सकती।

फिर उसका प्रचार कैसे होगा? तुम्हें शक्ति एकत्र करनी होगी। शक्ति एकत्र करने के लिए अपनी एकत्रित शक्ति खर्च कर देनी पड़ेगी। राणाप्रताप की तरह आयुपर्यन्त ठोकरें खानी होंगी, तब कहीं उस परीक्षा में उत्तीर्ण हो सकोगे। देखते नहीं विश्व-बन्धुता का सच्चा प्रचारक था मेजिनी, जो बीस वर्ष स्वयं ही एक जगह बन्द रहता है। लेनिन था उसका पक्षपाती—अकथनीय कष्ट सहन किये थे उसने। विश्व-बन्धुता का अनुगामी जार्ज वाशिंगटन था—अमेरिका का मुक्ति प्रदाता—फ्रान्स के क्रान्तिकारी नेता थे कट्टर पक्षपाती—कितना रुधिर उन्होंने बहा दिया था। आदर्शवादी ब्रूट्स था विश्व-प्रेमी—जिसने अपनी जन्मभूमि के लिए अपने परमप्रिय 'सीजर' को अपने हाथों कत्ल कर डाला था और पीछे स्वयं भी आत्महत्या कर ली थी। सानन्द युद्धों में प्रवीण रहनेवाला गैरीबाल्डी था, जिसे विश्व-प्रेमी होने का श्रेय प्राप्त हो सकता है।

विश्व-प्रेमी वह वीर है जिसे भीषण विप्लववादी, कट्टर अराजकतावादी कहने में हम लोग तनिक भी लज्जा नहीं समझाते—वही वीर सावरकर। विश्व-प्रेम की तरंग में आकर घास पर चलते-चलते रुक जाते कि कोमल घास पैरों तले मसली जायेगी।

75 दिन अनशन करके स्वर्गधाम को सिधारनेवाला वीर मैक्स्वेनी इस मार्ग का पथिक होने का श्रेय प्राप्त कर सकता है जो कहता है—"It is the love of the country that inspires us and not the hate of the enemy."

विश्व-प्रेम की देवी का उपासक था 'गीता रहस्य' का लेखक पूज्य लोकमान्य तिलक। और देखोगे? वह सूखा-सुकड़ा-सा 'लँगोटबन्द' जो सजा का हुक्म सुनाये जाने पर स्वर्गीय हँसी के साथ कह सकता था कि – मुझे जो दण्ड दिया गया वह अत्यन्त हल्का है और मेरे साथ जैसा विनम्र व्यवहार किया गया है उससे अधिक की आशा मैं नहीं कर सकता था, जिसके मर्मस्पर्शी कथन का तुम्हारे पत्थर के हृदयों पर कुछ प्रभाव नहीं होना—वह महात्मा है इस सिद्धान्त का पक्षपाती।

अरे! रावण और बालि को मार गिरानेवाले रामचन्द्र ने अपने विश्व-प्रेम का परिचय दिया था भीलनी के जूठे-कूठे बेरों को खाकर। चचेरे भाइयों में घोर युद्ध करवा देनेवाले, संसार से अन्याय को सर्वथा उठा देनेवाले कृष्ण ने परिचय दिया अपने विश्व-प्रेम का—सुदामा के कच्चे चावलों को फाँक जाने में।

तुम भी विश्व-प्रेम का दम भरते हो! पहले पैरों पर खड़ा होना सीखो। स्वतन्त्र जातियों में अभिमान के साथ सिर ऊँचा करके खड़े होने के योग्य बनो। जब तक तुम्हारे साथ कामागाटामारू जहाज—जैसे दुर्व्यवहार होते रहेंगे, जब तक डैम काला मैन कहलाओगे, जब तक तुम्हारे देश में जलियाँवाले बाग, जैसे भीषण हत्याकाण्ड होते रहेंगे, जब तक वीरांगनाओं का अपमान होगा और तुम्हारी ओर से कोई प्रतिकार न होगा, तब तक तुम्हारा यह ढोंग कुछ माने नहीं रखता। कैसी शान्ति, कैसा सुख और कैसा विश्व-प्रेम?

यदि वास्तव में चाहते हो कि संसारव्यापी सुख-शान्ति और विश्व-प्रेम का प्रचार करो तो पहले अपमानों का प्रतिकार करना सीखो। माँ के बन्धन काटने के लिए कट मरो। बन्दी माँ को स्वतन्त्र करने के लिए आजन्म कालेपानी में ठोकरें खाने को तैयार हो जाओ। सिसकती माँ को जीवित रखने के लिए मरने को तत्पर हो जाओ। तब हमारा देश स्वतन्त्र होगा। हम बलवान् होंगे। हम छाती ठोंककर विश्व-प्रेम का प्रचार कर सकेंगे। संसार को शान्ति-पथ पर चलने को बाध्य कर सकेंगे।

◆

अराजकतावाद

[भारतीय क्रान्तिकारी आन्दोलन के अध्ययन के साथ-साथ भगतसिंह ने अन्तरराष्ट्रीय क्रान्तिकारी आन्दोलन का भी पर्याप्त अध्ययन किया व उस पर मनन किया। इसी सिलसिले में 'किरती' में 'अराजकतावाद' लेख व कुछ अनुवाद छपे थे। डेनब्रिन की आत्मकथा का भी उन्होंने अनुवाद किया था और यह अलग से पुस्तक रूप में छपा था।

मई 1928 से 'किरती' में भगतसिंह ने अराजकतावाद पर यह लेखमाला शुरू की, जो अगस्त तक चलती रही।]

1

संसार में आज बहुत हलचल मची है। जाने-माने विद्वान् दुनिया में शान्ति-स्थापना के कार्य में उलझे हैं लेकिन जिस शान्ति-स्थापना के प्रयास किये जा रहे हैं, वह अस्थायी नहीं वरन् स्थिर, हमेशा स्थापित रहनेवाली शान्ति है। उस पर पहुँचने के लिए बड़े-बड़े महापुरुष अपना जीवन अर्पित कर गये और कर रहे हैं। लेकिन आज हम गुलाम हैं, हमारी निगाहें कमजोर हैं, हमारे दिमाग कुन्द हैं। हमारा मन कमजोर होकर रो रहा है। हम दुनिया की शान्ति के लिए क्या चिन्ता करें, अपने देश के लिए ही कुछ नहीं कर पा रहे हैं। इसे अपनी बदकिस्मती ही कहें। हमें तो अपने दकियानूसी विचार ही तबाह कर रहे हैं। हम भगवान् और स्वर्ग पाने के लिए आत्मा-परमात्मा के विलाप में फँसे हैं। यूरोप को हम तुरन्त ही भौतिकवादी कह देते हैं। उनके जो विचार हैं, उनकी ओर ध्यान ही नहीं देते। हम आध्यात्मिक रूझानवाले जो हैं! बड़े त्यागी जो हैं! हमें इस संसार की बातें ही नहीं करनी चाहिए! हमारी ऐसी दुरावस्था हो गयी है कि रोने को मन करता है। बीसवीं सदी में हालात सुधर रहे हैं। नौजवानों के सोच-विचार पर यूरोप के विचारों का कुछ-कुछ असर पड़ रहा है। जो नौजवान दुनिया में कुछ तरक्की करना चाहते हैं उन्हें वर्तमान युग के महान् तथा उच्च विचारों का अध्ययन करना चाहिए।

आज समाज में होनेवाले दमन के विरुद्ध कौन-सी आवाज उठ रही है और स्थायी शान्ति-स्थापना के लिए कैसे विचार उठ रहे हैं, उन्हें ठीक से समझे बिना इन्सान का

ज्ञान अधूरा रह जाता है। आज हम संक्षेप में साम्यवाद और समाजवाद आदि अनेक विचारों के बारे में सुन रहे हैं। इन सबसे ऊँचा आदर्श अराजकतावाद ही समझा जाता है। यह लेख उसी अराजकतावाद के सम्बन्ध में लिखा जा रहा है।

जनता 'अराजकता' शब्द से बहुत डरती है। जब कोई व्यक्ति अपनी स्वतन्त्रता के लिए कहीं से पिस्तौल या बम लेकर निकलता है तो सभी नौकरशाह और उनके पिट्ठू 'अनार्किस्ट-अनार्किस्ट' कहकर दुनिया को डराते हैं। अनार्किस्ट एक बड़ा खूँखार व्यक्ति समझा जाता है, जिसके दिल में जरा भी दया न हो, जो रक्तपिपासु हो, नाश-महानाश देखकर जो झूम उठता हो। अनार्किस्ट शब्द इतना बदनाम किया जा चुका है कि भारत में राज-परिवर्तनकारियों को भी—जनता में घृणा पैदा करने के लिए—अनार्किस्ट कहा जाता है। डॉक्टर भूपेन्द्रनाथ दत्त ने बँगला में लिखी पुस्तक 'अप्रकाशित राजनैतिक इतिहास' के प्रथम भाग में इसका जिक्र किया है कि हमें बदनाम करने के लिए सरकार भले ही अनार्किस्ट-अनार्किस्ट कहती रहे, वास्तव में हम राज-परिवर्तनकारियों की टोली हैं। और अराजकतावाद तो एक बहुत ऊँचा आदर्श है। उस ऊँचे आदर्श तक तो हमारी साधारण जनता क्या सोचती, क्योंकि वह तो राज-परिवर्तनकारियों से कहीं आगे है।

हम चर्चा कर रहे थे कि अराजकतावादी शब्द बहुत बदनाम किया गया है। और स्वार्थी पूँजीपतियों ने जिस तरह 'बोल्शेविक', 'कम्युनिस्ट', 'सोशलिस्ट' आदि शब्द बदनाम किये हैं, उसी प्रकार इस शब्द को भी बदनाम किया। हालाँकि अराजकतावादी सर्वाधिक संवेदनशील मनवाले, सारी दुनिया का भला चाहनेवाले होते हैं। उनके विचारों के साथ भिन्नता रखते हुए भी उनकी गम्भीरता, जनता से स्नेह, त्याग और उनकी सच्चाई आदि पर किसी प्रकार की शंका नहीं हो सकती।

'अनार्किस्ट', जिसके लिए हिन्दी में 'अराजकतावादी' शब्द ही प्रयोग में लाया जाता है, यूनानी भाषा का शब्द है, जिसका शब्दिक अर्थ है—एन = नॉट, आर्की = रूल, अर्थात् शासनविहीन—किसी भी प्रकार से शासित न होना। इन्सान में पहले से ही अधिक-से-अधिक स्वाधीनता पाने की चाह रही है और बीच-बीच में पूर्ण स्वतन्त्रता, जो कि अराजकतावादी आदर्श है, से मिलता-जुलता विचार प्रकट हुआ। उदाहरणस्वरूप काफी पहले एक यूनानी दार्शनिक ने कहा था –

We wish neither to belong to the governing class nor to the governed. अर्थात् हम न शासक बनना चाहते हैं और न ही प्रजा।

मैं समझता हूँ कि हिन्दुस्तान में विश्व-बन्धुत्व और संस्कृत के वाक्य 'वसुधैव-कुटुम्बकम्' आदि में भी यही भाव है। अगर हम बहुत पुरानी मान्यताओं से किसी खास नतीजे तक न भी पहुँच सकें तो भी यह तो स्वीकारना पड़ेगा कि यह

विचार उन्नीसवीं सदी के आरम्भ में एक फ्रान्सीसी दार्शनिक प्रूदों ने स्पष्ट तौर पर जतना के समक्ष रखा और उसका खुले आम प्रचार किया। इसलिए उन्हें अराजकतावाद का जन्मदाता कहा जाता है। उन्होंने इसका प्रचार आरम्भ किया। बाद में एक रूसी बहादुर, बाकुनिन ने इसके प्रसार और सफलता के लिए काफी काम किया। बाद में जॉन मास्ट, प्रिन्स क्रोपाटकिन जैसे अनेक अराजकतावादियों ने जन्म लिया। आजकल अमेरिका में श्रीमती एमा गोल्डमैन और अलेक्जेण्डर ब्रैकमैन आदि इसके प्रचारक हैं।

अराजकतावाद के सन्दर्भ में श्रीमती गोल्डमैन ने लिखा है–

Anarchism – The philosophy of a new social order based on liberty, unrestricted by man-made law. The theory that all form of Governments rest on violence, and are therefore wrong and harmful, as well as unnecessary. अर्थात्–

अराजकतावाद एक नया दर्शन है जिसके अनुसार एक नया समाज बनेगा। जनता का रहन-सहन या भ्रातृत्व ऐसा होगा जिसमें कि मनुष्य के बनाये नियम कोई अवरोध न पैदा कर सकेंगे। उसके अनुसार किसी भी शासन की जरूरत नहीं है, क्योंकि प्रत्येक सरकार दमन पर टिकी है। इसलिए वह अनावश्यक है।

इससे पता चलता है कि अराजकतावादी किसी भी प्रकार की सरकार नहीं चाहते। और यह बात सत्य है। लेकिन यह सुनकर हम भयभीत होते हैं। हमारे मनों में कई प्रकार के हौवे खड़े किये जाते हैं। हम अंग्रेजी सरकार के बाद अपनी सरकार बनाकर भी हमेशा थर-थर काँपते रहें, यही हमारे शासकों की नीयत है। ऐसी हालत में हम कैसे एक मिनट के लिए भी सोच सकते हैं कि ऐसा भी कोई समय आयेगा कि जब सरकार के बिना भी हम सुखी और स्वतन्त्र रह सकेंगे। लेकिन इसमें हमारी स्वयं की दुर्बलताएँ हैं। आदर्श या भावना का कोई कसूर नहीं है।

अराजकतावाद के अनुसार जिस आदर्श स्वतन्त्रता की कल्पना की जाती है वह पूर्ण स्वतन्त्रता है, जिसमें न तो मन पर भगवान् या धर्म का भूत सवार हो, न माया या सम्पत्ति के लालच का जुनून समाया हुआ हो और न ही शरीर पर किसी प्रकार की सरकारी जंजीरें कसी हुई हों। इसका अर्थ यह है कि वह इन तीनों मोटी-मोटी चीजों को दुनिया से पूरी तरह खत्म कर देना चाहता है–1. चर्च, भगवान् और धर्म, 2. स्टेट (सरकार), 3. प्राइवेट प्रापर्टी (निजी सम्पत्ति)।

चर्च, भगवान् और धर्म

सबसे पहले हम भगवान् और धर्म को लेते हैं। हिन्दुस्तान में भी अब इन दोनों भूतों के विरुद्ध आबाज उठ रही है, लेकिन यूरोप में तो पिछली सदी से ही इनके

विरुद्ध विद्रोह उठ खड़ा हुआ था। वह तो आरम्भ ही उस युग से करते हैं जबकि जनता का ज्ञान बहुत ही कम था। उस समय लोग प्रत्येक चीज से, विशेषकर दैवी शक्तियों से डरते थे। उनमें आत्मविश्वास कतई न था। वे स्वयं को 'खाक का पुतला' कहते थे। अराजकतावादी कहते हैं कि धर्म, दैवी शक्तियाँ तथा ईश्वर अज्ञानता का परिणाम हैं, इसलिए उनके अस्तित्व का भ्रम मिटा देना चाहिए। साथ ही यह भी कि हम छुटपन से बच्चों को यह बताना शुरू कर देते हैं कि सब-कुछ भगवान् हैं, मनुष्य तो कुछ भी नहीं। अर्थात् मिट्टी का पुतला जैसे विचार मन में आने से मनुष्य में आत्मविश्वास की भावना मर जाती है। उसे मालूम होने लगता है कि वह बहुत निर्बल है। इस तरह वह भयभीत रहता है। जहाँ यह भय मौजूद रहेगा वहाँ सुख और शान्ति नहीं हो सकती।

हिन्दुस्तान में महात्मा बुद्ध ने पहले भगवान् के अस्तित्व से इन्कार किया था। उनकी ईश्वर में आस्था नहीं थी। अब भी कुछ साधु ऐसे हैं जो भगवान् के अस्तित्व को नहीं मानते। बंगाल के सोहमा स्वामी भी उनमें हैं। आजकल निरालम्ब स्वामी, सोहना स्वामी की एक पुस्तक 'कामन सेन्स' अंग्रेजी में प्रकाशित हुई है। उन्होंने भगवान् के अस्तित्व के विरुद्ध बहुत जमकर लिखते हुए यह सिद्ध करने का प्रयास किया है, लेकिन वे अराजकतावादी नहीं हो गये। इस प्रकार आज वैज्ञानिक युग में ईश्वर के अस्तित्व को समाप्त किया जा रहा है जिससे धर्म का भी नामोनिशान मिट जायेगा। वास्तव में अराजकतावादियों के सिरमौर बाकुनिन ने अपनी किताब 'गॉड ऐण्ड स्टेट' (ईश्वर और राज्य) में ईश्वर को अच्छा लताड़ा है। उन्होंने इंजील की कहानी सामने रखी और कहा कि ईश्वर ने दुनिया बनायी और मनुष्य को अपने-जैसा बनाया। बहुत मेहरबानी की। लेकिन साथ ही यह भी कह दिया कि देखो, बुद्धि के पेड़ का फल मत खाना। असल में ईश्वर ने अपने मन-बहलाव के लिए आदम और हव्वा को बना तो दिया मगर वह चाहता था कि वे सदा उसके गुलाम बने रहें और उसके विरुद्ध सर ऊँचा न कर सकें। इसलिए उन्हें विश्व के समस्त फल तो दिये लेकिन अक्ल नहीं दी। यह स्थिति देखकर शैतान आगे बढ़ा। दुनिया का चिर विद्रोही, प्रथम स्वतन्त्रचेता और दुनिया को स्वतन्त्र करनेवाला शैतान—आदमी को बगावत सिखायी और बुद्धि का फल खिला दिया। बस, फिर सर्वशक्तिमान्, सर्वज्ञाता परमात्मा किसी निम्न दर्जे की कमीनी मानसिकता में, क्रोध में आ गया और स्वनिर्मित दुनिया को स्वयं ही बद्दुआएँ देने लग पड़ा। खूब!

प्रश्न उठता है कि ईश्वर ने यह दुःख-भरी दुनिया क्यों बनायी? क्या तमाशा देखने के लिए? तब तो वह रोम के क्रूर शहंशाह नीरो से भी अधिक जालिम हुआ। क्या यह उसका चमत्कार है? इस चमत्कारी ईश्वर की क्या आवश्यकता है? बहस लम्बी हो रही

है। इसलिए इसे यहीं समाप्त करते हुए इतना ही कहेंगे कि हमेशा से स्वार्थियों ने पूँजीपतियों ने धर्म को अपनी-अपनी स्वार्थ-सिद्धि के लिए इस्तेमाल किया है। इतिहास इसका साक्षी है। 'धैर्य धारण करो! अपने कार्यों को देखो!' ऐसे दर्शन ने जो यातनाएँ दी हैं, वे सबको मालूम ही है।

लोग कहते हैं कि ईश्वर के अस्तित्व को अगर नकारा जाये तो क्या होगा? दुनिया में पाप बढ़ जायेगा। अँधेरगर्दी मच जायेगी। लेकिन अराजकतावादी कहते हैं कि उस समय मनुष्य इतना अधिक ऊँचा हो जायेगा कि स्वर्ग के लालच और नरक के भय के बिना ही वह बुरे कार्यों से दूर हो जायेगा और नेक काम करने लगेगा। वास्तव में बात यह है कि हिन्दुस्तान में श्रीकृष्ण निष्काम कर्म करने का बहुत उपदेश दे गये हैं। गीता दुनिया की एक प्रमुख पुस्तक मानी जाती है, लेकिन श्रीकृष्ण निष्काम भाव के साथ कर्म की प्रेरणा देते हुए भी अर्जुन को मृत्यूपरान्त स्वर्ग और विजय प्राप्त कर राजभोग का लालच देने से पीछे न रहे। आज हम अराजकतावादियों के बलिदान देखते हैं तो मन में आता है कि उनके पैर चूम लें। साको और वेंजरी की कहानियाँ हमारे पाठक पढ़ ही चुके हैं। न ईश्वर को प्रसन्न करने का कोई लालच है और न स्वर्ग में जाकर मौज मारने का लोभ, न पुनर्जन्म में ही सुख मिलने की आशा। लेकिन फिर भी हँसते-हँसते लोगों के लिए, सत्य के लिए जीवन न्योछावर कर देना क्या कोई मामूली बात है। अराजकतावादी तो कहते हैं कि एक बार मनुष्य स्वतन्त्र हुआ तो उसका जीवन बहुत ऊँचा हो जायेगा।

2

स्टेट (सरकार)

इससे आगे की बात जो वे सामने लाना चाहते हैं वह है राजसत्ता। अगर हम राजसत्ता का मूल खोजें तो दो परिणामों पर पहुँचते हैं। कुछ लोगों की धारणा है कि जंगली मनुष्य की अक्ल विकसित होती रही, और लोगों ने मिल-जुलकर रहना आरम्भ कर दिया। इस तरह राजसत्ता का जन्म हुआ। इसे उद्भव कहते हैं। दूसरे यह कि लोगों को जंगली जानवरों से मुकाबले के लिए तथा अन्य आवश्यकताओं की पूर्ति के लिए मिलना और एकजुट होना पड़ा। फिर गुटों में लड़ाइयाँ हुईं और प्रत्येक को ताकतवर शत्रु का भय सताने लगा। इस प्रकार मिल-जुलकर राज कायम किये गये। उपयोगिता का सिद्धान्त या यूटीलिटेरियन थ्योरी यही है। हम चाहे दोनों को ही लें। अगर इन या अन्य ऐसी बातों की ओर अधिक ध्यान न भी दें तो भी यह स्वीकारना

होगा कि लोगों ने वास्तव में सौदा किया था, जिसे फ्रान्स के प्रसिद्ध युगान्तरकारी रूसो ने सामाजिक सौदा कहा है। सौदा यह कि मनुष्य अपनी स्वतन्त्रता का एक विशेष भाग अर्थात् अपनी आय का एक हिस्सा, बलिदान करेगा जिसके एवज में राज्य उसे सुरक्षा और शान्ति उपलब्ध करायेगा। इस सबके पश्चात् विचारणीय है कि क्या वह सौदा पूरी तरह ठीक रहा? शासन कायम हो जाने के पश्चात् राजसत्ता और ईश्वर ने साजिश रच ली। लोगों से कहा कि हम ईश्वर की ओर से भेजे गये हैं। लोग ईश्वर से भयभीत रहे और राजा मनमाने जुल्म करते रहे। जार (रूस) और लुई (फ्रान्स) के उदाहरण बहुत अच्छे ढंग से सब ढोल की पोल खोल देते हैं। क्योंकि वह साजिश बहुत समय तक चल नहीं सकी, पोप ग्रेगोरी और किंग हेनरी में फूट पड़ गयी। पोप ने लोगों को हेनरी शासन के विरुद्ध भड़काया। इसी तरह हेनरी ने ईश्वर का हौवा दूर करते हुए लोगों को पोप के विरुद्ध भड़काया। कहने का आशय यह है कि स्वार्थी लोग लड़े और ये आडम्बर टूटे। खैर, पुनः लोग उठे और जुल्मी लुई को मार डाला। दुनिया में भगदड़ मच गयी। पंचायती राज स्थापित हुए, लेकिन पूर्ण स्वतन्त्रता तब भी न मिली। उधर जिस वक्त आस्ट्रिया का मन्त्री मैटरनिक एकतन्त्र शासन की तरफ से दमन कर लोगों को उसका विरोधी बना रहा था, उधर अमेरिका के पंचायती राज में बेचारे गुलामों की बुरी स्थिति हो गयी थी। तब फ्रान्स के गरीब लोग भी अनेक बार कोशिशें करके उठ और गिर रहे थे। आज भी फ्रान्स में पंचायती राज है, लेकिन लोग पूरी तरह स्वतन्त्र नहीं हैं। इसलिए अराजकतावादी कहते हैं कि कोई भी राज नहीं चाहिए। बाकी सब बातों में वे साम्यवादियों के समान हैं लेकिन इन बातों का अन्तर है। प्रख्यात साम्यवादी कार्लमार्क्स के प्रख्यात साथी फ्रेडरिक एंजेल्स ने भी अपने और मार्क्स के साम्यवाद के सम्बन्ध में लिखा है कि हमारा भी यही आदर्श है—Communism also looks forward to a period in the evolution of the society when the State will become superfluous and having no longer any function to perform, will die away. अर्थात् वह भी समझते हैं कि अन्त में राजसत्ता की कोई जरूरत नहीं रहेगी।

खैर, तात्पर्य तो यह है कि वे चाहते हैं कि राजसत्ता न रहे और लोग भ्रातृत्व से भरें। मैकियावली इटली का राजनीतिज्ञ था। वह कहता था कि राज कोई-न-कोई जरूर होना चाहिए। चाहे वह पंचायती हो या एक राजा का। उसकी यह मान्यता थी कि राज्य हो और मजबूत लोहे के हाथ-सा हो। लेकिन अराजकतावादी कहते हैं कि नरम और गरम क्या? हमें न पंचायती राज चाहिए और न कोई अन्य। वे कहते हैं—राजसत्ता का विचार भी दुनिया से खत्म किया जाये, तभी कोई स्वतन्त्रता प्राप्त हो सकेगी।

लोग कहेंगे कि भला यह कोई बात हुई, राजसत्ता न होगी, कानून न होगा, कानून मनवानेवाली पुलिस न होगी तो अन्धेरगर्दी मच जायेगी।

लेकिन यह आज अनुभव की बात है कि ज्यों-ज्यों कानून सख्त होते हैं त्यों-त्यों भ्रष्टाचार भी बढ़ता है। यह तो आम शिकायत है कि पहले किसी प्रकार की लिखा-पढ़ी के बिना हजारों रुपयों का लेन-देन होता था और कोई बेईमानी नहीं करता था। अब हस्ताक्षर, अँगूठे, साक्ष्य और रजिस्ट्रियाँ होती हैं। लेकिन बेईमानी बढ़ रही है। अराजकतावादी तो इसका निदान यही सुझाते हैं कि प्रत्येक मनुष्य की आवश्यकताओं की पूर्ति होती रहे, सभी कार्य उसकी इच्छानुसार होते रहें, तब कोई पाप या जुर्म न होगा।

Crime is naught but misdirected energy. So long as every institution of today, economic, political, social and moral conspires to misdirect human energy into wrong channels, so long as most people are out of place doing the things they do not want to do, living a life they do not want to live, crime will be inevitable and all the laws on the statues can only increase it but never do away with crime,"

"अर्थात् मनुष्य को अगर पूर्ण स्वतन्त्रता हो तो वह अपनी इच्छानुसार कामकाज कर सकें। अन्याय न हों। अगर इस तरह पूँजीपतियों द्वारा शोषण जारी रहेगा तो बड़े-बड़े कानून भी कुछ नहीं कर सकते। लोग कहते हैं कि मनुष्य का स्वभाव ही कुछ ऐसा है कि बिना शासन के रह ही नहीं सकता। बेलगाम होगा तो बहुत नुकसान पहुँचायेगा। इस मानव स्वभाव के सम्बन्ध में लार्ड ने अपनी किताब "प्रिन्सिपल्स ऑफ पॉलिटिक्स" में लिखा है कि चींटियाँ एकजुट रह सकती हैं, जानवर एकजुट रह सकते हैं, लेकिन मनुष्य नहीं रह सकते। मनुष्य ईश्वर की ओर से ही लालची, अमानवीय और दुष्ट बना है। ऐसी बातें सुनकर एमा गोल्डमैन गुस्से में आ गयीं और उन्होंने 'अनार्किज्म ऐण्ड दर एसेज' किताब में लिखा है–"Every fool from king to policeman, from the headed person to the visionless dauber in science presumes to speak authoritatively of human nature." यानी जो भी गधा उठता है वही मानव स्वभाव पर अपनी जोरदार राय देता है। वह कहती हैं कि जो जितना बड़ा मूर्ख हो उतना ही वह इस सम्बन्ध में अपनी राय को बहुमूल्य समझता है। आज तक किसी मनुष्य को पूर्ण स्वतन्त्रता देकर भी देखी है जो हमेशा उसकी बुराइयों का रोना रोया जाता है। वे कहती हैं कि छोटी पंचायतें बनें और स्वतन्त्रता से काम हो।

प्राइवेट प्रापर्टी (निजी सम्पत्ति)

तीसरी सबसे आवश्यक और महत्त्वपूर्ण बात है निजी सम्पत्ति। वास्तव में दुनिया को पेट का सवाल ही चला रहा है। इसके लिए ही धैर्य, सन्तोष आदि उपदेश गढ़े गये। सभी कुछ इसके लिए किया जाता रहा। अब अराजकतावादी, साम्यवादी, समाजवादी सभी सम्पत्ति के विरुद्ध हो गये हैं। वे कहते हैं–"Property is robbery", Proudhon-But without risk or danger to the robber. - Emma Goldman

सम्पत्ति बनाने का विचार मनुष्यों को लालची बना देता है। वह फिर पत्थर-दिल होता चला जाता है। दयालुता और मानवता उसके मन से मिट जाती है। सम्पत्ति की सुरक्षा के लिए राजसत्ता की आवश्यकता होती है। इससे फिर लालच बढ़ता है और अन्त में परिणाम—पहले साम्राज्यवाद, फिर युद्ध होता है। खून-खराबा और अन्य बहुत नुकसान होता है। अगर सब-कुछ संयुक्त हो जाये तो कोई लालच न रहे। मिल-जुलकर. सभी काम करने लगें। चोरी, डाके की कोई चिन्ता न रहे। पुलिस, जेल, कचहरी, फौज की जरूरत न रहे और मोटे पेटवाले, हराम की खानेवाले भी काम करें। थोड़े समय काम करके पैदावार अधिक होने लगे। सभी लोग आराम से पढ़-लिख भी सकें। अपने आप शान्ति भी रहे, खुशहाली भी बढ़े। अर्थात् वह इस बात पर जोर देते हैं कि संसार से अज्ञानता दूर करना बहुत आवश्यक है।

असल में सम्पत्ति सबसे बड़ा प्रश्न है, इसलिए इस पर विचार के लिए एक अन्य लेख आवश्यक है। इसी वास्तविक प्रश्न पर कार्ल मैनिंग ने स्पष्ट रूप से घोषित कर दिया था–"Ask for work and if they don't give you work, ask for bread and if they do not give you work or bread, then take bread." अर्थात् काम भी न मिले और रोटी भी प्राप्त न हो तो रोटी छीन कर खा लो। क्योंकि किसी को क्या अधिकार है कि वह केक खाते हुए मौज उड़ाये जबकि दूसरे को रोटी के सूखे टुकड़े भी न जुटें। इसी मसले पर उन्होंने कहा कि विपन्न के घर जन्म लेने से कोई उम्र-भर घिसटते हुए क्यों गुजारे एवं सम्पन्न के घर जन्मने से ही किसी को हराम की खाने का अवसर क्यों प्राप्त हो? 'माया से माया मिले' वाली बात भी रोकी जाये। इन्हीं कारणों से सभी के लिए समान अवसरवाले सिद्धान्त के समक्ष उन्होंने निजी सम्पत्ति की पवित्रता का भ्रम तोड़ा। वे कहते हैं कि सम्पत्ति भ्रष्टाचार से जुटती है और उसकी रक्षा के लिए कानून की आवश्यकता पड़ती है जिससे कि राजसत्ता की जरूरत होती है। दरअसल यही सारी गड़बड़ियों की जड़ है। इसे समाप्त करते ही सारी गड़बड़ियाँ दूर हो जायेंगी।

लेख में ऊपर यह बताया गया है कि अराजकतावादी पहले तो ईश्वर और धर्म के विरुद्ध हैं, क्योंकि वे मानसिक गुलामी के कारण हैं। दूसरे राजसत्ता के विरुद्ध हैं, क्योंकि यह शारीरिक गुलामी है। वे कहते हैं कि मनुष्य को स्वर्ग का लालच, नरक का

भय या कानून का डण्डा दिखाकर भले काम की प्रेरणा देना गलत है। यह मनुष्य जैसे उच्च जीव का अपमान है। वह स्वतन्त्रता से ज्ञान प्राप्त करके अपनी इच्छा अनुसार काम करे और प्रसन्नता से जीवन व्यतीत करे। लोग कहते हैं कि इसका अर्थ यह हुआ कि हम उसे आदिम जंगली स्थितियों में रखना चाहते हैं, लेकिन यह गलत है। उस समय अज्ञानता थी। मनुष्य अधिक दूर तक नहीं जा सकता था। लेकिन अब पूर्ण ज्ञान से पूरी दुनिया से सम्पर्क स्थापित करते हुए भी वह स्वतन्त्र रहे। धन का लोभ न हो। और पूँजी का प्रश्न भी समाप्त कर दिया जाये।

3

पिछले दो लेखों में हमने अराजकतावाद के सम्बन्ध में सर्वसाधारण तथ्य लिखे थे। ऐसे महत्त्वपूर्ण विषय पर जो कि दुनिया के पुराने विचारों एवं परम्पराओं के विरुद्ध नया-नया ही सामने आया है, इतने छोटे लेख से पाठकों की जिज्ञासा को शान्त नहीं किया जा सकता। और अनेक शंकाएँ जन्म लेती हैं। आगे हम इसी तरह साम्यवाद, समाजवाद और नाशवाद - जैसे सिद्धान्तों पर लिखेंगे, ताकि हिन्दुस्तान भी समझ सके कि विदेशों में कौन-कौन-सी विचारधाराएँ चलन में हैं। मगर किसी अन्य विषय पर लिखने से पूर्व अराजकतावाद के सम्बन्ध में बहुत-सी महत्त्वपूर्ण एवं रोचक बातें लिखने का विचार है जिसमें नाशवाद का इतिहास भी है, अर्थात् अराजकतावादियों ने अब तक क्या किया? वे किस प्रकार बदनाम किये गये?

ऊपर हमने उनके विचार बताये हैं। अब हम यह बताना चाहते हैं कि उन्होंने इन विचारों को असली जामा पहनाने के लिए क्या किया और किस प्रकार वह बल-प्रयोग से बहुत मजबूत सरकारों से भिड़ जाते थे और उन मुठभेड़ों में जान की बाजी तक लगा देते थे।

दरअसल जब दमन और शोषण सीमा से अधिक हो जाये, जब शान्तिमय और खुले काम को कुचल दिया जाये, तब कुछ करनेवाले हमेशा गुप्त रूप से काम करना शुरू कर देते हैं और दमन देखते ही प्रतिशोध के लिए तैयार हो जाते हैं। यूरोप में जब गरीब मजदूरों का भारी दमन हो रहा था, उनके हर तरह के विरोध को कुचल डाला गया था या कुचला जा रहा था, उस समय रूस के सम्पन्न परिवार के माईकल बाकुनिन को जो रूस के तोपखाने में एक बड़े अधिकारी थे, पोलैण्ड के विद्रोह से निबटने के लिए भेजा गया था। वहाँ विद्रोहियों को जिस प्रकार जुल्म करके दबाया जा रहा था, उसे देखकर उनका मन एकदम बदल गया और वे युगान्तरकारी बन बैठे। अन्त में उनके विचार अराजकतावाद की ओर झुक गये। उन्होंने सन् 1834 में नौकरी त्याग दी। उसके पश्चात् बर्लिन और स्विट्‌जरलैण्ड के रास्ते पेरिस पहुँचे। उस समय

आमतौर पर सरकारें इनके विचारों के कारण इनके विरुद्ध थीं। 1864 तक वह अपने विचार पुख्ता रखते रहे और मजदूरों में प्रचार करते रहे।

बाद में उन्होंने राष्ट्रीय मजदूर कांग्रेस पर कब्जा कर लिया और 1860 से 1870 तक अपने दल को संगठित करते रहे। 4 सितम्बर, 1870 में पेरिस में तीसरा पंचायती राज कायम करने की घोषणा की गयी। फ्रान्स में कई स्थानों पर पूँजीपति सरकार के विरुद्ध लड़ाइयाँ व विद्रोह हुए। लियोन शहर में बिद्रोह भड़का। उसमें बाकुनिन शामिल हुए। इनका पलड़ा ही भारी रहा। पर कुछ ही दिनों बाद वहाँ उनकी हार हो गयी और वे वहाँ से लौट आये।

1873 में हसपानिया में बगावत खड़ी हो गयी। उसमें शामिल होकर वे लड़े। कुछ दिन तक तो मामला खूब गरम रहा लेकिन अन्त में वहाँ भी हार हो गयी। वहाँ से लौटे तो इटली में बगावत जारी थी। वहाँ जाकर इन्होंने युद्ध की बागडोर हाथ में ले ली। गैरीबाल्डी भी कुछ विरोध के बाद उनके साथ मिल गये थे। कुछ दिनों के दंगों के बाद वहाँ भी हार हो गयी। इस तरह उनका सारा जीवन लड़ने-भिड़ने में गुजर गया। अन्त में जब वह बूढ़े हो गये तो उन्होंने अपने साथियों को खत लिखे कि अब मैं अपने हाथों से नेतृत्व की बागडोर छोड़ता हूँ ताकि काम में रुकावट न पड़े। अन्त में जुलाई, 1876 में बीमारी की हालत में उनका निधन हो गया।

बाद में बहुत ताकतवर चार व्यक्ति इस कार्य के लिए कमर कसकर तैयार हुए। एक थे कारलो कैफियर्स, इटली के रहनेवाले, काफी सम्पन्न परिवार से थे। दूसरे, माला टेम्टा। ये बड़े विद्वान् डॉक्टर थे। लेकिन सभी कुछ छोड़कर युगान्तरकारी बन गये। तीसरे, पाल ब्रसी भी बड़े मशहूर डॉक्टर थे। चौथे थे पीटर क्रोपाटकिन। ये रूसी राजपरिवार से थे। कई बार मजाक में कहा जाता था कि असल में इनको ही ज़ार बनना था। ये सभी बाकुनिन के अनुयायी थे। उन्होंने कहा कि हम जबान से बहुत प्रचार कर चुके लेकिन कोई असर नहीं हुआ। नयी-नयी विचारधाराएँ सुनाकर थक गये हैं। जनता पर कुछ भी प्रभाव नहीं पड़ता। इसलिए अब व्यावहारिक प्रचार आरम्भ किया जाये। क्रोपाटकिन ने लिखा है –

"A single deed makes more propaganda in a few days than a thousand pamphlets. The Government defends itself. It rages pitilessly, but by this it only causes further deeds to be committed by one or more persons and drives the insurgents to heroism. One deed bringsforth another, opponents join the mutiny, the Govt. splits into factions, harshness intesifies the conflict, concessions come too late, the revolution breaks out."

अर्थात् एक रचनात्मक या व्यावहारिक काम हजारों पत्रकों से अधिक प्रचार कर देता है। सरकार स्वयं अपनी रक्षा करती है। उसे गुस्सा आता है। जलन होती है और वह दमन करती है। कई लोग थककर प्रतिशोध के लिए तैयार हो जाते हैं। फिर कभी ठीक उसी तरह के काम होते हैं तो उन्हें शहीद कर दिया जाता है। विरोधी भी आकर विद्रोह में शामिल हो जाते हैं। सरकार बँट जाती है। आपस में उनकी नोक-झोंक होने लगती है। जनता की शर्तें स्वीकारने में बेवजह देर की जाती है और इन्कलाब की जंग शुरू हो जाती है।

विचारों का यह दृश्य आपके सामने रखा गया है। पीटर क्रोपाटकिन रूसी युगान्तरकारियों में से थे। पकड़े जाने के बाद पीटर पाल नामक किले में बन्दी बनाये गये थे। उस सख्त जेल में से ये भाग गये और यूरोप में जाकर अपने विचारों का प्रचार करने लगे।

सबसे पहले उन्होंने बर्न नामक शहर में (फ्रान्स में) मजदूरों के शासन की स्थापनावाले दिन की बरसी मनायी। यह बात 18 मार्च, 1876 की है। उस दिन उन्होंने मजदूरों का जुलूस निकाला और बाजार में पुलिस से हाथापाई भी कर बैठे। जब सिपाहियों ने उनके लाल झण्डे को उखाड़ने का प्रयास किया, तब बहुत तगड़ा फसाद खड़ा हो गया। अनेक सिपाही बुरी तरह घायल हुए। अन्त में ये सभी पकड़े गये और 10 से 40 दिनों तक की कैद की सजा हुई।

फिर अप्रैल माह में इटली में किसानों को उकसाकर अनेक स्थानों पर बगावतें खड़ी कर दीं। वहाँ भी इनके साथी पकड़े गये। उनका विचार अब इसी तरह से प्रचार का था। इसलिए वे कहा करते थे–Neither money nor organizations nor literature was needed any longer (for our propaganda work). One human being in revolt with torch or dynamite was off to instruct the world. अर्थात् प्रचार-कार्य के लिए न तो धन की आवश्यकता है, न बड़े पौधों की और न बड़े भारी संगठन की। कोई भी एक आदमी–जिसके हाथ में मशाल हो, डाइनामाइट हो–सारी दुनिया को अपनी इच्छानुसार शिक्षा दे सकता है।

अगले बरस से ऐसे कामों ने जोर पकड़ लिया। बर्लिन में इटली का बादशाह हम्बर्ट जब अपनी बेटी के साथ मोटरकार में जा रहा था, तब उसे मारने का प्रयास किया गया। शहंशाह विलियम को एक साधारण नवयुवक ने गोली मार दी। जर्मनी में उस समय गरीब मजदूरों के भाषणों को निर्मम ढंग से कुचला जा रहा था। उसके बाद एक दिन गोष्ठी करके फैसला लिया गया था कि जिस प्रकार की सम्भव हो, इस भ्रष्ट पूँजीवादी वर्ग और उसकी मददगार सरकार एवं पुलिस आदि को भयभीत किया जाये।

15 दिसम्बर, 1883 को विलीरिड फ्लोडसोर्फ में उलुबैक नाम के कुख्यात पुलिस अफसर को मार डाला गया। 23 जून, 1884 को रुजेट को इसी अपराध में फाँसी दे दी गयी। अगले ही दिन इसके बदले में ब्लेटिक, पुलिस अधिकारी की हत्या कर दी गयी। आस्ट्रिया की सरकार गुस्से में आ गयी और वियना में पुलिस ने जबरदस्त घेराबन्दी करके अनेक व्यक्ति गिरफ्तार कर लिये और दो को फाँसी पर टाँग दिया।

उधर लियुन में हड़तालें हुईं। एक हड़ताली फुरनियर ने अपने पूँजीपति मालिक को गोली मार दी। उसके अभिनन्दन समारोह में एक पिस्तौल उपहारस्वरूप दी गयी। 1888 में वहाँ बहुत गड़बड़ी मची हुई थी और रेशम के मजदूर भूखों मर रहे थे। पूँजीपतियों के समाचार-पत्र मालिक और उनके दूसरे धनी मित्र एक जगह ऐश उड़ाने में मसरूफ थे। वहीं एक बम फेंक दिया गया। अमीर लोग काँप उठे। 60 अराजकतावादी पकड़े गये। उनमें से केवल तीन ही बरी किये गये। लेकिन फिर भी असली बम फेंकनेवाले की बहुत तलाश की जाती रही। अन्त में वह पकड़ा गया और फाँसी पर लटका दिया गया। फिर तो जहाँ भी हड़ताल होती, वहीं कत्ल भी हो जाता। इन बातों का जिम्मेदार अराजकतावादियों को ही ठहराया जाता, इसलिए इस नाम से ही लोग थर-थर काँपने लगे।

एक जर्मन अराजकतावादी जहानमोस्ट, जो पहले दफ्तरी का काम करता था, 1882 में अमेरिका जा पहुँचा। उसने भी यह विचार जनता के समक्ष रखने आरम्भ किये। वह भाषण बड़ा सुन्दर देता था और उसका अमेरिका में बहुत प्रभाव पड़ा। 1886 में शिकागो आदि में बहुत-सी हड़तालें हो रही थीं। एक कागज-कारखाने के मजदूरों में एक अराजकतावादी स्पाइज उपदेश दे रहा था। कारखाना-मालिकों ने इसे बन्द करने की कोशिश की। वहाँ लड़ाई हो गयी। पुलिस बुलायी गयी, जिसने आते ही गोली चला दी। छह आदमी मारे गये और कई जख्मी हो गये। स्पाइज को गुस्सा आया। उसने स्वयं जाकर एक नोटिस कम्पोज करके मुद्रित कर दिया कि मजदूरों को मिलकर अपने निरपराध भाइयों के खून का बदला लेना चाहिए। अगले दिन 4 मई, 1886 को 'हे मार्केट' में जलसा था। शहर का अध्यक्ष इसे देखने आया था। उसने देखा कि वहाँ कोई आपत्तिजनक बातें नहीं हो रही हैं। वह चला गया। बाद में पुलिस ने आकर बिना आगा-पीछा देखे मारपीट करनी शुरू कर दी और कहा कि जलसा बन्द करो। तभी एक बम पुलिसवालों पर फेंका गया जिसके साथ ही बहुत से पुलिसवाले मारे गये। कई व्यक्तियों को पकड़कर फाँसी की सजा दे दी गयी। जाते-जाते उनमें से एक शख्स कहने लगा—"मैं फिर कहता हूँ, मैं वर्तमान व्यवस्था का कट्टर दुश्मन हूँ। मैं चाहता हूँ कि हम इस राजसत्ता को मिटा दें और खुद राजसत्ता का इस्तेमाल करें। आप शायद हँसे कि मैं तो अब बम नहीं फेंक सकूँगा लेकिन मैं बताता हूँ कि तुम्हारे

जुल्मों ने सभी मजदूरों को बम सम्हालने और चलाने पर मजबूर कर दिया है। यह जान लो कि मैं सच कह रहा हूँ कि मेरे फाँसी लगने पर और भी कई आदमी पैदा हो जायेंगे। मैं तुम्हें घृणित दृष्टि से देखता हूँ और तुम्हारी राजसत्ता को मटियामेट कर देना चाहता हूँ। मुझे फाँसी चढ़ा दो।'' खैर, इस तरह बहुत-सी घटनाएँ होती रहीं। लेकिन एक-दो प्रसिद्ध घटनाएँ और हुईं। अमेरिका के अध्यक्ष मैकनिल पर गोली चलायी गयी और फिर स्टील कम्पनी में हड़ताल हुई। यहाँ मजदूरों पर जुल्म ढाये जा रहे थे। उसके मालिक हेनरी-सी फ्रिक को अलेक्जेण्डर नामक अराजकतावादी ने गोली मारकर जख्मी कर दिया, उसे आजीवन कैद हो गयी। खैर, इसी तरह अमेरिका में भी अराजकतावादियों के इस विचार का प्रचार और उस पर अमल होने लगा।

इधर यूरोप में भी अन्धेर चल रहा था। पुलिस और सरकार के साथ इन अराजकतावादियों का झगड़ा बढ़ गया। अन्त में एक दिन वेलां नाम के नवयुवक ने असेम्बली में बम फेंक दिया, लेकिन एक औरत ने उसका हाथ पकड़कर उसमें बाधा पहुँचायी, परिणामस्वरूप कुछ डिप्टियों के घायल होने के अलावा कुछ और विशेष न हुआ। उसने बड़ी बुलन्द आवाज में स्पष्टीकरण देते हुए कहा–"It takes a loud voice to make the deaf hear." यानी बहरों को सुनाने के लिए बड़ी बुलन्द आवाज की जरूरत है। अब तुम मुझे सजा दोगे, पर मुझे इसका कोई भय नहीं क्योंकि मैंने तुम्हारे दिल को चोट पहुँचायी है। तुम जो कि गरीबों के साथ अत्याचार करते हो और मेहनत करनेवाले भूखे मरते हैं और तुम उनका खून चूस-चूसकर ऐश कर रहे हो। मैंने तुम्हें चोट मारी है। अब तुम्हारी बारी है।

उसके लिए बहुत-सी अपीलें की गयीं। सबसे ज्यादा जख्मी हुए असेम्बली के सदस्य ने भी जूरी से कहा कि इस पर दया की जाये, लेकिन कार्नेट नामक अध्यक्ष की जूरी ने उनकी बातों को अस्वीकारते हुए उसे फाँसी की सजा दे दी। बाद में एक इटैलियन लड़के ने एक छुरी कार्नेट के पार कर दी, जिस पर वेलां का नाम लिखा हुआ था।

इसी तरह हर दर्जे के अत्याचारों से तंग आकर स्पेन में भी बम चले और अन्ततः एक इटैलियन ने वजीर को मार डाला। इसी तरह यूनान के बादशाह, आस्ट्रिया की मलिका पर भी हमले किये गये। 1900 में गैटाने ब्रैसी ने इटली के बादशाह हर्बर्ट को मार डाला। इस प्रकार वे लोग गरीबों की खातिर अपनी जिन्दगियों से खेलते रहे और हँसते-हँसते फाँसी पर चढ़ते रहे...! उनके अन्तिम शहीदों, साको और वैल्जेटी को अभी पिछले साल फाँसी हुई। वे जिस दिलेरी से फाँसी पर लटके, सब जानते हैं। बस यही संक्षिप्त इतिहास है–अराजकतावाद और उसके कार्यों का। अगली बार साम्यवाद के बारे में लिखेंगे।

◆

साम्प्रदायिक दंगे और उनका इलाज

[1919 के जलियाँवाला बाग हत्याकाण्ड के बाद ब्रिटिश सरकार ने साम्प्रदायिक दंगों का खूब प्रचार शुरू किया। इसके असर से 1924 में कोहाट में बहुत ही अमानवीय ढंग के हिन्दू-मुस्लिम दंगे हुए। इसके बाद राष्ट्रीय राजनीतिक चेतना में साम्प्रदायिक दंगों पर लम्बी बहस चली। इन्हें समाप्त करने की जरूरत तो सबने महसूस की, लेकिन कांग्रेसी नेताओं ने हिन्दू-मुस्लिम नेताओं में सुलहनामा लिखाकर दंगों को रोकने के यत्न किये।

इस समस्या के निश्चित हल के लिए क्रान्तिकारी आन्दोलन ने अपने विचार प्रस्तुत किये। प्रस्तुत लेख जून, 1928 के 'किरती' में छपा। यह लेख इस समस्या पर शहीद भगतसिंह और उनके साथियों के विचारों का सार है।]

भारतवर्ष की दशा इस समय बड़ी दयनीय है। एक धर्म के अनुयायी दूसरे धर्म के अनुयायियों के जानी दुश्मन हैं। अब तो एक धर्म का होना ही दूसरे धर्म का कट्टर शत्रु होना है। यदि इस बात का अभी यकीन न हो तो लाहौर के ताजा दंगे ही देख लें। किस प्रकार मुसलमानों ने निर्दोष सिक्खों, हिन्दुओं को मारा है, और किस प्रकार सिक्खों ने भी वश चलते कोई कसर नहीं छोड़ी है। यह मार-काट इसलिए नहीं की गयी कि फलाँ आदमी दोषी है, वरन् इसलिए कि फलाँ आदमी हिन्दू है या सिक्ख है या मुसलमान है। बस किसी व्यक्ति का सिक्ख या हिन्दू होना ही उसकी जान लेने के लिए पर्याप्त तर्क था। जब स्थिति ऐसी हो तो हिन्दुस्तान का ईश्वर ही मालिक है।

ऐसी स्थिति में हिन्दुस्तान का भविष्य बहुत अन्धकारमय नजर आता है। इन 'धर्मों' ने हिन्दुस्तान का बेड़ा गर्क कर दिया है। और अभी पता नहीं कि यह धार्मिक दंगे भारतवर्ष का पीछा कब छोड़ेंगे। इन दंगों ने संसार की नजरों में भारत को बदनाम कर दिया है। और हमने देखा है कि इस अन्धविश्वास के बहाव में सभी बह जाते हैं। कोई विरला ही हिन्दू, मुसलमान या सिक्ख होता है, जो अपना दिमाग ठण्डा रखता है, बाकी सब-के-सब धर्म के नामलेवा अपने धर्म के रोब को कायम रखने के लिए डण्डे-लाठियाँ, तलवारें-छुरे हाथ में पकड़ लेते हैं और आपस में सर फोड़-फोड़कर मर जाते हैं। बाकी बचे कुछ तो फाँसी चढ़ जाते हैं और कुछ जेलों में फेंक दिये जाते हैं। इतना रक्तपात होने पर इन 'धर्मजनों' पर अंग्रेजी सरकार का डण्डा बरसता है और फिर इनके दिमाग का कीड़ा ठिकाने पर आ जाता है।

जहाँ तक देखा गया है, इन दंगों के पीछे साम्प्रदायिक नेताओं और अखबारों का हाथ है। इस समय हिन्दुस्तान के नेताओं ने ऐसी लीद की है कि चुप ही भली। वही नेता जिन्होंने भारत को स्वतन्त्र कराने का बीड़ा अपने सिरों पर उठाया हुआ था और जो 'समान राष्ट्रीयता' और 'स्वराज-स्वराज' के दमगजे मारते नहीं थकते थे, वही या तो अपने सिर छिपाये चुपचाप बैठे हैं या इसी धर्मान्धता के बहाव में बह चले हैं। सिर छिपाकर बैठनेवालों की संख्या भी क्या कम है? लेकिन ऐसे नेता जो साम्प्रदायिक आन्दोलन में जा मिले हैं, वैसे भी जमीन खोदने से सैकड़ों निकल आते हैं। जो नेता हृदय से सबका भला चाहते हैं, ऐसे बहुत ही कम हैं, और साम्प्रदायिकता की ऐसी प्रबल बाढ़ आयी हुई है कि वे भी इसे रोक नहीं पा रहे हैं। ऐसा लग रहा है कि भारत में नेतृत्व का दिवाला पिट गया है।

दूसरे सज्जन जो साम्प्रदायिक दंगों को भड़काने में विशेष हिस्सा लेते रहे हैं, वे अखबारवाले हैं। पत्रकारिता का व्यवसाय, जो किसी समय बहुत ऊँचा समझा जाता था, आज बहुत ही गन्दा हो गया है। यह लोग एक-दूसरे के विरुद्ध बड़े मोटे-मोटे शीर्षक देकर लोगों की भावनाएँ भड़काते हैं और परस्पर सिर-फुटौव्वल करवाते हैं। एक-दो जगह ही नहीं, कितनी ही जगहों पर इसलिए दंगे हुए हैं कि स्थानीय अखबारों ने बड़े उत्तेजनापूर्ण लेख लिखे हैं। ऐसे लेखक, जिनका दिल व दिमाग ऐसे दिनों में भी शान्त रहा हो, बहुत कम हैं।

अखबारों का असली कर्त्तव्य शिक्षा देना, लोगों से संकीर्णता निकालना, साम्प्रदायिक भावनाएँ हटाना, परस्पर मेल-मिलाप बढ़ाना और भारत की साझी राष्ट्रीयता बनाना था; लेकिन इन्होंने अपना मुख्य कर्त्तव्य अज्ञान फैलाना, संकीर्णता का प्रचार करना, साम्प्रदायिक बनाना, लड़ाई-झगड़े करवाना और भारत की साझी राष्ट्रीयता को नष्ट करना बना लिया है। यही कारण है कि भारतवर्ष की वर्तमान दशा पर विचार कर आँखों से रक्त के आँसू बहने लगते हैं और दिल में सवाल उठता है कि, 'भारत का बनेगा क्या?'

जो लोग असहयोग के दिनों के जोश व उभार को जानते हैं, उन्हें यह स्थिति देख रोना आता है। कहाँ थे वे दिन कि स्वतन्त्रता की झलक सामने दिखायी देती थी और कहाँ आज यह दिन कि स्वराज्य एक सपना मात्र बन गया है। यही लाभ है, जो इन दंगों से अत्याचारियों को मिला है। वही नौकरशाही—जिसके अस्तित्व को खतरा पैदा हो गया था, कि आज गयी, कल गयी—आज अपनी जड़ें इतनी मजबूत कर चुकी हैं कि उसे हिलाना कोई मामूली काम नहीं है।

यदि इन साम्प्रदायिक दंगों की जड़ खोजें तो हमें इसका कारण आर्थिक ही जान पड़ता है। असहयोग के दिनों में नेताओं व पत्रकारों ने ढेरों कुर्बानियाँ दीं। उनकी

आर्थिक दशा बिगड़ गयी थी। असहयोग आन्दोलन के धीमा पड़ने पर नेताओं पर अविश्वास-सा हो गया, जिससे आजकल के बहुत-से साम्प्रदायिक नेताओं के धन्धे चौपट हो गये। विश्व में जो भी काम होता है, उसकी तह में पेट का सवाल जरूर होता है। कार्लमार्क्स के तीन बड़े सिद्धान्तों में से यह एक मुख्य सिद्धान्त है। इसी सिद्धान्त के कारण तबलीग, तनकीम, शुद्धि आदि संगठन शुरू हुए और इसी कारण से आज हमारी ऐसी दुर्दशा हुई, जो अवर्णनीय है।

बस, सभी दंगों का इलाज यदि कोई हो सकता है तो वह भारत की आर्थिक दशा में सुधार से ही हो सकता है, क्योंकि भारत के आम लोगों की आर्थिक दशा इतनी खराब है कि एक व्यक्ति दूसरे को चवन्नी देकर किसी और को अपमानित करवा सकता है। भूख और दुःख से आतुर होकर मनुष्य सभी सिद्धान्त ताक पर रख देता है। सच है, मरता क्या न करता।

लेकिन वर्तमान स्थिति में आर्थिक सुधार होना अत्यन्त कठिन है क्योंकि सरकार विदेशी है और वह लोगों की स्थिति को सुधरने नहीं देती। इसीलिए लोगों को हाथ धोकर इसके पीछे पड़ जाना चाहिए और जब तक सरकार बदल न जाये, चैन की साँस न लेना चाहिए।

लोगों को परस्पर लड़ने से रोकने के लिए वर्ग-चेतना की जरूरत है। गरीब मेहनतकशों व किसानों को स्पष्ट समझा देना चाहिए कि तुम्हारे असली दुश्मन पूँजीपति हैं, इसलिए तुम्हें इनके हथकण्डों से बचकर रहना चाहिए। और इनके हत्थे चढ़ कुछ न करना चाहिए। संसार के सभी गरीबों के, चाहे वे किसी भी जाति, रंग, धर्म या राष्ट्र के हों, अधिकार एक ही हैं। तुम्हारी भलाई इसी में है कि तुम धर्म, रंग, नस्ल और राष्ट्रीयता व देश के भेदभाव भुलाकर एकजुट हो जाओ और सरकार की ताकत अपने हाथ में लेने का यत्न करो। इन यत्नों में तुम्हारा नुकसान कुछ नहीं होगा, इनसे किसी दिन तुम्हारी जंजीरें कट जायेंगी और तुम्हें आर्थिक स्वतन्त्रता मिलेगी।

जो लोग रूस का इतिहास जानते हैं, उन्हें मालूम है कि जार के समय वहाँ भी ऐसी ही स्थितियाँ थीं, वहाँ भी कितने ही समुदाय थे जो परस्पर जूत-पतांग करते रहते थे। लेकिन जिस दिन से वहाँ श्रमिक-शासन हुआ है, वहाँ नक्शा ही बदल गया है। अब वहाँ कभी दंगे नहीं होते। अब वहाँ सभी को 'इन्सान' समझा जाता है, 'धर्मजन' नहीं। जार के समय लोगों की आर्थिक दशा बहुत ही खराब थी, इसलिए सब दंगे-फसाद होते थे। लेकिन अब रूसियों की आर्थिक दशा सुधर गयी है और उनमें वर्ग-चेतना आ गयी है, इसलिए अब वहाँ से कभी किसी दंगे की खबर नहीं आयी।

इन दंगों में वैसे तो बड़े निराशाजनक समाचार सुनने में आते हैं, लेकिन कलकत्ते के दंगों में एक बात बहुत खुशी की सुनने में आयी। वह यह कि वहाँ दंगों में ट्रेड

यूनियनों के मजदूरों ने हिस्सा नहीं लिया और न ही वे परस्पर गुत्थमगुत्था ही हुए, वरन् सभी हिन्दू-मुसलमान बड़े प्रेम से कारखानों आदि में उठते-बैठते और दंगे रोकने के भी यत्न करते रहे। यह इसलिए कि उनमें वर्ग-चेतना थी और वे अपने वर्गहित को अच्छी तरह पहचानते थे। वर्ग-चेतना का यही सुन्दर रास्ता है, जो साम्प्रदायिक दंगे रोक सकता है।

यह खुशी का समाचार हमारे कानों को मिला है कि भारत के नवयुवक अब वैसे धर्मों से जो परस्पर लड़ाना व घृणा करना सिखाते हैं, तंग आकर हाथ धो रहे हैं और उनमें इतना खुलापन आ गया है कि वे भारत के लोगों को धर्म की नजर से—हिन्दू, मुसलमान या सिक्ख रूप में नहीं, वरन् सभी को पहले इन्सान समझते हैं, फिर भारतवासी। भारत के युवकों में इन विचारों के पैदा होने से पता चलता है कि भारत का भविष्य सुनहला है और भारतवासियों को इन दंगों आदि को देखकर घबराना नहीं चाहिए, बल्कि तैयार-ब-तैयार हो यत्न करना चाहिए कि ऐसा वातावरण बने, कि दंगे हों ही नहीं।

1914-15 के शहीदों ने धर्म को राजनीति से अलग कर दिया था। वे समझते थे कि धर्म व्यक्ति का व्यक्तिगत मामला है, इसमें दूसरे का कोई दखल नहीं। न ही इसे राजनीति में घुसाना चाहिए, क्योंकि यह सबको मिलकर एक जगह काम नहीं करने देता। इसीलिए ग़दर पार्टी-जैसे आन्दोलन एकजुट व एकजान रहे, जिसमें सिक्ख बढ़-चढ़कर फाँसियों पर चढ़े और हिन्दू-मुसलमान भी पीछे नहीं रहे।

इस समय कुछ भारतीय नेता भी मैदान में उतरे हैं, जो धर्म को राजनीति से अलग करना चाहते हैं। झगड़ा मिटाने का यह भी एक सुन्दर इलाज है और हम इसका समर्थन करते हैं। यदि धर्म को अलग कर दिया जाये तो राजनीत पर हम सभी इकट्ठे हो सकते हैं। धर्मों में हम चाहे अलग-अलग ही रहें।

हमारा खयाल है कि भारत के सच्चे हमदर्द हमारे बताये इलाज पर जरूर विचार करेंगे और भारत का इस समय जो आत्मघात हो रहा है, उसे बचा लेंगे।

◆

अछूत-समस्या

[काकीनाडा में 1923 में कांग्रेस-अधिवेशन हुआ। मुहम्मद अली जिन्ना ने अपने अध्यक्षीय भाषण में आजकल की अनुसूचित जातियों को, जिन्हें उन दिनों 'अछूत' कहा जाता था, हिन्दू और मुस्लिम मिशनरी संस्थाओं में बाँट देने का सुझाव दिया। हिन्दू और मुस्लिम अमीर लोग इस कार्य के लिए धन देने को तैयार थे।

इस प्रकार अछूतों के यह 'दोस्त' उन्हें धर्म के नाम पर बाँटने की कोशिशें करते थे। उसी समय जब इस मसले पर बहस का वातावरण था, भगतसिंह ने 'अछूत का सवाल' नामक लेख लिखा। इस लेख में श्रमिक वर्ग की शक्ति व सीमाओं का अनुमान लगाकर उसकी प्रगति के लिए ठोस सुझाव दिये गये हैं। भगतसिंह का यह लेख जून, 1928 के 'किरती' में 'विद्रोही' नाम से प्रकाशित हुआ था।]

हमारे देश-जैसे बुरे हालात किसी दूसरे देश के नहीं हुए। यहाँ अजब-अजब सवाल उठते रहते हैं। एक अहम् सवाल अछूत-समस्या है। समस्या यह है कि 30 करोड़ की जनसंख्यावाले देश में जो 6 करोड़ लोग अछूत कहलाते हैं, उनके स्पर्श मात्र से धर्म भ्रष्ट हो जायेगा! उनके मन्दिरों में प्रवेश से देवगण नाराज हो उठेंगे! कुएँ से उनके द्वारा पानी निकालने से कुआँ अपवित्र हो जायेगा! ये सवाल बीसवीं सदी में किये जा रहे हैं, जिन्हें कि सुनते ही शर्म आती है।

हमारा देश बहुत अध्यात्मवादी है, लेकिन हम मनुष्य को मनुष्य का दर्जा देते हुए भी झिझकते हैं जबकि पूर्णतया भौतिकवादी कहलानेवाला यूरोप कई सदियों से इन्कलाब की आवाज उठा रहा है। उन्होंने अमेरिका और फ्रान्स की क्रान्तियों के दौरान ही समानता की घोषणा कर दी थी। आज रूस ने भी हर प्रकार का भेदभाव मिटाकर क्रान्ति के लिए कमर कसी हुई है। हम आत्मा-परमात्मा के वजूद को लेकर चिन्तित तथा इस जोरदार बहस में उलझे हुए हैं कि क्या अछूत को जनेऊ दे दिया जायेगा? वे वेद-शास्त्र पढ़ने के अधिकारी हैं अथवा नहीं? हम उलाहना देते हैं कि हमारे साथ विदेशों में अच्छा सलूक नहीं होता। अंग्रेजी शासन हमें अंग्रेजों के समान नहीं समझता। लेकिन क्या हमें यह शिकायत करने का अधिकार है?

सिन्ध के एक मुस्लिम सज्जन श्री नूर मुहम्मद ने, जो बम्बई काउन्सिल के सदस्य हैं, इस विषय पर 1926 में खूब कहा—"If the Hindu Society refuses to allow other human beings, fellow creatures to attend public schools, and if... the president of local board representing so many lakhs of people in this house refuses to allow his fellows and brothers the elementary human right of having water to drink, what right have they to ask for more rights from the bureaucracy? Before we accuse people coming from other lands, we should see how we ourselves behave towards our own people... How can we ask for greater political rights when we ourselves deny elementary rights of human beings.

वे कहते हैं कि जब तुम एक इन्सान को पीने के लिए पानी देने से भी इनकार करते हो, जब तुम उन्हें स्कूल में भी पढ़ने नहीं देते तो तुम्हें क्या अधिकार है कि अपने लिये अधिक अधिकारों की माँग करो? जब तुम एक इन्सान को समान अधिकार देने से भी इनकार करते हो तो तुम अधिक राजनैतिक अधिकार माँगने के कैसे अधिकारी बन गये?

बात बिल्कुल खरी है। लेकिन यह क्योंकि एक मुस्लिम ने कही है इसलिए हिन्दू कहेंगे कि देखो, वह उन अछूतों को मुसलमान बनाकर अपने में शामिल करना चाहता है।

जब तुम उन्हें इस तरह पशुओं से भी गया-बीता समझोगे तो वह जरूर ही दूसरे धर्मों में शामिल हो जायेंगे, जिनमें उन्हें अधिक अधिकार मिलेंगे, जहाँ उनसे इन्सानों - जैसा व्यवहार किया जायेगा। फिर यह कहना कि देखो जी, ईसाई और मुसलमान हिन्दू कौम को नुकसान पहुँचा रहे हैं, व्यर्थ होगा।

यह स्पष्ट कथन सुनकर सभी तिलमिला उठते हैं। इसी तरह की चिन्ता हिन्दुओं को भी हुई। सनातनी पण्डित भी कुछ-न-कुछ मसले पर सोचने लगे। बीच-बीच में बड़े 'युगान्तरकारी' कहे जानेवाले भी शामिल हुए। पटना में हिन्दू महासभा का सम्मेलन लाला लाजपतराय–जो कि अछूतों के बहुत पुराने समर्थक चले आ रहे हैं–की अध्यक्षता में हुआ, तो जोरदार बहस छिड़ी। अच्छी नोंक-झोंक हुई। समस्या यह थी कि अछूतों को यज्ञोपवीत धारण करने का हक है अथवा नहीं? तथा क्या उन्हें वेद-शास्त्रों का अध्ययन करने का अधिकार है? बड़े-बड़े समाज-सुधारक तमतमा गये, लेकिन लाला जी ने सबको सहमत कर लिया तथा यह दो बातें स्वीकृत कर हिन्दू धर्म की लाज रख ली। वरना जरा सोचो, कितनी शर्म की बात होती। कुत्ता हमारी गोद में बैठ सकता है। हमारी रसोई में निःसंग फिरता है, लेकिन एक इन्सान का हमसे स्पर्श हो जाये तो बस धर्म भ्रष्ट हो जाता है। इस समय मालवीय जी - जैसे बड़े समाज-सुधारक, अछूतों के बड़े प्रेमी और न जाने क्या-क्या, पहले एक मेहतर के हाथों गले में हार

डलवा लेते हैं, लेकिन कपड़ों सहित स्नान किये बिना स्वयं को अशुद्ध समझते हैं! क्या खूब यह चाल है! सबको प्यार करनेवाले भगवान् की पूजा करने के लिए मन्दिर बना है लेकिन वहाँ अछूत जा घुसे तो वह मन्दिर अपवित्र हो जाता है। भगवान् रुष्ट हो जाता है! घर की जब यह स्थिति हो तो बाहर हम बराबरी के नाम पर झगड़ते अच्छे लगते हैं? तब हमारे इस रवैये में कृतघ्नता की भी हद पायी जाती है। जो निम्नतम काम करके हमारे लिये सुविधाओं को उपलब्ध कराते हैं, उन्हें ही हम दुरदुराते हैं। पशुओं की हम पूजा कर सकते हैं, लेकिन इन्सान को पास नहीं बिठा सकते!

आज इस सवाल पर बहुत शोर हो रहा है। उन विचारों पर आजकल विशेष ध्यान दिया जा रहा है। देश में मुक्ति-कामना जिस तरह बढ़ रही है, उसमें साम्प्रदायिक भावना ने और कोई लाभ पहुँचाया हो अथवा नहीं लेकिन एक लाभ जरूर पहुँचाया है। अधिक अधिकारों की माँग के लिए अपनी-अपनी कौम की संख्या बढ़ाने की चिन्ता सभी को हुई। मुस्लिमों ने जरा ज्यादा जोर दिया। उन्होंने अछूतों को मुसलमान बनाकर अपने बराबर अधिकार देने शुरू कर दिये। इससे हिन्दुओं के अहं को चोट पहुँची। स्पर्द्धा बढ़ी। फसाद भी हुए। धीरे-धीरे सिक्खों ने भी सोचा कि हम पीछे न रह जायें उन्होंने भी अमृत छकाना आरम्भ कर दिया। हिन्दू-सिक्खों के बीच अछूतों के जनेऊ उतारने या केश कटवाने के सवालों पर झगड़े हुए। अब तीनों कौमें अछूतों को अपनी-अपनी ओर खींच रही हैं। इसका बहुत शोर-शराबा है। उधर ईसाई चुपचाप उनका रुतबा बढ़ा रहे हैं। चलो, इस सारी हलचल से ही देश के दुर्भाग्य की हालत कुछ कम हो रही है।

इधर जब अछूतों ने देखा कि उनकी वजह से इनमें फसाद हो रहे हैं तथा उन्हें हर कोई अपनी-अपनी खुराक समझ रहा है तो वे अलग ही क्यों न संगठित हो जायें? इस विचार के अमल में अंग्रेजी सरकार का कोई हाथ हो अथवा न हो लेकिन इतना अवश्य है कि इस प्रचार में सरकारी मशीनरी का काफी हाथ था। 'आदि धर्म मण्डल' जैसे संगठन उस विचार का परिणाम हैं।

अब एक सवाल और उठता है कि इस समस्या का सही निदान क्या हो? इसका जवाब बड़ा अहम है। सबसे पहले यह निर्णय कर लेना चाहिए कि सब इन्सान समान हैं तथा न तो जन्म से कोई भिन्न पैदा हुआ और न कार्य-विभाजन से। क्योंकि एक आदमी गरीब मेहतर के घर पैदा हो गया है, इसलिए जीवन-भर मैला ही साफ करेगा और दुनिया में किसी तरह के विकास का काम पाने का उसे कोई हक नहीं है, ये बातें फजूल हैं। इस तरह हमारे पूर्व आर्यों ने इनके साथ ऐसा अन्यायपूर्ण व्यवहार किया तथा उन्हें नीच कहकर दुत्कार दिया एवं निम्नकोटि के कार्य करवाने लगे। साथ ही यह

भी चिन्ता हुई कि कहीं ये विद्रोह न कर दें, तब पुनर्जन्म के दर्शन का प्रचार कर दिया कि यह तुम्हारे पूर्व जन्म के पापों का फल है। अब क्या हो सकता है? चुपचाप दिन गुजारो! इस तरह उन्हें धैर्य का उपदेश देकर वे लोग उन्हें लम्बे समय तक के लिए शान्त करा गये। लेकिन उन्होंने बड़ा पाप किया। मानव के भीतर की मानवीयता को समाप्त कर दिया। आत्मविश्वास एवं स्वावलम्बन की भावनाओं को समाप्त कर दिया। बहुत दमन और अन्याय किया। आज उस सबके प्रायश्चित्त का वक्त है।

इसके साथ एक दूसरी गड़बड़ी भी हो गयी। लोगों के मनों में आवश्यक कार्यों के प्रति घृणा पैदा हो गयी। हमने जुलाहे को भी दुत्कारा। आज कपड़ा बुननेवाले भी अछूत समझे जाते हैं। यू.पी. में कहार को भी अछूत समझा जाता है। इससे बड़ी गड़बड़ी पैदा हुई। ऐसे में विकास की प्रक्रिया में रुकावटें पैदा हो रही हैं।

इन तबकों को अपने समक्ष रखते हुए हमें चाहिए कि हम न इन्हें अछूत कहें और न समझें। बस, समस्या हल हो जाती है। नौजवान भारत सभा तथा नौजवान कांग्रेस ने जो ढंग अपनाया है, वह काफी अच्छा है। जिन्हें आज तक अछूत कहा जाता रहा उनसे अपने इन पापों के लिए क्षमा-याचना करनी चाहिए तथा उन्हें अपने-जैसा इन्सान समझना, बिना अमृत छकाये, बिना कलमा पढ़ाये या शुद्धि किये उन्हें अपने में शामिल करके उनके हाथ से पानी पीना, यही उचित ढंग है। और आपस में खींचतान करना और व्यवहार में कोई भी हक न देना, कोई ठीक बात नहीं है।

जब गाँवों में मजदूर सभा का प्रचार शुरू हुआ उस समय किसानों को सरकारी आदमी यह बात समझाकर भड़काते थे कि देखो, यह भंगी-चमारों को सिर पर चढ़ा रहे हैं और तुम्हारा काम बन्द करवायेंगे। बस किसान इतने में ही भड़क गये। उन्हें याद रहना चाहिए कि उनकी हालत तब तक नहीं सुधर सकती जब तक कि वे इन गरीबों को नीच और कमीन कहकर अपनी जूती के नीचे दबाये रखना चाहते हैं। अक्सर कहा जाता है कि वह साफ नहीं रहते। इसका उत्तर साफ है—वे गरीब हैं। गरीबी का इलाज करो। ऊँचे-ऊँचे कुलों के गरीब लोग भी कोई कम गन्दे नहीं रहते। गन्दे काम करने का बहाना भी नहीं चल सकता, क्योंकि माताएँ बच्चों का मैला साफ करने से मेहतर तथा अछूत तो नहीं हो जातीं।

लेकिन यह काम तब तक नहीं हो सकता, जब तक कि अछूत कौमें अपने आपको संगठित न कर लें। हम तो समझते हैं कि उनका स्वयं को अलग संगठनबद्ध करना तथा मुस्लिमों के बराबर गिनती में होने के कारण उनके बराबर अधिकारों की माँग करना बहुत आशाजनक संकेत हैं। या तो साम्प्रदायिक भेद का झंझट ही खत्म करो, नहीं तो उनके अलग अधिकार उन्हें दे दो। काउन्सिलों और असेम्बलियों का कर्त्तव्य है कि वे स्कूल-कॉलेज, कुएँ तथा सड़क के उपयोग की पूरी स्वतन्त्रता उन्हें दिलायें।

जबानी तौर पर ही नहीं, वरन् साथ ले जाकर उन्हें कुओं पर चढ़ायें। उनके बच्चों को स्कूलों में प्रवेश दिलायें। लेकिन जिस लेजिस्लेटिव में बाल-विवाह के विरुद्ध पेश किये बिल पर मजहब के बहाने हाय-तौबा मचायी जाती है, वह अछूतों को अपने साथ शामिल करने का साहस कैसे कर सकती है?

इसलिए हम मानते हैं कि उनके अपने जन-प्रतिनिधि हों। वे अपने लिये अधिक अधिकार माँगें। हम तो साफ कहते हैं कि उठो, अछूत कहलानेवाले असली जन-सेवकों तथा भाइयों उठो! अपना इतिहास देखो। गुरु गोविन्द सिंह की फौज की असली शक्ति तुम्हीं थे! शिवाजी तुम्हारे भरोसे पर वे सब-कुछ कर सके, जिस कारण उनका नाम आज भी जिन्दा है। तुम्हारी कुर्बानियाँ स्वर्णाक्षरों में लिखी हुई हैं। तुम जो नित्यप्रति सेवा करके जनता के सुखों में बढ़ोतरी करके और जिन्दगी सम्भव बनाकर यह बड़ा भारी अहसान कर रहे हो, उसे हम लोग नहीं समझते। लैण्ड-एलियेनेशन ऐक्ट के अनुसार तुम धन एकत्र कर भी जमीन नहीं खरीद सकते। तुम पर इतना जुल्म हो रहा है कि मिस मेयो भी कहती हैं—उठो, अपनी शक्ति पहचानो। संगठनबद्ध हो जाओ। असल में स्वयं कोशिशें किये बिना कुछ भी न मिल सकेगा। (Those who would be free must themselves strike the blow) स्वतन्त्रता के लिए स्वाधीनता चाहनेवालों को यत्न करना चाहिए। इन्सान की धीरे-धीरे कुछ ऐसी आदतें हो गयी हैं कि वह अपने लिये तो अधिक अधिकार चाहता है, लेकिन जो उसके मातहत हैं उन्हें वह अपनी जूती के नीचे ही दबाये रखना चाहते हैं। कहावत है, 'लातों के भूत बातों से नहीं मानते।' अर्थात् संगठनबद्ध हो अपने पैरों पर खड़े होकर पूरे समाज को चुनौती दे दो। तब देखना, कोई भी तुम्हें तुम्हारे अधिकार देने से इनकार करने की जुर्रत न कर सकेगा। तुम दूसरों की खुराक मत बनो। दूसरों के मुँह की ओर न ताको। लेकिन ध्यान रहे, नौकरशाही के झाँसे में मत फँसना। यह तुम्हारी कोई सहायता नहीं करना चाहती, बल्कि तुम्हें अपना मोहरा बनाना चाहती है। यही पूँजीवादी नौकरशाही तुम्हारी गुलामी और गरीबी का असली कारण है। इसलिए तुम उसके साथ कभी न मिलना। उसकी चालों से बचना। तब सब-कुछ ठीक हो जायेगा। तुम असली सर्वहारा हो... संगठनबद्ध हो जाओ। तुम्हारी कुछ भी हानि न होगी। बस गुलामी की जंजीरें कट जायेंगे। उठो, और वर्तमान व्यवस्था के विरुद्ध बगावत खड़ी कर दो। धीरे-धीरे होनेवाले सुधारों से कुछ नहीं बन सकेगा। सामाजिक आन्दोलन से क्रान्ति पैदा कर दो तथा राजनीतिक और आर्थिक क्रान्ति के लिए कमर कस लो। तुम ही तो देश का मुख्य आधार हो, वास्तविक शक्ति हो, सोये हुए शेरों! उठो, और बगावत खड़ी कर दो।

▲

सुखदेव को पत्र : प्रेम-प्रसंग

[एक क्रान्तिकारी के जीवन में प्रेम का क्या स्थान है इसको लेकर भगतसिंह और सुखदेव के बीच कुछ गलतफहमी हो गयी थी। इस पत्र में भगतसिंह ने इसी विषय पर अपने विचार व्यक्त किये हैं। यह पत्र दिल्ली की सीता राम बाजार की डेन में 5 अप्रैल, सन् 1929 को लिखा गया था और 6 अप्रैल को शिव वर्मा ने लाहौर जाकर सुखदेव को दिया था। 13 अप्रैल को सुखदेव की गिरफ्तारी के समय पुलिस ने यह पत्र उनके पास से बरामद किया और लाहौर षड्यन्त्र केस में अदालत के सामने पेश किया था।—सम्पादक]

प्रिय भाई,

जैसे ही यह पत्र तुम्हें मिलेगा, मैं जा चुका हूँगा—दूर एक मंजिल की ओर। मैं तुम्हें विश्वास दिलाना चाहता हूँ कि मैं आज बहुत खुश हूँ, हमेशा से ज्यादा। मैं यात्रा के लिए तैयार हूँ। अनेक-अनेक मधुर स्मृतियों के होते और अपने जीवन की सब खुशियों के होते भी एक बात मेरे मन में चुभती रही थी कि मेरे भाई, मेरे अपने भाई ने मुझे गलत समझा और मेरे ऊपर बहुत ही गम्भीर आरोप लगाया—कमजोरी। आज मैं पूरी तरह सन्तुष्ट हूँ, पहले से कहीं अधिक। आज मैं महसूस करता हूँ कि वह बात कुछ भी नहीं थी, एक गलतफहमी थी, एक गलत अन्दाज था। मेरे खुलेपन को मेरा बातूनीपन समझा गया और मेरी आत्मस्वीकृति को मेरी कमजोरी। परन्तु अब मैं महसूस करता हूँ कि कोई गलतफहमी नहीं, मैं कमजोर नहीं, अपनों में से किसी से भी कमजोर नहीं।

मेरे भाई मैं साफ दिल से विदा लूँगा। और तुम्हारा शक भी दूर करूँगा। यह तुम्हारी बड़ी दयालुता होगी, लेकिन खयाल रखना तुम्हें जल्दबाजी में कोई कदम नहीं उठाना चाहिए। गम्भीरता और शान्ति से तुम्हें काम को आगे बढ़ाना है। जल्दबाजी में मौका पा लेने का प्रयत्न न करना। जनता के प्रति तुम्हारा कुछ कर्त्तव्य है, उसे निभाते हुए काम को निरन्तर सावधानी से करते रहना।

सलाह के तौर पर मैं कहना चाहूँगा कि शास्त्री मुझे पहले से ज्यादा अच्छा लग रहा है। मैं उसे मैदान में लाने की कोशिश करूँगा, बशर्ते कि वह साफगोई से अपने आप को एक अँधेरे भविष्य के प्रति समर्पित करने को तैयार हो। उसे दूसरे लोगों के साथ मिलने दो और उनके हाव-भाव का अध्ययन होने दो। यदि वो ठीक भावना से

काम करेगा तो बहुत उपयोगी और मूल्यवान् सिद्ध होगा। लेकिन जल्दी न करना। तुम्हीं स्वयं अच्छे निर्णायक हो। जिस तरह जँचे देख लेना। आओ भाई, अब हम खुशियाँ मना लें।

खुशी के इस माहौल में मैं यह कह सकता हूँ कि जिस प्रश्न पर हमारी बहस है, उसमें मैं अपना पक्ष लिये बिना नहीं रह सकता। मैं पूरे जोर से कहता हूँ कि मैं आकांक्षाओं और आशाओं से भरपूर हूँ और जीवन की सभी रंगीनियों से ओत-प्रोत हूँ, पर आवश्यकता के समय पर सब-कुछ कुर्बान कर सकता हूँ और यही वास्तविक बलिदान है। ये चीजें मनुष्य के रास्ते में रुकावट नहीं बन सकतीं, बशर्ते कि वह मनुष्य हो। निकट भविष्य में ही तुम्हें प्रत्यक्ष प्रमाण मिल जायेगा।

किसी व्यक्ति के चरित्र के बारे में बातचीत करते हुए एक बात सोचनी चाहिए कि क्या प्यार कभी किसी मनुष्य के लिए सहायक सिद्ध हुआ है। मैं आज इस प्रश्न का उत्तर देता हूँ—हाँ यह मेजिनी था। तुमने अवश्य ही पढ़ा होगा कि अपने पहले विद्रोह की असफलता, मन को कुचल डालनेवाली हार, और दिवंगत साथियों की याद वह बर्दाश्त नहीं कर सकता था। वह पागल हो जाता या आत्महत्या कर लेता, लेकिन प्रेमिका के एक पत्र से वह दूसरों जितना ही नहीं बल्कि सबसे अधिक मजबूत हो गया।

जहाँ तक प्यार के नैतिक स्तर का सम्बन्ध है, मैं कह सकता हूँ कि यह अपने आप में एक भावना से अधिक और कुछ भी नहीं, लेकिन वह पाशविक वृत्ति नहीं, एक अत्यन्त मधुर मानवीय भावना है। प्यार अपने में कभी भी पाशविक वृत्ति नहीं है। प्यार हमेशा मनुष्य के चरित्र को ऊँचा उठाता है—यह कभी भी उसे नीचा नहीं करता, बशर्ते कि प्यार प्यार हो। तुम कभी इन लड़कियों को वैसी पागल नहीं कह सकते, जैसे कि फिल्मों में हम देखते हैं। वे सदा पाशविक वृत्तियों के हाथों खेलती हैं। सच्चा प्यार कभी भी गढ़ा नहीं जा सकता। वह अपने आप ही आता है। कोई नहीं कह सकता कब।

हाँ, मैं यह कह सकता हूँ कि एक युवक, एक युवती आपस में प्यार कर सकते हैं और वे अपने प्यार के सहारे अपने आवेगों से ऊपर उठ सकते हैं, अपनी पवित्रता बनाये रख सकते हैं। मैं यहाँ एक बात साफ कर देना चाहता हूँ कि जब मैंने प्यार को इन्सानी कमजोरी कहा था तो यह किसी सामान्य व्यक्ति को लेकर नहीं कहा था, जिस स्तर पर कि आम आदमी होते हैं। यह एक अत्यन्त आदर्श स्थिति होगी जब मनुष्य प्यार, घृणा और अन्य सभी भावनाओं पर काबू पा लेगा, जब मनुष्य अपनी आत्मा के निर्देश को अपने कार्यों का आधार बना लेगा। लेकिन आधुनिक समय में यह कोई बुराई नहीं है। बल्कि मनुष्य के लिए अच्छा और लाभदायक है। मैंने एक व्यक्ति के

दूसरे व्यक्ति से प्यार की निन्दा की है। पर वह भी एक आदर्श स्थिति के सन्दर्भ में। मनुष्य के पास प्यार की एक गहरी भावना होनी चाहिए, जिसे वह एक व्यक्ति विशेष तक सीमित न रहकर विश्वव्यापी बना दे।

मैं समझता हूँ कि मैंने अपनी स्थिति को काफी स्पष्ट कर दिया है। हाँ एक बात मैं तुम्हें खास तौर पर बताना चाहता हूँ कि क्रान्तिकारी विचारों के होते हुए भी हम नैतिकता के सम्बन्ध में आर्यसमाजी ढंग की कट्टर धारणा नहीं अपना सकते। हम बढ़-बढ़ कर बातें करके उस कमजोरी को आसानी से छुपा सकते हैं, लेकिन वास्तविक जीवन में हम तुरन्त ही थर-थर काँपना शुरू कर देंगे।

मैं तुम्हें कहूँगा कि यह कमजोरी छोड़ दो। क्या मैं गहरी नम्रता के साथ तुमसे आग्रह कर सकता हूँ कि तुममें जो अति आदर्शवाद है उसे जरा कम कर दो। और जो पीछे रहेंगे और मेरे जैसी बीमारी का शिकार होंगे, उनसे बेरुखी का व्यवहार न करना, उनकी भर्त्सना करके उनके दुःखों और तकलीफों को न बढ़ाना क्योंकि उन्हें तुम्हारी सहानुभूति की आवश्यकता है। क्या मैं यह आशा कर सकता हूँ, कि किसी खास व्यक्ति से खुन्दक रखे बिना तुम उनके साथ हमदर्दी रखोगे, जिन्हें इसकी सबसे अधिक आवश्यकता है! लेकिन तुम तब तक इन बातों को नहीं समझ सकते, जब तक कि तुम स्वयं उस चीज का शिकार न बनो। लेकिन मैं यह सब क्यों लिख रहा हूँ? दरअसल मैं अपनी बातें साफ तौर से कह देना चाहता हूँ। मैंने अपना दिल साफ कर लिया है।

तुम्हारी हर सफलता और सुखी जीवन की कामना सहित—

तुम्हारा भाई
भगतसिंह

असेम्बली हाल में फेंका गया पर्चा

[8 अप्रैल, 1929 को दिल्ली की केन्द्रीय असेम्बली में भगतसिंह और दत्त ने सरकारी बेंचों के पीछे दो बम फेंके और इसके तुरन्त बाद ही दोनों साथियों ने असेम्बली हाल में पर्चे फेंके।

पर्चे का मसविदा भगतसिंह ने दिल्ली की सीताराम बाजार की डेन में बैठ कर लिखा था और एच.एस.आर.ए. के गुलाबी रंग के लेटर-पैड पर स्वयं ही 30-40 पर्चे टाइप किये थे। टाइप की व्यवस्था जयदेव कपूर ने एक मारवाड़ी स्कूल के ड्रिल मास्टर की सहायता से उसी स्कूल की टाइपिंग मशीन पर की थी। मूल पर्चा अंग्रेजी में था।

उसी शाम 'हिन्दुस्तान टाइम्स' ने एक विशेष संस्करण जारी करके इस पर्चे का पूरे साइज का ब्लाक प्रकाशित कर दिया था।]

हिन्दुस्तान समाजवादी प्रजातन्त्र संघ

सूचना

''बहरों को सुनाने के लिए बहुत ऊँची आवाज की आवश्यकता होती है।'' प्रसिद्ध फ्रान्सीसी अराजकतावादी शहीद वेलां के यह अमर शब्द हमारे काम के औचित्य के साक्षी हैं।

पिछले दस वर्षों में ब्रिटिश सरकार ने शासन सुधार के नाम पर इस देश का जो अपमान किया है उसकी कहानी दोहराने की आवश्यकता नहीं, और न ही हिन्दुस्तानी पार्लियामेण्ट पुकारी जानेवाली इस सभा ने भारतीय राष्ट्र के सिर पर पत्थर फेंककर उसका जो अपमान किया है उसके उदाहरणों को याद दिलाने की आवश्यकता है। यह सब सर्वविदित और स्पष्ट है। आज फिर जब लोग साइमन कमीशन से कुछ सुधारों के टुकड़ों की आशा में आँखें फैलाये हैं और उन टुकड़ों के लोभ में आपस में झगड़ रहे हैं, विदेशी सरकार 'सार्वजनिक सुरक्षा विधेयक' और 'औद्योगिक विवाद विधेयक' के रूप में अपने दमन को और भी कड़ा कर लेने का प्रयत्न कर रही है। उसके साथ ही आनेवाले अधिवेशन में समाचार-पत्रों द्वारा राजद्रोह प्रचार रोकने का कानून जनता पर थोपने की धमकी दी जा रही है। सार्वजनिक काम करनेवाले मजदूर नेताओं की अन्धाधुन्ध गिरफ्तारी से सरकार का रवैया स्पष्ट हो जाता है।

राष्ट्रीय दमन और अपमान की इस उत्तेजनापूर्ण परिस्थिति में अपने उत्तरदायित्व की गम्भीरता को महसूस कर "हिन्दुस्तान समाजवादी प्रजातन्त्र संघ" ने अपनी सेना को यह कदम उठाने का आदेश दिया है। इस कार्य का यह प्रयोजन है कि कानून का यह अपमानजनक प्रहसन समाप्त कर दिया जाये। विदेशी शोषक और नौकरशाही जो चाहे करे परन्तु उसकी वैधानिकता की नकाब फाड़ देना आवश्यक है।

जनता के प्रतिनिधियों से हमारा आग्रह है कि वे इस पार्लियामेण्ट के पाखण्ड को छोड़ कर अपने-अपने निर्वाचन क्षेत्रों को लौट जायें और जनता को विदेशी दमन और शोषण के विरुद्ध क्रान्ति के लिए तैयार करें। हम विदेशी सरकार को यह बतला देना चाहते हैं कि हम देश की जनता की ओर से 'सार्वजनिक सुरक्षा' और 'औद्योगिक विवाद' के दमनकारी कानूनों और लाला लाजपत राय की हत्या के विरोध में यह कदम उठा रहे हैं।

हम मनुष्य के जीवन को पवित्र समझते हैं। हम ऐसे उज्ज्वल भविष्य में विश्वास रखते हैं जिसमें प्रत्येक व्यक्ति को पूर्ण शान्ति और स्वतन्त्रता का अवसर मिल सके। हम इन्सान का खून बहाने की अपनी विवशता पर दुःखी हैं, परन्तु क्रान्ति द्वारा सबको समान स्वतन्त्रता देने और मनुष्य द्वारा मनुष्य के शोषण को समाप्त कर देने के लिए क्रान्ति में कुछ-न-कुछ रक्तपात अनिवार्य है।

इन्कलाब जिन्दाबाद!

ह. बलराज,

कमाण्डर-इन-चीफ

बम काण्ड पर सेशन कोर्ट में बयान

[असेम्बली में बम फेंकने के बाद 6 जून, सन् 1929 को दिल्ली के सेशन जज मि.. लियोनाई मिडिल्टन की अदालत में दिया गया सरदार भगतसिंह और दत्त का ऐतिहासिक बयान]

हमारे ऊपर गम्भीर आरोप लगाये गये हैं। इसलिए यह आवश्यक है कि हम भी अपनी सफाई में कुछ शब्द कहें। हमारे कथित अपराध के सम्बन्ध में निम्नलिखित प्रश्न उठते हैं–(1) क्या वास्तव में असेम्बली में बम फेंके गये थे, यदि हाँ तो क्यों? (2) नीचे की अदालत में हमारे ऊपर जो आरोप लगाये गये हैं, वे सही हैं या गलत?

पहले प्रश्न के पहले भाग के लिए हमारा उत्तर स्वीकारात्मक है, लेकिन तथाकथित चश्मदीद गवाहों ने इन मामले में जो गवाही दी है, वह सरासर झूठ है। चूँकि हम बम फेंकने से इनकार नहीं कर रहे हैं इसलिए यहाँ उन गवाहों के बयानों की सच्चाई की परख भी हो जानी चाहिए। उदाहरण के लिए हम यहाँ बतला देना चाहते हैं कि सार्जेण्ट टेरी का यह कहना कि उन्होंने हममें से एक के पास से पिस्तौल बरामद की वह एक सफेद झूठ मात्र है, क्योंकि जब हमने अपने आपको पुलिस के हाथों सौंपा तो हममें से किसी के पास पिस्तौल न थी। जिन गवाहों ने कहा है कि उन्होंने हमें बम फेंकते देखा था, वे झूठ बोलते हैं। न्याय तथा निष्कपट व्यवहार को सर्वोपरि माननेवाले लोगों को इन झूठी बातों से एक सबक लेना चाहिए। साथ ही हम सरकारी वकील के उचित व्यवहार तथा अदालत के अभी तक के न्याय संगत रवैये को भी स्वीकार करते हैं।

पहले प्रश्न के दूसरे हिस्से का उत्तर देने के लिए हमें इस बमकाण्ड जैसी ऐतिहासिक घटना के कुछ विस्तार में जाना पड़ेगा। हमने वह काम किस अभिप्राय से तथा किन परिस्थितियों के बीच किया, इसकी पूरी एवं खुली सफाई आवश्यक है।

जेल में हमारे पास कुछ पुलिस अधिकारी आये थे। उन्होंने हमें बतलाया कि लार्ड इर्विन ने इस घटना के बाद ही असेम्बली के दोनों सदनों के सम्मिलित अधिवेशन में कहा है कि, "यह विद्रोह किसी व्यक्ति विशेष के खिलाफ नहीं, वरन् सम्पूर्ण शासन व्यवस्था के विरुद्ध था।" यह सुनकर हमने तुरन्त भाँप लिया कि लोगों ने हमारे इस काम के उद्देश्य को सही तौर पर समझ लिया है।

मानवता को प्यार करने में हम किसी से भी पीछे नहीं हैं। हमें किसी से व्यक्तिगत द्वेष नहीं है और हम प्राणी मात्र को हमेशा आदर की निगाह से देखते आये हैं। हम न तो बर्बरतापूर्ण उपद्रव करनेवाले देश के कलंक हैं, "जैसा कि सोशलिस्ट कहलानेवाले दीवान चमनलाल ने कहा है, और न ही हम पागल हैं, जैसा कि लाहौर के 'ट्रिब्यून' तथा कुछ अन्य समाचार-पत्रों ने सिद्ध करने का प्रयास किया है। हम तो केवल अपने देश के इतिहास, अपनी मौजूदा परिस्थिति तथा अन्य मानवोचित आकांक्षाओं के मननशील विद्यार्थी होने का विनम्रतापूर्वक दावा भर कर सकते हैं। हमें ढोंग तथा पाखण्ड से नफरत है।

एक अपकारजनक संस्था

यह काम हमने किसी व्यक्तिगत स्वार्थ अथवा विद्वेष की भावना से नहीं किया है। हमारा उद्देश्य केवल उस शासन-व्यवस्था के विरुद्ध प्रतिवाद प्रकट करना था जिसके हर एक काम से उसकी अयोग्यता ही नहीं वरन् उपकार करने की उसकी असीम क्षमता भी प्रकट होती है। इस विषय पर हमने जितना विचार किया उतना ही हमें इस बात का दृढ़ विश्वास होता गया कि वह केवल संसार के सामने भारत की लज्जाजनक तथा असहाय अवस्था का ढिंढोरा पीटने के लिए ही कायम है और वह एक गैर-जिम्मेदार तथा निरंकुश शासन का प्रतीक है।

जनता के प्रतिनिधियों नें कितनी ही बार राष्ट्रीय माँगों को सरकार के सामने रखा, परन्तु उसने उन माँगों की सर्वथा अवहेलना करके हर बार उन्हें रद्दी की टोकरी में डाल दिया। सदन द्वारा पास किये गये गम्भीर प्रस्तावों को भारत की तथाकथित पार्लमेण्ट के सामने ही तिरस्कारपूर्वक पैरों तले रौंदा गया है, दमनकारी तथा निरंकुश कानूनों को समाप्त करने की माँग करनेवाले प्रस्तावों को हमेशा अवज्ञा की दृष्टि से ही देखा गया है और जनता द्वारा निर्वाचित सदस्यों ने सरकार के जिन कानूनों तथा प्रस्तावों को अवांछित एवं अवैधानिक बताकर रद्द कर दिया था, उन्हें केवल कलम हिलाकर ही सरकार ने लागू कर लिया है।

संक्षेप में, बहुत कुछ सोचने के बाद भी एक ऐसी संस्था के अस्तित्व का औचित्य हमारी समझ में नहीं आ सका है जो बावजूद उस तमाम शानोशौकत के, जिसका आधार भारत के करोड़ों मेहनतकशों की गाढ़ी कमायी है, मात्र एक दिल को बहलानेवाली, थोथी, दिखावटी और शरारतों से भरी हुई संस्था है। हम सार्वजनिक नेताओं की मनोवृत्ति को समझ पाने में असमर्थ हैं। हमारी समझ में नहीं आता कि हमारे नेतागण भारत की असहाय परतन्त्रता की खिल्ली उड़ानेवाले इतने स्पष्ट एवं

पूर्वनियोजित प्रदर्शनों पर सार्वजनिक सम्पत्ति एवं समय बरबाद करने में सहायक क्यों बनते हैं।

हम इन्हीं प्रश्नों तथा मजदूर आन्दोलन के नेताओं की धरपकड़ पर विचार कर ही रहे थे कि सरकार ट्रेड-डिस्प्यूट बिल लेकर सामने आयी। हम इस सम्बन्ध में असेम्बली की कार्यवाही देखने गये। वहाँ हमारा यह विश्वास और भी दृढ़ हो गया कि भारत की लाखों मेहनतकश जनता एक ऐसी संस्था से किसी बात की भी आशा नहीं कर सकती जो भारत के वेबस मेहनतकशों की दासता तथा शोषकों की गलाघोंटू शक्ति की अहितकारी यादगार है।

अन्त में वह कानून, जिसे हम बर्बर एवं अमानवीय समझते हैं, देश के प्रतिनिधियों के सरों पर पटक दिया गया और इस प्रकार करोड़ों संघर्षरत भूखे मजदूरों को प्राथमिक अधिकारों से भी वंचित कर दिया गया और उनके हाथों से उनकी आर्थिक मुक्ति का एकमात्र हथियार भी छीन लिया गया। जिस किसी ने भी कमरतोड़ परिश्रम करनेवाले मूक मेहनतकशों की हालत पर हमारी तरह सोचा है वह शायद स्थिर मन से यह सब नहीं देख सकेगा। बलि के बकरों की भाँति शोषकों—और सबसे बड़ी शोषक स्वयं सरकार है—की बलिवेदी पर आये दिन होनेवाली मजदूरों की इन मूक कुर्बानियों को देखकर जिस किसी का दिल रोता है, वह अपनी आत्मा की चीत्कार की उपेक्षा नहीं कर सकता।

गवर्नर जनरल की कार्यकारिणी समिति के भूतपूर्व सदस्य स्वर्गीय श्री एस. आर. दास ने अपने प्रसिद्ध पत्र में अपने पुत्र को लिखा था कि इंग्लैण्ड की स्वप्ननिद्रा भंग करने के लिए बम का उपयोग आवश्यक था। श्री दास के इन्हीं शब्दों को सामने रखकर हमने असेम्बली भवन में बम फेंके थे। हमने वह काम मजदूरों की तरफ से प्रतिरोध प्रदर्शित करने के लिए किया था। उन असहाय मजदूरों के पास अपने मर्मान्तक क्लेशों को व्यक्त करने का कोई साधन भी तो नहीं था। हमारा एकमात्र उद्देश्य था 'बहरे को सुनाना' और उन पीड़ितों की माँगों पर ध्यान न देनेवाली सरकार को समय रहते चेतावनी देना।

हमारी ही तरह दूसरों की भी परोक्ष धारणा है कि प्रशान्त सागर रूपी भारतीय मानवता की ऊपरी शान्ति किसी भी समय फूट पड़नेवाले एक भीषण तूफान की द्योतक है। हमने तो उन लोगों के लिए सिर्फ खतरे की घण्टी बजायी है, जो आनेवाले भयानक खतरे की परवाह किये बगैर तेज रफ्तार से आगे की तरफ भागे जा रहे हैं। हम लोगों को सिर्फ यह बतला देना चाहते हैं कि 'काल्पनिक अहिंसा' का युग अब समाप्त हो चुका है और आज की उठती हुई नयी पीढ़ी को उसकी व्यर्थता में किसी भी प्रकार का सन्देह नहीं रह गया है।

मानवता के प्रति हार्दिक सद्भाव तथा अमित प्रेम रखने के कारण उसे व्यर्थ के रक्तपात से बचाने के लिए हमने चेतावनी देने के इस उपाय का सहारा लिया है। और उस आनेवाले रक्तपात को हम ही नहीं, लाखों आदमी पहले से ही देख रहे हैं।

काल्पनिक अहिंसा

ऊपर हमने 'काल्पनिक अहिंसा' शब्द का प्रयोग किया है। यहाँ पर उसकी व्याख्या कर देना भी आवश्यक है आक्रामक उद्देश्य से जब बल का प्रयोग होता है, उसे हिंसा कहते हैं, और नैतिक दृष्टिकोण से उसे उचित नहीं कहा जा सकता। लेकिन जब उसका उपयोग किसी वैध आदर्श के लिए किया जाता है तो उसका नैतिक औचित्य भी होता है। किसी भी हालत में बल-प्रयोग नहीं होना चाहिए, यह विचार काल्पनिक और अव्यावहारिक है। इधर देश में जो नया आन्दोलन तेजी के साथ उठ रहा है, और जिसकी पूर्व सूचना हम दे चुके हैं, वह गुरु गोविन्दसिंह, शिवाजी, कमाल पाशा, रिजा खाँ, वाशिंगटन, गैरीबाल्डी, लाफायेट और लेनिन के आदर्शों से ही प्रस्फुटित है और उन्हीं के पद-चिह्नों पर चल रहा है। चूँकि भारत की विदेशी सरकार तथा हमारे राष्ट्रीय नेतागण दोनों ही इस आन्दोलन की ओर से उदासीन लगते हैं और जान-बूझकर उसकी पुकार की ओर से अपने कान बन्द करने का प्रयत्न कर रहे हैं, अतः हमने अपना कर्त्तव्य समझा कि हम ऐसी चेतावनी दें जिसकी अवहेलना न की जा सके।

हमारा अभिप्राय

अभी तक हमने इस घटना के मूल उद्देश्य पर ही प्रकाश डाला है। अब हम अपना अभिप्राय भी स्पष्ट कर देना चाहते हैं।

यह बतलाने की आवश्यकता नहीं है कि इस घटना के सिलसिले में मामूली चोटें खानेवाले व्यक्तियों अथवा असेम्बली के किसी अन्य व्यक्ति के प्रति हमारे दिलों में कोई वैयक्तिक विद्वेष की भावना नहीं थी। इसके विपरीत हम एक बार फिर स्पष्ट कर देना चाहते हैं कि हम मानव-जीवन को अकथनीय पवित्रता प्रदान करते हैं और किसी अन्य व्यक्ति को चोट पहुँचाने के बजाय हम मानव-जाति की सेवा में हँसते-हँसते अपने प्राण विसर्जित कर देंगे। हम साम्राज्यशाही की सेना के भाड़े के सैनिकों जैसे नहीं हैं जिनका काम ही नर-हत्या होता है। हम मानव-जीवन का आदर करते हैं और बराबर उसकी रक्षा का प्रयत्न करते हैं। इसके बाद भी हम स्वीकार करते हैं कि हमने जान-बूझकर असेम्बली भवन में बम फेंके।

घटनाएँ स्वयं हमारे अभिप्राय पर प्रकाश डालती हैं और हमारे इरादों की परख हमारे काम के परिणाम के आधार पर होनी चाहिए न कि अटकल एवं मनगढ़न्त परिस्थितियों के आधार पर। सरकारी विशेषज्ञ की गवाही के विरुद्ध हमें यह कहना है कि असेम्बली भवन में फेंके गये बमों से वहाँ की एक खाली बेंच को ही कुछ नुकसान पहुँचा और लगभग आधे दर्जन लोगों को मामूली-सी खरोंचें भर आयीं। सरकारी वैज्ञानिकों ने कहा है बम बड़े जोरदार थे और उनसे अधिक नुकसान नहीं हुआ, इसे एक अनहोनी घटना ही कहना चाहिए। लेकिन हमारे विचार से उन्हें वैज्ञानिक ढंग से बनाया ही ऐसा गया था। पहले तो, दोनों बम बेंचों तक डेस्कों के बीच की खाली जगह में ही गिरे थे। दूसरे, उनके फूटने की जगह से दो फिट पर बैठे हुए लोगों को भी, जिनमें मि. पी. आर. राउ, मि. शंकर राव तथा सर जार्ज शुस्टर के नाम उल्लेखनीय हैं, या तो बिलकुल ही चोटें नहीं आयीं या मात्र मामूली आयीं। अगर उन बमों में जोरदार पोटेशियम क्लोरेट और पिक्रिक एसिड भरा होता, जैसा कि सरकारी विशेषज्ञ ने कहा है, तो इन बमों ने उस लकड़ी के घेरे को तोड़कर कुछ गज की दूरी पर खड़े हुए लोगों तक को उड़ा दिया होता। और यदि उनमें कोई और भी शक्तिशाली विस्फोटक भरा जाता तो निश्चय ही वे असेम्बली के अधिकांश सदस्यों को उड़ा देने में समर्थ होते। यही नहीं, यदि हम चाहते तो उन्हें सरकारी कक्ष में फेंक सकते थे जो कि विशिष्ट व्यक्तियों से खचाखच भरा था। या फिर उस सर जान साइमन को अपना निशाना बना सकते थे, जिसके अभागे कमीशन ने प्रत्येक विचारशील व्यक्ति के दिल में उसकी ओर से गहरी नफरत पैदा कर दी थी और जो उस समय असेम्बली की अध्यक्ष दीर्घा में बैठा था। लेकिन इस तरह का हमारा कोई इरादा नहीं था और उन बमों ने इतना ही काम किया जितने के लिए उन्हें तैयार किया गया था। यदि उससे कोई अनहोनी घटना हुई तो यही कि वे निशाने पर अर्थात् निरापद स्थान पर गिरे।

एक ऐतिहासिक सबक

इसके बाद हमने इस कार्य का दण्ड भोगने के लिए अपने आपको जान-बूझकर पुलिस के हाथों समर्पित कर दिया। हम साम्राज्यवादी शोषकों को यह बतला देना चाहते थे कि मुट्ठी-भर आदमियों को मारकर किसी आदर्श को समाप्त नहीं किया जा सकता और न ही दो नगण्य व्यक्तियों को कुचलकर राष्ट्र को दबाया जा सकता है। हम इतिहास के इस सबक पर जोर देना चाहते थे कि परिचय-पत्र या परिचय-चिह्न (Letter de catchet) तथा बॅस्टील (फ्रान्स की कुख्यात जेल जहाँ राजनैतिक बन्दियों को घोर यन्त्रणाएँ दी जाती थीं।) फ्रान्स के क्रान्तिकारी आन्दोलन को कुचलने में समर्थ नहीं हुए,

फाँसी के फन्दे और साइबेरिया की खानें रूसी क्रान्ति की आग को बुझा नहीं पायी थीं। तो फिर क्या अध्यादेश और सेफ्टी बिल्स भारत में आजादी की लौ को बुझा सकेंगे? षड्यन्त्रों का पता लगाकर या गढ़े हुए षड्यन्त्रों द्वारा नौजवानों को सजा देकर या एक महान् आदर्श के स्वप्न से प्रेरित नवयुवकों को जेलों में ठूँसकर क्या क्रान्ति का अभियान रोका जा सकता है? हाँ, सामयिक चेतावनी से, बशर्ते कि उसकी उपेक्षा न की जाये, लोगों की जानें बचायी जा सकती हैं और व्यर्थ की मुसीबतों से उनकी रक्षा की जा सकती है। चेतावनी देने का यह भार अपने ऊपर लेकर हमने अपना कर्त्तव्य पूरा किया है।

क्रान्ति क्या है?

भगतसिंह से नीचे की अदालत में पूछा गया था कि क्रान्ति से हम लोगों का क्या मतलब है? इस प्रश्न के उत्तर में उन्होंने कहा था कि क्रान्ति के लिए खूनी लड़ाइयाँ अनिवार्य नहीं हैं और न ही उसमें व्यक्तिगत प्रतिहिंसा के लिए कोई स्थान है। वह बम और पिस्तौल का सम्प्रदाय नहीं है। क्रान्ति से हमारा अभिप्राय है–अन्याय पर आधारित मौजूदा समाज-व्यवस्था में आमूल परिवर्तन।

समाज का प्रमुख अंग होते हुए भी आज मजदूरों को उनके प्राथमिक अधिकार से वंचित रखा जा रहा है और उनकी गाढ़ी कमाई का सारा धन शोषक पूँजीपति हड़प जाते हैं। दूसरों के अन्नदाता किसान आज अपने परिवार सहित दाने-दाने के लिए मुहताज हैं। दुनिया-भर के बाजारों को कपड़ा मुहैया करनेवाला बुनकर अपने तथा अपने बच्चों के तन ढकने-भर को भी कपड़ा नहीं पा रहा है। सुन्दर महलों का निर्माण करनेवाले राजगीर, लोहार तथा बढ़ई स्वयं गन्दे बाड़ों में रहकर ही अपनी जीवन-लीला समाप्त कर जाते हैं। इसके विपरीत समाज के जोंक शोषक पूँजीपति जरा-जरा-सी बातों के लिए लाखों का वारा-न्यारा कर देते हैं।

यह भयानक असमानता और जबरदस्ती लादा गया भेदभाव दुनिया को एक बहुत बड़ी उथल-पुथल की ओर लिये जा रहा है। यह स्थिति अधिक दिनों तक कायम नहीं रह सकती। स्पष्ट है कि आज का धनिक एक भयानक ज्वालामुखी के मुँह पर बैठकर रंगरेलियाँ मना रहा है और शोषकों के मासूम बच्चे तथा करोड़ों शोषित लोग एक भयानक खड्ड की कगार पर चल रहे हैं।

आमूल परिवर्तन की आवश्यकता

सभ्यता का यह प्रासाद यदि समय रहते सँभाला न गया तो शीघ्र ही चरमराकर बैठ जायेगा। देश को एक आमूल परिवर्तन की आवश्यकता है। और जो लोग इस

बात को महसूस करते हैं उनका कर्त्तव्य है कि साम्यवादी सिद्धान्तों पर समाज का पुनर्निर्माण करें। जब तक यह नहीं किया जाता और मनुष्य द्वारा मनुष्य का तथा एक राष्ट्र द्वारा दूसरे राष्ट्र का शोषण, जो साम्राज्यशाही के नाम से विख्यात है, समाप्त नहीं कर दिया जाता, तब तक मानवता को उसके क्लेशों से छुटकारा मिलना असम्भव है, और तब तक युद्धों को समाप्त कर विश्व-शान्ति के युग का प्रादुर्भाव करने की सारी बातें महज ढोंग के अतिरिक्त और कुछ भी नहीं है। क्रान्ति से हमारा मतलब अन्ततोगत्वा एक ऐसी समाज-व्यवस्था की स्थापना से है जो इस प्रकार के संकटों से बरी होगी और जिसमें सर्वहारा का आधिपत्य सर्वमान्य होगा। और जिसके फलस्वरूप स्थापित होनेवाला विश्व-संघ पीड़ित मानवता को पूँजीवाद के बन्धनों से और साम्राज्यवादी युद्ध की तबाही से छुटकारा दिलाने में समर्थ हो सकेगा।

सामयिक चेतावनी

यह है हमारा आदर्श। और इसी आदर्श से प्रेरणा लेकर हमने एक पुरजोर चेतावनी दी है। लेकिन अगर हमारी इस चेतावनी पर ध्यान नहीं दिया गया और वर्तमान शासन-व्यवस्था उठती हुई जनशक्ति के मार्ग में रोड़े अटकाने से बाज न आयी तो क्रान्ति के इस आदर्श की पूर्ति के लिए एक भयंकर युद्ध का छिड़ना अनिवार्य है। सभी बाधाओं को रौंद कर आगे बढ़ते हुए उस युद्ध के फलस्वरूप सर्वहारा वर्ग के अधिनायकतन्त्र की स्थापना होगी। यह अधिनायकतन्त्र क्रान्ति के आदर्शों की पूर्ति के लिए मार्ग प्रशस्त करेगा। क्रान्ति मानवजाति का जन्मजात अधिकार है जिसका अपहरण नहीं किया जा सकता। स्वतन्त्रता प्रत्येक मनुष्य का जन्मसिद्ध अधिकार है। श्रमिक वर्ग ही समाज का वास्तविक पोषक है, जनता की सर्वोपरि सत्ता की स्थापना श्रमिक वर्ग का अन्तिम लक्ष्य है। इन आदर्शों के लिए और इस विश्वास के लिए हमें जो भी दण्ड दिया जायेगा, हम उसका सहर्ष स्वागत करेंगे। क्रान्ति की इस पूजा-वेदी पर हम अपना यौवन नैवेद्य के रूप में लाये हैं, क्योंकि ऐसे महान् आदर्श के लिए बड़े-से-बड़ा त्याग भी कम है। हम सन्तुष्ट हैं और क्रान्ति के आगमन की उत्सुकतापूर्वक प्रतीक्षा कर रहे हैं।

इन्कलाब जिन्दाबाद।

◆

बम काण्ड पर हाईकोर्ट में बयान

[दिल्ली के सेशन कोर्ट ने असेम्बली बम केस में उन्हें आजन्म कारावास का दण्ड दिया। उसकी अपील के दौरान लाहौर हाईकोर्ट की जस्टिस फोर्ड और जस्टिस एडीशन की बेंच के सामने दिये गये इस शानदार बयान में भगतसिंह ने सेशन जज द्वारा दिये गये फैसले की तीखी आलोचना की। उनका कहना था कि किसी व्यक्ति के अपराध पर निर्णय देते समय उस व्यक्ति के काम के उद्देश्य पर विशेष ध्यान दिया जाना चाहिए। बयान जनवरी, 30 में दिया गया।]

माई लार्ड

हम न वकील हैं न अंग्रेजी के विशेषज्ञ, न हमारे पास डिग्रियाँ ही हैं, इसलिए हमसे शानदार भाषणों की आशा न की जाये। हमारी प्रार्थना है कि हमारे बयान की भाषा सम्बन्धी त्रुटियों पर ध्यान न देते हुए उसके वास्तविक अर्थ को समझने का प्रयत्न किया जाये। दूसरे तमाम मुद्दों को अपने वकील पर छोड़ते हुए मैं एक मुद्दे पर विचार प्रकट करूँगा। यह मुद्दा इस मुकद्दमे में बहुत महत्त्वपूर्ण है। मुद्दा यह है कि हमारी नियत क्या थी और हम किस हद तक अपराधी हैं।

यह बड़ा पेचीदा मामला है, इसलिए कोई भी व्यक्ति आपकी सेवा में विचारों की वह ऊँचाई प्रस्तुत नहीं कर सकता, जिसके प्रभाव में हम एक खास ढंग से सोचने और विचार करने लगे थे। हम चाहते हैं कि इसे दृष्टि में रखते हुए ही हमारी नियत और अपराध का अन्दाजा लगाया जाये। प्रसिद्ध कानून विशारद सालोमन के अनुसार किसी भी व्यक्ति को उसके अपराधी आचरण के लिए उस समय तक सजा नहीं मिलनी चाहिए जब तक कि उसका उद्देश्य कानून विरोधी सिद्ध न हो।

सेशन जज की अदालत में हमने जो लिखित बयान दिया था, वह हमारे उद्देश्य की व्याख्या करता था लेकिन सेशन जज महोदय ने कलम की एक ही नोक से यह कह कर कि, ‘‘आम तौर पर अपराध को व्यवहार में लानेवाली बात कानून के कार्य को प्रभावित नहीं करती और इस देश में कानूनी व्याख्याओं में कभी-कभार ही उद्देश्य और नियत की चर्चा होती है’’—हमारी सब कोशिशें बेकार कर दीं।

माई लार्ड! इन परिस्थितियों में सुयोग्य सेशन जज के लिए उचित था कि यह या तो अपराध का अनुमान परिणाम से लगाते या हमारे बयान की मदद से मनोवैज्ञानिक आधार पर फैसला करते, पर उन्होंने इन दोनों में से एक भी काम न किया।

पहली बात तो यह है कि असेम्बली में हमने जो बम फेंके, उनसे किसी व्यक्ति को शारीरिक अथवा मानसिक हानि नहीं हुई। इस दृष्टि से जो सजा हमें दी गयी वह कठोरतम ही नहीं, बदला लेने की भावनावाली भी है। दूसरी यह कि जब तक अभियुक्त की मनोभावना का पता न लगाया जाये उसके असली उद्देश्य का पता नहीं चल सकता। यदि उद्देश्य को पूरी तरह भुला दिया जाये तो किसी भी व्यक्ति के साथ न्याय नहीं हो सकता, क्योंकि उद्देश्य को नजर में न रखने पर संसार के बड़े-बड़े सेनापति साधारण हत्यारे नजर आयेंगे, सरकारी कर वसूलनेवाले अधिकारी चोर, जालसाज दिखायी देंगे और न्यायाधीशों पर भी कत्ल करने का अभियोग लगेगा। इस तरह तो समाज-व्यवस्था और सभ्यता खून-खराबा, चोरी और जालसाजी बन कर रह जायेगी। यदि उद्देश्य की उपेक्षा की जाये, तो किसी हुकूमत को क्या अधिकार है कि समाज के व्यक्तियों से न्याय करने को कहे। उद्देश्य की उपेक्षा की जाये तो हर धर्म प्रचारक झूठ का प्रचारक दिखायी देगा और हर एक पैगम्बर पर इल्जाम लगेगा कि उसने करोड़ों भोले और अन्जान लोगों को गुमराह किया। यदि उद्देश्य को भुला दिया जाये तो हजरत ईसा मसीह गड़बड़ फैलानेवाले, शान्ति भंग करनेवाले और विद्रोह का प्रचार करनेवाले दिखायी देंगे और कानून के शब्दों में खतरनाक व्यक्तित्व माने जायेंगे, लेकिन हम उनकी पूजा करते हैं, उनका हमारे दिलों में बेहद असर है, उनकी मूर्ति हमारे दिलों में आध्यात्मिकता का स्पन्दन पैदा करती है। यह क्यों? यह इसलिए कि उनके प्रयत्नों का प्रेरक एक ऊँचे दर्जे का उद्देश्य था। उस समय के शासकों ने उनके उद्देश्य को नहीं पहचाना उन्होंने उनके बाहरी व्यवहार को ही देखा, लेकिन उस समय से लेकर इस समय तक, उन्नीस शताब्दियाँ बीत चुकी हैं। क्या हमने तब से लेकर अब तक कोई तरक्की नहीं की? क्या हम ऐसी गलतियाँ दोहराते रहेंगे? अगर ऐसा हो तो मानना पड़ेगा कि इन्सानियत की कुर्बानियाँ, बड़े शहीदों के प्रयत्न बेकार रहे और हम आज भी उसी स्थान पर हैं, जहाँ बीस शताब्दियों पहले थे।

कानूनी दृष्टि से उद्देश्य का प्रश्न खास महत्त्व रखता है। जनरल डायर का उदाहरण लीजिये। उसने गोली चलायी और सैकड़ों निरपराध और शस्त्रहीन व्यक्तियों को मार डाला, लेकिन फौजी अदालत ने उसे गोली का निशाना बनाने का हुक्म देने के बजाय लाखों रुपये इनाम दिये। एक और उदाहरण पर ध्यान दीजिये, श्री खड्ग बहादुर सिंह ने, जो एक गोरखा नौजवान है, कलकत्ता में एक अमीर मारवाड़ी को छुरे से मार डाला। यदि उद्देश्य को एक तरफ रख दिया जाये तो खड्ग सिंह को मौत की सजा मिलनी चाहिए थी। लेकिन उसे कुछ वर्षों की सजा दी गयी और उस अवधि से भी बहुत पहले मुक्त कर दिया गया। क्या कानून में कोई दरार रखनी थी जो उसे मौत की सजा न दी गयी या उसके विरुद्ध हत्या का अभियोग सिद्ध न हुआ? उसने हमारी

ही तरह अपना अपराध स्वीकार किया था, लेकिन उसका जीवन बच गया और वह स्वतन्त्र है। मैं पूछता हूँ उसे फाँसी की सजा क्यों नहीं दी गयी उसका कार्य जँचा-तुला था। उसने पेचीदा ढंग की तैयारी की थी। उद्देश्य की दृष्टि से उसका कार्य हमारे कार्य की अपेक्षा ज्यादा घातक और संगीन था। उसे इसलिए बहुत ही नर्म सजा मिली क्योंकि उसका मकसद नेक था। उसने समाज को एक ऐसी जोंक से छुटकारा दिलाया, जिसने कई सुन्दर लड़कियों का खून चूस लिया था। खड़ग बहादुर सिंह को महज कानून की प्रतिष्ठा बचाये रखने के लिए कुछ वर्षों की सजा दी गयी।

यह पर गलत है। यह न्याय के उस बुनियादी सिद्धान्त के विरुद्ध है, जिसके अनुसार "कानून आदमियों के लिए है, आदमी कानून के लिए नहीं है।" इस दशा में क्या कारण है कि हमें भी वो रियायतें न दी जायें जो श्री खड़ग बहादुर सिंह को मिली थीं। स्पष्ट है कि उसे नर्म सजा देते समय उसका उद्देश्य दृष्टि में रखा गया, अन्यथा कोई भी व्यक्ति जो किसी दूसरे को कत्ल करता है, फाँसी की सजा से नहीं बच सकता। क्या इसलिए हमें आम कानूनी अधिकार नहीं मिल रहा है कि हमारा कार्य हुकूमत के विरुद्ध था या इसलिए कि इस कार्य का राजनैतिक महत्त्व है?

माई लार्ड! इस दशा में मुझे यह कहने की अनुमति दी जाये कि जो हुकूमत इन कमीनी हरकतों में आश्रय खोजती है, जो हुकूमत व्यक्ति के कुदरती अधिकार छीनती है, उसे जीवित रहने का कोई अधिकार नहीं है। अगर यह कायम है तो आरजी तौर पर हजारों बेगुनाहों का खून इसकी गर्दन पर है। यदि कानून उद्देश्य को नहीं देखता तो न्याय नहं हो सकता और न ही स्थायी शान्ति स्थापित हो सकती है।

आटे में संखिया जहर मिलाना जुर्म नहीं है, बशर्ते कि उसका उद्देश्य चूहों को मारना हो, लेकिन यदि इससे किसी आदमी को मार दिया जाये तो यह कत्ल का अपराध बन जाता है। लिहाजा ऐसे कानूनों को, जो युक्ति पर आधारित नहीं और न्याय के सिद्धान्त के विरुद्ध हैं, समाप्त कर देना चाहिए। ऐसे ही न्याय विरोधी कानूनों के कारण बड़े-बड़े श्रेष्ठ बौद्धिक लोगों ने बगावत के कार्य किये हैं।

हमारे मुकद्दमे के तथ्य बिल्कुल सादा हैं। 8 अप्रैल, 1929 को हमने सेण्ट्रल असेम्बली में दो बम फेंके। उनके धमाकों से चन्द लोगों को मामूली खरोंचें आयीं। चैम्बर में हंगामा हुआ, सैकड़ों दर्शक और सदस्य बाहर निकल गये। कुछ देर बाद खामोशी छा गयी। मैं और साथी बी. के. दत्त खामोशी के साथ दर्शक गैलरी में बैठे रहे और हमने स्वयं अपने को प्रस्तुत किया कि हमें गिरफ्तार कर लिया जाये। हमें गिरफ्तार कर लिया गया। अभियोग लगाये गये और हत्या करने के प्रयत्न के अपराध में हमें सजा दी गयी, लेकिन बमों से चार-पाँच व्यक्तियों को मामूली चोटें आयीं और एक बेञ्च को मामूली-सा नुकसान पहुँचा, और जिन्होंने यह अपराध किया, उन्होंने

बिना किसी किस्म के हस्तक्षेप के अपने आप को गिरफ्तारी के लिए पेश कर दिया। सेशन जज ने स्वीकार किया कि यदि हम भागना चाहते तो भागने में सफल हो सकते थे। हमने अपना अपराध स्वीकार किया और अपनी स्थिति स्पष्ट करने के लिए बयान दिये। हमें सजा का भय नहीं है, लेकिन हम यह नहीं चाहते कि हमें गलत समझा जाये। हमारे बयान से कुछ पैरा-ग्राफ काट दिये गये हैं, यह वास्तविक स्थिति की दृष्टि से गलत है।

समग्र रूप में हमारे वक्तव्य के अध्ययन से साफ प्रकट होता है कि हमारे दृष्टिकोण से हमारा देश एक नाजुक दौर से गुजर रहा है। इस दशा में काफी ऊँची आवाज में चेतावनी देने की जरूरत थी और हमने अपने विचारानुसार चेतावनी दी है। सम्भव है कि हम गलती पर हों, हमारा सोचने का ढंग जज महोदय के सोचने के ढंग से भिन्न हो, लेकिन इसका यह अर्थ नहीं कि हमें अपने विचार प्रकट करने की स्वीकृति न दी जाये और गलत बातें हमारे साथ जोड़ी जायें।

'इन्कलाब-जिन्दाबाद' और 'साम्राज्यवाद मुर्दाबाद' के सम्बन्ध में हमने जो व्याख्या अपने बयान में दी, उसे उड़ा दिया गया है, हालाँकि यह हमारे उद्देश्य का खास भाग है। इन्कलाब जिन्दाबाद से हमारा वो उद्देश्य नहीं था जो आम तौर पर गलत अर्थ में समझा जाता है। पिस्तौल और बम इन्कलाब नहीं लाते, बल्कि इन्कलाब की तलवार विचारों की सान पर तेज होती है और यही चीज थी जिसे हम प्रकट करना चाहते थे हमारे इन्कलाब का अर्थ पूँजीवादी युद्धों की मुसीबतों का अन्त करना है। मुख्य उद्देश्य और उसे प्राप्त करने की प्रक्रिया समझे बिना किसी के सम्बन्ध में निर्णय देना उचित नहीं है। गलत बातें हमारे साथ जोड़ना साफ-साफ अन्याय है।

चेतावनी देना बहुत आवश्यक था। बेचैनी रोज-रोज बढ़ रही है। यदि उचित इलाज न किया गया तो रोग खतरनाक रूप ले लेगा। कोई भी मानवीय शक्ति इसकी रोकथाम न कर सकेगी। हमने इस तूफान का रुख बदलने के लिए यह कार्यवाही की। हम इतिहास के गम्भीर अध्येता हैं। हमारा विश्वास है कि यदि सत्ताधारी शक्तियाँ ठीक समय पर सही कार्यवाहियाँ करतीं तो फ्रान्स और रूस की खूनी क्रान्तियाँ न बरस पड़तीं। दुनिया की कई बड़ी-बड़ी हुकूमतें विचारों के तूफान को रोकते हुए खून-खराबी के वातावरण में डूब गयी। सत्ताधारी लोग परिस्थितियों के प्रवाह को बदल सकते हैं। हम पहली चेतावनी देना चाहते थे और यदि हम कुछ व्यक्तियों की हत्या के इच्छुक होते तो हम अपने मुख्य उद्देश्य में असफल हो जाते। माई लार्ड, इस नीयत और उद्देश्य से हमने कार्यवाही की और इस कार्यवाही के परिणाम हमारे बयान का समर्थन करते हैं। एक और नुक्ता स्पष्ट करना आवश्यक है। यदि हमें बमों की ताकत के सम्बन्ध में कतई ज्ञान न होता, तो हम पं. मोतीलाल नेहरू, श्री केलकर, श्री जयकर

और श्री जिन्ना जैसे सम्माननीय राष्ट्रीय व्यक्तियों के उपस्थिति में क्यों बम फेंकते? हम नेताओं के जीवन किस तरह खतरे में डाल सकते थे। हम पागल तो नहीं हैं और अगर पागल होते तो जेल में बन्द करने के बजाय हमें पागलखाने में बन्द किया जाता। बमों के सम्बन्ध में हमें निश्चित जानकारी थी। उसी के कारण हमने ऐसा साहस किया। जिन बेंचों पर लोग बैठे थे, उन पर बम फेंकना कहीं आसान काम था, लेकिन खाली जगहों पर बमों का फेंकना निहायत मुश्किल काम था। यदि बम फेंकनेवाली सही दिमागों के न होते या वो परेशान, असन्तुलित होते तो बम खाली जगह के बजाय बेंचों पर गिरते। मैं तो कहूँगा कि खाली जगह के चुनाव के लिए जो हिम्मत हमने दिखायी, उसके लिए हमें इनाम मिलना चाहिए। इन हालातों में, माई लार्ड, हम सोचते हैं कि हमें ठीक तरह समझा नहीं गया। आपकी सेवा में हम अपनी सजाओं में कमी कराने नहीं आये, बल्कि अपनी स्थिति स्पष्ट करने के लिए आये हैं। हम चाहते हैं कि न तो हमसे अनुचित व्यवहार किया जाये और न ही हमारे सम्बन्ध में अनुचित राय दी जाये। सजा का सवाल हमारे लिये गौण है।

(लाहौर हाईकोर्ट के जस्टिस एस.फोर्ड ने फैसले में लिखा—"यह कहना गलत न होगा कि ये लोग दिल की गहराई और पूरे आवेग के साथ वर्तमान समाज के ढाँचे को बदलने की इच्छा से प्रेरित थे। भगतसिंह एक ईमानदार और सच्चे क्रान्तिकारी हैं। मुझे यह कहने में कोई झिझक नहीं है कि वे इस स्वप्न को लेकर पूरी सच्चाई से खड़े हैं कि दुनिया का सुधार वर्तमान सामाजिक ढाँचे को तोड़कर ही हो सकता है। वे कानून के ढाँचे की जगह मनुष्य की स्वतन्त्र इच्छा को स्थापित करना चाहते हैं। अराजकतावादियों की सदा यही मान्यता रही है, परन्तु जो अपराध इनके और इनके साथी पर लगा है, उसकी यह कोई सफाई नहीं।"—सं.

◆

अदालत का बहिष्कार क्यों?

[प्रचार के उद्देश्य से लाहौर षड्यन्त्र केस के अभियुक्तों ने अपने आप को तीन हिस्सों में विभाजित कर लिया था। पहले ग्रूप में वे साथी थे जिनकी पैरवी वकील करता था और जिनके खिलाफ कोई संगीन चार्ज नहीं था।

दूसरे ग्रूप के साथी अपनी पैरवी स्वयं करते थे। अदालत में आम तौर पर इसी ग्रूप के अभियुक्त बोलते थे। उनका काम था सरकारी गवाहों से जिरह करना, सरकारी वकीलों की दलीलों और अदालत के निर्णयों को चुनौती देना, राजनीतिक भाषण देना और अदालत की कार्रवाई को अधिक-से-अधिक लम्बा खींचने की कोशिश करना।

तीसरा ग्रूप बचाव न पेश करनेवाले साथियों का था। इनका काम था बुनियादी सवालों को उठाना, सरकार तथा उसकी न्याय व्यवस्था को मान्यता देने से इनकार करना। इस ग्रूप में पाँच साथी थे। विशेष ट्रिब्यूनल के सामने पहले ही दिन उन्होंने एक लिखित बयान के द्वारा ऐलान किया कि हम न तो विदेशी सरकार को मानते हैं और न उसकी अदालत को। हम शत्रु की अदालत से किसी प्रकार के न्याय की उम्मीद नहीं करते और इसलिए हमलोग अदालत की कार्रवाई में भाग नहीं लेंगे।

यह बयान लिखा था भगतसिंह ने और अदालत में उसे पढ़कर सुनाया था जितेन्द्रनाथ सान्याल ने। सान्याल के साथ बयान पर हस्ताक्षर करनेवाले अन्य साथी थे महावीर सिंह, गयाप्रसाद कटियार, कुन्दन लाल और बटुकेश्वर दत्त।

ट्रिब्यूनल ने बयान को राजद्रोहात्मक कहकर जब्त कर लिया था।)

सेवा में,

कमिश्नर,

स्पेशल ट्रिब्यूनल

लाहौर षड्यन्त्र केस

लाहौर

श्रीमान जी

मैं अपने सहित अपने पाँचों साथियों की ओर से केस के आरम्भ में ही ये वक्तव्य देना आवश्यक समझता हूँ। हमारी इच्छा है कि इसे रिकार्ड पर सुरक्षित रखा जाये।

हम इस केस में किसी प्रकार का भाग लेने नहीं जा रहे हैं क्योंकि हम लोग इस सरकार को मान्यता नहीं देते हैं, जिसके बारे में कहा जाता है कि वो न्याय पर आधारित है या कि उसकी स्थापना कानून द्वारा हुई है।

हमारा विश्वास है और हम एलान करते हैं कि मनुष्य ही सम्पूर्ण शक्ति और अधिकार का स्रोत है अतः कोई एक व्यक्ति या सरकार उस समय तक शक्ति या अधिकार की हकदार नहीं है जब तक कि वे अधिकार सीधे जनता से प्राप्त न किये जायें।

चूँकि यह सरकार इस सिद्धान्त का पूर्ण निषेध है अतः इसके अस्तित्व का भी कोई औचित्य नहीं है। ऐसी सरकारों का गठन ही दलित राष्ट्रों के शोषण के लिए किया जाता है। ऐसी सरकार को तलवार या पाशविक शक्ति, जिसके सहारे वे स्वतन्त्रता एवं स्वाधीनता के विचारों तथा जनता की आकांक्षाओं को कुचलने का प्रयास करती हैं, जो छोड़कर और किसी के सहारे कायम रहने का अधिकार नहीं है।

हमारा विश्वास है कि इस प्रकार की सभी सरकारें, विशेषतया ब्रिटिश सरकार, जिसे असहाय भारतवासियों के ऊपर जबरदस्ती थोप दिया गया है, तबाही एवं खून-खराबे के सभी साधनों से लैस डाकुओं एवं शोषकों के एक संगठित गिरोह के अतिरिक्त और कुछ नहीं है। अमन और कानून के नाम पर ये उन सभी लोगों को कुचल देती हैं जो उनको बेनकाब करने या उनका विरोध करने का साहस करते हैं।

हमारा यह दृढ़ विश्वास है कि साम्राज्य लूटने खसोटने के उद्देश्य से संगठित किये गये एक विस्तृत षड्यन्त्र को छोड़कर और कुछ नहीं है। साम्राज्यवाद मनुष्य द्वारा मनुष्य की तथा एक राष्ट्र द्वारा, दूसरे राष्ट्र को धोखा देकर शोषण करने की नीति के विकास की अन्तिम अवस्था है। साम्राज्यवादी अपने लूट खसोट के मनसूबों को आगे बढ़ाने की गरज से केवल अपने अदालतों द्वारा ही राजनैतिक हत्याएँ नहीं करते, वरन् युद्ध के रूप में कत्लेआम, विनाश तथा न जाने कितने वीभत्स एवं भयानक कार्यों का संगठन करते हैं। जो उनकी लूट-खसोट की माँगों को पूरा करने से इनकार करते हैं या उनके तबाह करनेवाले घृणित मनसूबों का विरोध करते हैं, उन्हें वे गोली से उड़ा देने में जरा भी नहीं हिचकिचाते। न्याय तथा शान्ति का रक्षक होने के बहाने वे शान्ति का गला घोंटते हैं, अशान्ति की सृष्टि करते हैं, बेगुनाहों की जान लेते हैं और सभी प्रकार के जुल्मों को प्रोत्साहन देते हैं।

हमारा यह विश्वास है कि मनुष्य होने के नाते हर व्यक्ति आजादी का हकदार है, उसे कोई दूसरा व्यक्ति दबाकर नहीं रख सकता। हर मनुष्य को अपनी मेहनत का फल पाने का पूरा अधिकार है और हर राष्ट्र अपने साधनों का पूरा मालिक है। यदि कोई सरकार उन्हें उनके इन प्रारम्भिक अधिकारों से वंचित रखती है तो लोगों

को अधिकार ही नहीं, वह उनका कर्त्तव्य है कि ऐसी सरकार को उलट दें, मिटा दें। चूँकि ब्रिटिश सरकार इन उसूलों से, जिनके लिए हम खड़े हुए हैं, बिल्कुल परे हैं इसलिए हमारा यह दृढ़ विश्वास है कि क्रान्ति के द्वारा मौजूदा हुकूमत को समाप्त करने के लिए सभी कोशिशें तथा सभी उपाय न्यायसंगत हैं। हम परिवर्तन चाहते हैं—सामाजिक, राजनैतिक तथा आर्थिक, सभी क्षेत्रों में आमूल परिवर्तन। हम मौजूदा समाज को जड़ से उखाड़ कर उसके स्थान पर एक ऐसे समाज की स्थापना करना चाहते हैं, जिसमें मनुष्य द्वारा मनुष्य का शोषण असम्भव हो जाये और हर व्यक्ति को हर क्षेत्र में पूरी आजादी हासिल हो जाये। हम महसूस करते हैं कि जब तक समाज का पूरा ढाँचा ही नहीं बदल जाता और उसकी जगह समाजवादी समाज की स्थापना नहीं हो जाती तब तक दुनिया महाविनाश के खतरे से बाहर नहीं है।

रही बात उपायों की—शान्तिमय अथवा दूसरे—जिन्हें हम क्रान्तिकारी आदर्शों की पूर्ति के लिए काम में लायेंगे, तो इस सम्बन्ध में हम कह देना चाहते हैं कि इसका फैसला करना बहुत कुछ उन लोगों पर निर्भर करता है, जिनके पास ताकत है। क्रान्तिकारी तो सब का फायदा चाहने के सिद्धान्त पर विश्वास करने के नाते शान्ति के ही उपासक हैं—सच्ची और टिकनेवाली शान्ति के, जिसका आधार न्याय तथा समानता है, न कि कायरता पर आधारित तथा संगीनों की नोक पर बचा कर रखी जानेवाली शान्ति के।

हम पर ब्रिटिश सरकार के विरुद्ध युद्ध छेड़ने का अभियोग लगाया गया है। हम ब्रिटिश सरकार द्वारा बनायी गयी किसी भी अदालत से न्याय की आशा नहीं करते और इसलिए हम इस न्याय-नाटक में भाग नहीं लेंगे।

क्रान्तिकारी बम और पिस्तौल तभी उठाते हैं जब वो अत्यावश्यक हो जाता है। अन्तिम उपाय के रूप में।

हमारा विश्वास है कि कानून और व्यवस्था मनुष्य के लिए है न कि मनुष्य कानून और व्यवस्था के लिए। क्रान्तिकारी फ्रान्स की सर्वोच्च काउन्सिल के शब्दों में -

"कानून का उद्देश्य स्वतन्त्रता को समाप्त करना या उस पर रोक लगाना नहीं है, उसका उद्देश्य है स्वतन्त्रता की सुरक्षा तथा उसका पालन। शासनार्थ कानून बनाने के लिए न्यायसंगत अधिकार की आवश्यकता होती है, जिसकी स्थापना सार्वजनिक हितों के लिए हुई हो और जो अन्ततोगत्वा जनता की सहमति तथा उसके द्वारा प्रदत्त अधिकारों पर आधारित हो। इस नियम से कोई भी ऊपर नहीं है, विधायकगण भी नहीं।"

कानून की पवित्रता तभी तक सुरक्षित रह सकती है जब तक वह जनता की इच्छाओं को अभिव्यक्त करता है। किसी जालिम एवं दमनकारी वर्ग के हाथों का

हथियार बन जाने पर वह अपना महत्त्व और पवित्रता खो देता है। क्योंकि न्यायपूर्ण प्रशासन, की पहली और आधारभूत शर्त है निहित स्वार्थ की समाप्ति।

ज्यों ही कानून जनप्रिय सामाजिक आवश्यकताओं को प्रतिबिम्बित करना छोड़ देता है, वह अन्याय तथा अत्याचार के घोषित कर्मों का साधन बन जाता है। इस प्रकार के कानूनों को बनाये रखना जनहित के विरुद्ध कुछ विशेष हितों को सुरक्षित रखने की मक्कारी के अतिरिक्त और कुछ नहीं है।

मौजूदा सरकार के नियमों और कानूनों का अस्तित्व ही हमारी जनता के हितों के खिलाफ विदेशी शासकों के स्वार्थ के लिए है और ऐसी स्थिति में उनके प्रति हमारी कोई नैतिक प्रतिबद्धता नहीं हो सकती। अतः इन नियमों का उल्लंघन एवं अवज्ञा हर भारतीय का अनिवार्य कर्त्तव्य है। शोषण की मशीनरी का एक पुर्जा होने के नाते अंग्रेजी अदालतें न्याय नहीं दे सकतीं, खासकर राजनैतिक मुकद्दमो में जहाँ सरकार के एक जनता के हितों के बीच टकराव होता है। हम जानते हैं कि ये अदालतें न्याय का माखौल उड़ानेवाले मंचों के अलावा और कुछ नहीं हैं।

इन्हीं कारणों से हम इस नाटकीय मुकद्दमे में हिस्सा लेने से इन्कार करते हैं और आगे से हम इस केस की कार्रवाई में कोई हिस्सा नहीं लेंगे।

भवदीय
के. एन. सान्याल
महाबीर सिंह
बी. के. दत्त
गयाप्रसाद
कुन्दनलाल

भूख हड़ताल के दौरान सुखदेव को पत्र

[भूख हड़ताल शुरू होने के बाद भारतीय जनता की चेतना में भगतसिंह व बटुकेश्वर दत्त गहरे उतरते गये। भगतसिंह के शब्दों में, "हमारा कष्ट सहना फलीभूत हुआ। सारे देश में एक जन-आन्दोलन छिड़ गया। हम अपने लक्ष्य में सफल रहे।" 13 सितम्बर, 1929 को यतीन्द्रनाथ दास 63 दिन की भूख हड़ताल के बाद शहीद हो गये। जब उनका शव लाहौर से कलकत्ता ले जाया जा रहा था तो हर बड़े शहर के स्टेशन पर लाखों की भीड़ उनके अन्तिम दर्शनों के लिए उमड़ पड़ती थी। कलकत्ता में 4 लाख लोग उनके अन्तिम संस्कार में शामिल हुए।

इन दिनों भगतसिंह अपने किन विचारों के माध्यम से अपनी सारी लड़ाई लड़ रहे थे, इनका स्पष्ट पता उस पत्र से चलता है, जो उन्होंने सुखदेव के साथ चल रहे विचार-संघर्ष के सन्दर्भ में लिखा था। खेद है कि सुखदेव को जिस पत्र के उत्तर में भगतसिंह ने यह महत्त्वपूर्ण खत लिखा था, वह आज उपलब्ध नहीं है। फिर भी विचार और बहस के अन्तर्गत आनेवाले प्रायः सभी बिन्दु यहाँ स्पष्ट हैं।]

प्रिय भाई,

मैंने तुम्हारे पत्र को कई बार ध्यानपूर्वक पढ़ा। मैं अनुभव करता हूँ कि बदली हुई परिस्थितियों में हम पर अलग-अलग प्रभाव पड़ा है। जिन बातों से जेल के बाहर तुम घृणा करते थे, वे तुम्हारे लिये अब अनिवार्य हो चुकी हैं। इसी प्रकार मैं जेल से बाहर जिन बातों का विशेष रूप से समर्थन करता था, वे अब मेरे लिये विशेष महत्त्व नहीं रखतीं। उदाहरणार्थ, मैं व्यक्तिगत प्रेम को विशेष रूप से माननेवाला था, परन्तु अब इस भावना का मेरे हृदय एवं मस्तिष्क में कोई विशेष स्थान नहीं रहा। बाहर तुम इसके कड़े विरोधी थे, परन्तु इस सम्बन्ध में अब तुम्हारे विचारों में भारी परिवर्तन आ चुका है। तुम इसे मानव-जीवन का एक अत्यन्त आवश्यक एवं अनिवार्य अंग अनुभव करते हो और इस अनुभूति से तुम्हें एक प्रकार का आनन्द भी प्राप्त हुआ है।

तुम्हें याद होगा कि एक दिन मैंने आत्महत्या के विषय में तुमसे चर्चा की थी। तब मैंने तुमको बताया था, कई परिस्थितियों में आत्महत्या उचित हो सकती है, परन्तु तुमने मेरे इस दृष्टिकोण का विरोध किया था। मुझे उस चर्चा का समय एवं स्थान भली प्रकार याद है। हमारी यह बात शहंशाही कुटिया में शाम के समय हुई थी। तुमने मजाक में हँसते हुए कहा था कि इस प्रकार की कायरता का कार्य कभी उचित नहीं

माना जा सकता। और कि इस प्रकार का कार्य भयानक और घृणित है, परन्तु इस विषय पर भी मैं देखता हूँ कि तुम्हारी राय बिलकुल बदल चुकी है। अब तुम उसे कुछ अवस्थाओं में न केवल उचित, वरन् अनिवार्य एवं आवश्यक अनुभव करते हो। मेरी इस विषय में अब वही राय है, जो पहले तुम्हारी थी, अर्थात् आत्महत्या एक घृणित अपराध है, यह पूर्णतः कायरता का कार्य है। क्रान्तिकारी का तो कहना ही क्या, कोई भी मनुष्य ऐसे कार्य को उचित नहीं ठहरा सकता।

तुम कहते हो कि तुम यह नहीं समझ सके कि केवल कष्ट-सहन करने से कोई कैसे अपने देश की सेवा कर सकता है। तुम्हारे जैसे व्यक्ति की ओर से ऐसा प्रश्न करना बड़े आश्चर्य की बात है; क्योंकि नौजवान भारत सभा के ध्येय "सेवा द्वारा कष्टों को सहन करना एवं बलिदान करना" को हमने सोच-समझकर कितना प्यार किया था। मैं यह समझता हूँ कि तुमने अधिक-से-अधिक सम्भव सेवा की। अब वह समय है कि जो कुछ तुमने किया है, उसके लिए कष्ट उठाओ। दूसरी बात यह है कि यही वह अवसर है, जब तुमको जनता का नेतृत्व करना है।

मानव किसी भी कार्य को उचित मानकर ही करता है, जैसे कि हमने लेजिस्लेटिव असेम्बली में बम फेंकने का कार्य किया था। कार्य करने के पश्चात् उसका परिणाम और उसका फल भोगने की बारी आती है। क्या यदि हमने दया के लिए गिड़गिड़ाते हुए दण्ड से बचने का प्रयत्न किया होता, तो हमारा यह कार्य उचित होता? नहीं, इसका प्रभाव लोगों पर उल्टा होता। अब हम अपने लक्ष्य में पूर्णतया सफल हुए हैं।

बन्दी होने के समय हमारी संस्था के राजनैतिक बन्दियों की दशा अत्यन्त दयनीय थी। हमने उसे सुधारने का प्रयास प्रारम्भ कर दिया। मैं तुमको पूरी गम्भीरता से बताता हूँ कि हमें यह विश्वास था कि हम बहुत कम समय के भीतर ही मर जायेंगे। हमें उपवास की स्थिति में कृत्रिम रीति से भोजन दिये जाने का न तो ज्ञान ही था, न हमें यह विचार सूझता ही था। हम तो मृत्यु के लिए तैयार थे। क्या तुम्हारा यह अभिप्राय है कि हम आत्महत्या करना चाहते थे? नहीं, प्रयत्नशील होना एवं श्रेष्ठ और उत्कृष्ट आदर्श के लिए जीवन दे देना कदापि आत्महत्या नहीं कही जा सकती। हमारे मित्र श्री यतीन्द्रनाथ दास की मृत्यु तो स्पृहणीय है। क्या तुम इसे आत्महत्या कहोगे? हमारा कष्ट सहन करना फलीभूत हुआ। समस्त देश में एक विराट् और सर्वव्यापी आन्दोलन शुरू हो गया। हम अपने लक्ष्य में सफल हुए। इस प्रकार के संघर्ष में मरना एक आदर्श मृत्यु है।

इसके अतिरिक्त हममें से जिन लोगों को यह विश्वास है कि उनको मृत्युदण्ड दिया जायेगा, उनको धैर्यपूर्वक उस दिन की प्रतीक्षा करनी चाहिए जब वह सजा सुनायी जायेगी और तत्पश्चात् उन्हें फाँसी दी जायेगी। यह मृत्यु भी सुन्दर होगी;

परन्तु आत्महत्या करना, केवल कुछ दुःखों से बचने के लिए अपने जीवन को समाप्त कर देना, तो कायरता है। मैं तुमको बताना चाहता हूँ कि विपत्तियाँ व्यक्ति को पूर्ण बनानेवाली होती हैं। मैं और तुम हममें से किसी ने भी किंचित् कष्ट सहन नहीं किया है। हमारे जीवन का यह भाग तो अभी आरम्भ होता है।

तुमको यह याद होगा कि अनेक बार इस विषय पर हमने बातचीत की है कि रूसी साहित्य में प्रत्येक स्थान पर जो वास्तविकता मिलती है, वह हमारे साहित्य में नहीं दिखायी देती। हम उनकी कहानियों में कष्टों और दुःखदायी स्थितियों को बहुत पसन्द करते हैं, परन्तु कष्ट-सहन की उस भावना को अपने भीतर अनुभव नहीं करते। हम उनके उन्माद और उनके चरित्र की असाधारण ऊँचाइयों के प्रशंसक हैं, परन्तु इसके कारणों पर सोच-विचार करने की कभी चिन्ता नहीं करते। मैं कहूँगा कि केवल विपत्तियाँ सहन करने के उल्लेख ने ही उन कहानियों में सहृदयता, दर्द की गहरी टीस और उनके चरित्र तथा साहित्य में ऊँचाई उत्पन्न की है। हमारी दशा उस समय दयनीय और हास्यास्पद हो जाती है, जब हम अपने जीवन में अकारण ही रहस्यवाद प्रविष्ट कर लेते हैं। यद्यपि इसके लिए कोई प्राकृतिक या ठोस आधार नहीं होता। हमारे जैसे व्यक्तियों को, जो प्रत्येक दृष्टि से क्रान्तिकारी होने का गर्व करते हैं, सदैव हर प्रकार से उन विपत्तियों, चिन्ताओं, दुःखों और कष्टों को सहन करने के लिए तत्पर रहना चाहिए जिनको हम स्वयं आरम्भ किये संघर्ष के द्वारा आमन्त्रित करते हैं एवं जिनके कारण हम अपने आपको क्रान्तिकारी कहते हैं।

मैं तुमको बताना चाहता हूँ कि जेलों में और केवल जेलों में ही कोई व्यक्ति अपराध एवं पाप जैसे महान् सामाजिक विषय का प्रत्यक्ष अध्ययन करने का अवसर पा सकता है। मैंने इस विषय का कुछ साहित्य पढ़ा है और जेलें ही ऐसे विषयों का स्वाध्याय करने के लिए सबसे अधिक उपयुक्त स्थान हैं। स्वाध्याय का सर्वश्रेष्ठ भाग है—स्वयं कष्टों का सहना।

तुम भली प्रकार जानते हो कि रूस में राजनैतिक बन्दियों का बन्दीगृहों में विपत्तियाँ सहन करना ही जारशाही का तख्ता उलटने के पश्चात् उनके द्वारा जेलों के प्रबन्ध में क्रान्ति लाये जाने का सबसे बड़ा कारण था। क्या भारत को ऐसे व्यक्तियों की आवश्यकता नहीं है, जो इस विषय से पूर्णतया परिचित हों और इस समस्या का निजी अनुभव रखते हों। केवल यह कह देना कि दूसरा कोई इस काम को कर लेगा या इन कार्य को करने के लिए बहुत लोग हैं, किसी प्रकार भी उचित नहीं कहा जा सकता। इस प्रकार जो लोग क्रान्तिकारी क्षेत्र के कार्यों का भार दूसरे लोगों पर छोड़ने को अप्रतिष्ठापूर्ण एवं घृणित समझते हैं, उन्हें पूरी लगन के साथ वर्तमान व्यवस्था के विरुद्ध संघर्ष आरम्भ कर देना चाहिए। उन्हें चाहिए कि वे उन विधियों का उल्लंघन करें,

परन्तु उन्हें औचित्य का ध्यान रखना चाहिए, क्योंकि अनावश्यक एवं अनुचित प्रयत्न कभी भी न्यायपूर्ण नहीं माना जा सकता। इस प्रकार का आन्दोलन क्रान्ति के कार्यकाल को बहुत सीमा तक कम कर देगा। जितने आन्दोलन अब तक आरम्भ हुए हैं, उन सबसे पृथक् रहने के लिए तुमने जो तर्क दिये हैं, मैं उन्हें समझने में असमर्थ हूँ।

वास्तव में यदि तुम यह अनुभव करते हो कि बन्दीगृह का जीवन वास्तव में अपमानपूर्ण है, तो तुम उसके विरुद्ध आन्दोलन करके उसे सुधारने का प्रयास क्यों नहीं करते? सम्भवतया तुम यह कहोगे कि यह संघर्ष सफल नहीं हो सकता, परन्तु यह तो वही तर्क है, जिसकी आड़ लेकर साधारणतया निर्बल लोग प्रत्येक आन्दोलन से बचना चाहते हैं, यह वह उत्तर है, जिसे हम उन लोगों से सुनते रहे हैं, जो जेल से बाहर क्रान्तिकारी प्रयत्नों में सम्मिलित होने से जान बचाना चाहते थे। क्या आज यही उत्तर मैं तुम्हारे मुख से सुनूँगा? कुछ मुट्ठी-भर कार्यकर्त्ताओं के आधार पर संगठित हमारी पार्टी अपने लक्ष्यों और आदर्शों की तुलना में क्या कर सकती थी? क्या हम इससे यह निष्कर्ष निकालें कि हमने इस काम के प्रारम्भ करने में नितान्त भूल की है? नहीं, इस प्रकार का परिणाम निकालना उचित नहीं होगा। इससे तो उस व्यक्ति की भीतरी निर्बलता प्रकट होती है; जो इस प्रकार सोचता है।

तुम लिखते हो कि चौदह वर्ष तक बन्दीगृह के कष्टों से भरपूर जीवन बिताने के पश्चात् किसी व्यक्ति से यह आशा नहीं की जा सकती थी कि उस समय भी उसके विचार वही होंगे, जो जेल से पूर्व थे, क्योंकि जेल का वातावरण उसके समस्त विचारों को रौंदकर रख देगा। तो क्या जेल से बाहर का वातावरण हमारे विचारों के अनुकूल था? फिर भी असफलताओं के कारण क्या हम उसे छोड़ सकते थे? क्या तुम्हारा आशय यह है कि यदि हम इस क्षेत्र में न उतरे होते, तो कोई भी क्रान्तिकारी कार्य कदापि नहीं हुआ होता? यदि ऐसा है तो तुम भूल कर रहे हो। यद्यपि यह ठीक है कि हम भी वातावरण को बदलने में बड़ी सीमा तक सहायक सिद्ध हुए हैं, तथापि हम तो केवल अपने समय की आवश्यकता की उपज हैं।

मैं तो यह भी कहूँगा कि साम्यवाद का जन्मदाता मार्क्स, वास्तव में इस विचार को जन्म देनेवाला नहीं था। असल में यूरोप की औद्योगिक क्रान्ति ने ही एक विशेष प्रकार के विचारोंवाले व्यक्ति उत्पन्न किये थे। उनमें मार्क्स भी एक था। हाँ, अपने स्थान पर मार्क्स भी निस्सन्देह कुछ सीमा तक समय के चक्र को एक विशेष प्रकार की गति देने में अवश्य सहायक सिद्ध हुआ है।

मैंने (और तुमने भी) इस देश में समाजवाद और साम्यवाद के विचारों को जन्म नहीं दिया, वरन् यह तो हमारे ऊपर हमारे समय एवं परिस्थिति के प्रभाव का परिणाम है। निस्सन्देह हमने इन विचारों का प्रचार करने के लिए कुछ साधारण एवं तुच्छ कार्य

अवश्य किया है, इसलिए मैं कहता हूँ कि जब हमने इस प्रकार एक कठिन कार्य को हाथ में ले ही लिया है, तो हमें उसे जारी रखना चाहिए और आगे बढ़ाना चाहिए, विपत्तियों से बचने के लिए आत्महत्या कर लेने से जनता का मार्गदर्शन नहीं होगा, वरन् यह तो एक प्रतिक्रियावादी कार्य होगा।

जेल के नियमों के अनुसार जीवन की निराशाओं, दबाव और हिंसा के असीम परीक्षायुक्त वातावरण का विरोध करते हुए हम कार्य करते रहें। जिस समय हम अपना कार्य करते थे, उस समय नाना प्रकार से हमें कठिनाइयों का निशाना बनाया जाता था। यहाँ तक कि जो लोग अपने आप को महान् क्रान्तिकारी कहने का गौरव अनुभव करते थे, वे भी हमको छोड़ गये। क्या ये परिस्थितियाँ असीम परीक्षायुक्त न थीं? फिर अपने आन्दोलन एवं प्रयासों को जारी रखने के लिए हमारे पास क्या कारण और तर्क था?

क्या स्वयं यही तर्क हमारे विचारों को शक्ति नहीं देता है? और क्या ऐसे क्रान्तिकारी कार्यकर्त्ताओं के उदाहरण हमारे सामने नहीं हैं, जो जेलों से दण्ड भोग कर लौटे और अब भी कार्य कर रहे हैं? यदि बाकुनिन ने तुम्हारी तरह सोच-विचार किया होता, तो वह प्रारम्भ में ही आत्महत्या कर लेता। आज असंख्य ऐसे क्रान्तिकारी दिखायी देते हैं, जो रूसी राज्य में उत्तरदायी पदों पर विराजमान हैं और जिन्होंने अपने जीवन का अधिकतर भाग दण्ड भोगते हुए जेलों में बिताया है। मनुष्य को अपने विश्वासों पर दृढ़तापूर्वक अडिग रहने का प्रयत्न करना चाहिए। कोई नहीं कह सकता कि भविष्य में क्या घटना होनेवाली है।

क्या तुमको याद है कि जब हम इस विषय पर चर्चा कर रहे थे कि हमारी बम-फैक्टरियों में अत्यन्त तीव्र एवं प्रभावकारी विष भी रखा जाना चाहिए, तो तुमने बड़ी दृढ़ता से इसका विरोध किया था। तुम इस विचार से ही घृणा करते थे। फिर अब क्या हुआ? यहाँ तो ऐसी विकट और जटिल परिस्थितियाँ भी नहीं हैं। मुझे तो इस प्रश्न पर विचार करने में भी घृणा होती है। तुमको उस मनोवृत्ति से भी घृणा थी, जो आत्महत्या करने की अनुमति देती है। तुम मुझे यह कहने के लिए क्षमा करो कि यदि तुमने अपने बन्दी बनाये जाने के समय ही इन विचारों के अनुकूल कार्य किया होता (अर्थात् विष खाकर आत्महत्या कर ली होती) तो क्रान्तिकारी कार्य की बहुत बड़ी सेवा की होती, परन्तु इस समय तो इस कार्य पर विचार करना भी हमारे लिये हानिकारक है।

एक और विशेष बात, जिस पर मैं ध्यान आकर्षित करना चाहता हूँ, यह है कि हम लोग ईश्वर, पुनर्जन्म, नरक-स्वर्ग, दण्ड एवं पारितोषिक, अर्थात् भगवान् द्वारा किये जानेवाले जीवन के हिसाब आदि में कोई विश्वास नहीं रखते। अतः हमें जीवन एवं मृत्यु के विषय में भी नितान्त भौतिकवादी रीति से सोचना चाहिए। एक दिन जब मुझे पहचाने जाने के लिए दिल्ली से यहाँ लाया गया था, जो गुप्तचर विभाग के कुछ

अधिकारियों ने मेरे पिता जी की उपस्थिति में मुझसे इस विषय पर बातचीत की थी। उन्होंने कहा था कि मैं कोई भेद खोलने और इस प्रकार अपना जीवन बचाने के लिए तैयार नहीं हूँ, इससे यह सिद्ध होता है कि मैं जीवन से बहुत दुःखी हूँ। उनका तर्क था कि मेरी यह मृत्यु तो आत्महत्या के समान होगी, परन्तु मैंने उनको उत्तर दिया था कि मेरे—जैसे विश्वास और विचारोंवाला व्यक्ति व्यर्थ में ही मरना कदापि सहन नहीं कर सकता। हम तो अपने जीवन का अधिक-से-अधिक मूल्य प्राप्त करना चाहते हैं। हम मानवता की अधिक-से-अधिक सम्भव सेवा करना चाहते हैं। विशेषकर मेरे जैसा भला मनुष्य, जिसका जीवन किसी भी रूप में दुःखी या शोचनीय नहीं है, किसी समय भी, आत्महत्या करना तो दूर रहा, उसका विचार भी हृदय में लाना ठीक नहीं समझता। वही बात मैं इस समय तुमसे कहना चाहता हूँ।

आशा है तुम मुझे अनुमति दोगे कि मैं यह बताऊँ कि मैं अपने बारे में क्या सोचता हूँ। मुझे अपने लिये मृत्युदण्ड सुनाये जाने का अटल विश्वास है। मुझे किसी प्रकार की पूर्ण क्षमा या नम्र व्यवहार की तनिक भी आशा नहीं है। यदि कोई क्षमा हुई भी तो वह पूर्णतः सबके लिए न होगी, वरन् वह भी हमारे अतिरिक्त अन्य लोगों के लिए नितान्त सीमित एवं कई बन्धनों से जकड़ी हुई होगी। हमारे लिये तो न क्षमा हो सकती है और न वह होगी। इस पर भी मेरी इच्छा है कि हमारी मुक्ति का प्रस्ताव सम्मिलित रूप में और विश्वव्यापी हो और उसके साथ ही मेरी अभिलाषा यह है कि जब यह आन्दोलन अपनी चरम सीमा पर पहुँचे, तो हमें फाँसी दे दी जाये। मेरी यह इच्छा है कि यदि कोई सम्मानपूर्ण और उचित समझौता होना कभी सम्भव हो जाये, तो हमारे जैसे व्यक्तियों का मामला उसके मार्ग में कोई रुकावट या कठिनाई उत्पन्न करने का कारण न बने। जब देश के भाग्य का निर्णय हो रहा हो तो व्यक्तियों के भाग्य को पूर्णतया भुला देना चाहिए। हम क्रान्तिकारी होने के नाते अतीत के समस्त अनुभवों से पूर्णतया अवगत हैं। इसलिए हम नहीं मान सकते कि हमारे शासकों और विशेषकर अंग्रेज जाति की भावनाओं में इस प्रकार का आश्चर्यजनक परिवर्तन उत्पन्न हो सकता है। इस प्रकार का परिवर्तन क्रान्ति के बिना सम्भव ही नहीं है। क्रान्ति तो केवल सतत कार्य करते रहने से, प्रयत्नों से, कष्ट सहन करने एवं बलिदानों से ही उत्पन्न की जा सकती है, और की जायेगी।

जहाँ तक मेरे दृष्टिकोण का सम्बन्ध है, मैं तो केवल उसी दशा में सबके लिए सुविधाओं और क्षमादान का स्वागत कर सकता हूँ, जब उसका प्रभाव स्थायी हो और देश के लोगों के हृदयों पर हमारी फाँसियों से कुछ अमिट चिह्न अंकित हो जायें। बस यही; इससे अधिक कुछ नहीं।

◆

पिता जी को बचाव की अपील पर पत्र

[30 सितम्बर, 1930 को भगतसिंह के पिता सरदार किशनसिंह ने ट्रिब्यूनल को एक अर्जी देकर बचाव पेश करने के लिए अवसर की माँग की। सरदार किशंनसिंह स्वयं देशभक्त थे और राष्ट्रीय आन्दोलन में जेल जाते रहते थे। उन्हें व कुछ अन्य देशभक्तों को लगता था कि शायद बचाव-पत्र पेश कर भगतसिंह को फाँसी के फन्दे से बचाया जा सकता है, लेकिन भगतसिंह और उनके साथी बिल्कुल अलग नीति पर चल रहे थे। उनके अनुसार, ब्रिटिश सरकार बदला लेने की नीति पर चल रही है व न्याय सिर्फ ढकोसला है। किसी तरीके से उसे सजा देने से रोका नहीं जा सकता। उन्हें लगता था कि यदि इस मामले में कमजोरी दिखायी गयी तो जन-चेतना में अंकुरित हुआ क्रान्ति-बीज स्थिर नहीं हो पायेगा। पिता द्वारा दी गयी अर्जी से भगतसिंह की भावनाओं को चोट लगी थी, लेकिन अपनी भावनाओं को नियन्त्रित कर अपने सिद्धान्तों पर जोर देते हुए उन्होंने 4 अक्टूबर, 1930 को यह पत्र लिखा जो उनके पिता जी को देर से मिला। 7 अक्टूबर, 1930 को मुकद्दमे का फैसला सुना दिया गया।]

पूज्य पिता जी,

मुझे यह जानकर हैरानी हुई कि आपने मेरे बचाव के लिए स्पेशल ट्रिब्यूनल को एक आवेदन भेजा है। यह खबर इतनी यातनामय थी कि मैं इसे खामोशी से बर्दाश्त नहीं कर सका। इस खबर ने मेरे भीतर की शान्ति भंग कर उथल-पुथल मचा दी है। मैं यह नहीं समझ सकता कि वर्तमान स्थितियों में इस मामले पर आप कैसे इस तरह का आवेदन दे सकते हैं।

आपका पुत्र होने के नाते मैं आपकी पैतृक भावनाओं और इच्छाओं का पूरा सम्मान करता हूँ लेकिन इसके बावजूद मैं समझता हूँ कि आपको मेरे साथ सलाह-मशविरा किये बिना ऐसा आवेदन देने का कोई अधिकार नहीं था। आप जानते हैं कि राजनैतिक क्षेत्र में मेरे विचार आपसे काफी अलग हैं। मैं आपकी सहमति या असहमति का खयाल किये बिना सदा स्वतन्त्रतापूर्वक काम करता रहा हूँ।

मुझे यकीन है कि आपको यह बात याद होगी कि आप आरम्भ से ही मुझसे यह बात मनवा लेने की कोशिशें करते रहे हैं कि मैं अपना मुकदमा संजीदगी से लड़ूँ और अपना बचाव ठीक से प्रस्तुत करूँ, लेकिन आपको यह भी मालूम है कि मैं सदा इसका

विरोध करता रहा हूँ। मैंने कभी भी अपना बचाव करने की इच्छा प्रकट नहीं की और न ही मैंने कभी इस पर संजीदगी से गौर किया है।

आप जानते हैं कि हम एक निश्चित नीति के अनुसार मुकदमा लड़ रहे हैं... मेरा हर कदम इस नीति, मेरे सिद्धान्तों और हमारे कार्यक्रम के अनुरूप होना चाहिए। आज स्थितियाँ बिल्कुल अलग हैं। लेकिन अगर स्थितियाँ इससे कुछ और भी अलग होतीं तो भी मैं अन्तिम व्यक्ति होता जो बचाव प्रस्तुत करता। इस पूरे मुकद्‌दमे में मेरे सामने एक ही विचार था और वह यह कि हमारे विरुद्ध जो संगीन आरोप लगाये गये हैं, बावजूद उनके हम इस सम्बन्ध में पूर्णतया अवहेलना का व्यवहार करें। मेरा नजरिया यह रहा है कि सभी राजनैतिक कार्यकर्त्ताओं को ऐसी स्थितियों में उपेक्षा दिखानी चाहिए और उनको जो भी कठोरतम सजा दी जाये, वह उन्हें हँसते-हँसते बर्दाश्त करनी चाहिए। इस पूरे मुकद्‌दमे के दौरान हमारी कार्य-योजना इसी सिद्धान्त के अनुरूप रही है। हम ऐसा करने में सफल हुए या नहीं, यह फैसला करना मेरा काम नहीं। हम खुदगर्जी को त्यागकर अपना काम कर रहे हैं।

वाइसराय ने लाहौर साजिश केस आर्डिनेन्स जारी करते हुए इसके साथ जो वक्तव्य दिया था, उसमें उन्होंने कहा था कि इस साजिश के मुजरिम शान्ति-व्यवस्था को समाप्त करने के प्रयास कर रहे हैं। इससे जो हालात पैदा हुए उन्होंने हमें यह मौका दिया कि हम जनता के समक्ष यह बात प्रस्तुत करें कि वह स्वयं देख ले कि शान्ति-व्यवस्था एवं कानून समाप्त करने की कोशिशें हम कर रहे हैं या हमारे विरोधी? इस बात पर मतभेद हो सकते हैं। शायद आप भी उनमें से एक हों जो इस बात पर मतभेद रखते हों, लेकिन इसका मतलब यह नहीं कि आप मुझसे सलाह किये बिना मेरी ओर से ऐसे कदम उठायें। मेरी जिन्दगी इतनी कीमती नहीं जितनी कि आप सोचते हैं। कम-से-कम मेरे लिये तो इस जीवन की इतनी कीमत नहीं कि इसे सिद्धान्तों को कुर्बान करके बचाया जाये। मेरे अलावा मेरे और साथी भी हैं जिनके मुकद्‌दमे इतने ही संगीन हैं, जितना कि मेरा मुकदमा। हमने एक संयुक्त योजना अपनायी है और इस योजना पर हम अन्तिम समय तक डटे रहेंगे। हमें इस बात की कोई परवाह नहीं कि हमें व्यक्तिगत रूप में इस बात के लिए कितना मूल्य चुकाना पड़ेगा।

पिता जी, मैं बहुत दुःख का अनुभव कर रहा हूँ, मुझे भय है, आप पर दोषारोपण करते हुए या इससे बढ़कर आपके इस काम की निन्दा करते हुए, मैं कहीं सभ्यता की सीमाएँ न लाँघ जाऊँ और मेरे शब्द ज्यादा सख्त न हो जायें। लेकिन मैं स्पष्ट शब्दों में अपनी बात अवश्य कहूँगा। यदि कोई अन्य व्यक्ति मुझसे ऐसा व्यवहार करता तो मैं इसे गद्‌दारी से कम न मानता, लेकिन आपके सन्दर्भ में मैं इतना ही कहूँगा कि यह एक कमजोरी है—निचले स्तर की कमजोरी।

यह एक ऐसा समय था जब हम सबका इम्तिहान हो रहा था। मैं यह कहना चाहता हूँ कि आप इस इम्तिहान में नाकाम रहे हैं। मैं जानता हूँ कि आप भी इतने ही देशप्रेमी हैं, जितना कि कोई और व्यक्ति हो सकता है। मैं जानता हूँ कि आपने अपनी पूरी जिन्दगी भारत की आजादी के लिए लगा दी है, लेकिन इस अहम मोड़ पर आपने ऐसी कमजोरी दिखायी यह बात मैं समझ नहीं सकता।

अन्त में मैं आपसे, आपके अन्य मित्रों एवं मेरे मुकद्दमे में दिलचस्पी लेनेवालों से यह कहना चाहता हूँ कि मैं आपके इस कदम को नापसन्द करता हूँ। मैं आज भी अदालत में अपना कोई बचाव प्रस्तुत करने के पक्ष में नहीं हूँ। अगर अदालत हमारे कुछ साथियों की ओर से स्पष्टीकरण आदि के लिए प्रस्तुत किये गये आवेदन को मंजूर कर लेती, तो भी मैं कोई स्पष्टीकरण प्रस्तुत न करता।

भूख हड़ताल के दिनों में ट्रिब्यूनल को जो आवेदन पत्र मैंने दिया था और उन दिनों में जो साक्षात्कार दिया था उन्हें गलत अर्थों में समझा गया है और अखबारों में यह प्रकाशित कर दिया गया कि मैं अपना स्पष्टीकरण प्रस्तुत करना चाहता हूँ, हालाँकि मैं हमेशा स्पष्टीकरण प्रस्तुत करने के विरोध में रहा। आज भी मेरी वही मान्यता है जो उस समय थी।

बोर्स्टल जेल में बन्दी मेरे साथी इस बात को मेरी ओर से गद्दारी और विश्वासघात ही समझ रहे होंगे। मुझे उनके सामने अपनी स्थिति स्पष्ट करने का अवसर भी नहीं मिल सकेगा।

मैं चाहूँगा कि इस सम्बन्ध में जो उलझनें पैदा हो गयी हैं, उनके विषय में जनता को असलियत का पता चल जाये। इसलिए मैं आपसे प्रार्थना करता हूँ कि आप जल्द-से-जल्द यह चिट्ठी प्रकाशित कर दें।

आपका आज्ञाकारी
भगतसिंह

बटुकेश्वर दत्त के नाम पत्र

[यह पत्र भगतसिंह ने फाँसी की सजा सुनाये जाने के बाद अपने साथी बटुकेश्वर दत्त को लिखा था। दत्त उस समय सैलम (मद्रास) जेल में थे। इस पत्र से पता चलता है कि भगतसिंह अपने उन साथियों से क्या उम्मीद रखते थे जिन्हें मौत की सजा नहीं दी गयी थी।]

प्यारे भाई,

मुझे दण्ड सुना दिया गया है और फाँसी का आदेश हुआ है। इन कोठरियों में मेरे अतिरिक्त फाँसी की प्रतीक्षा करनेवाले बहुत से अपराधी हैं। ये लोग यही प्रार्थना कर रहे हैं कि किसी तरह फाँसी से बच जायें, परन्तु उनके बीच शायद मैं ही एक ऐसा आदमी हूँ, जो बड़ी बेताबी से उस दिन की प्रतीक्षा कर रहा हूँ, जब मुझे अपने आदर्श के लिए फाँसी के फन्दे पर झूलने का सौभाग्य प्राप्त होगा।

मैं खुशी के साथ फाँसी के तख्ते पर चढ़कर दुनिया को यह दिखा दूँगा कि क्रान्तिकारी अपने आदर्शों के लिए कितनी वीरता से बलिदान दे सकते हैं।

मुझे फाँसी का दण्ड मिला है किन्तु तुम्हें आजीवन कारावास का दण्ड मिला है। तुम्हें जीवित रहकर दुनिया को यह दिखाना है कि क्रान्तिकारी अपने आदर्शों के लिए केवल मर ही नहीं सकते बल्कि जीवित रहकर हर मुसीबत का मुकाबला भी कर सकते हैं। मृत्यु सांसारिक कठिनाइयों से मुक्ति प्राप्त करने का साधन नहीं बननी चाहिए, जो क्रान्तिकारी संयोगवश फाँसी के फन्दे से बच गये हैं, उन्हें जीवित रह कर दुनिया को यह दिखा देना चाहिए कि वे न केवल अपने आदर्शों के लिए फाँसी पर चढ़ सकते हैं, बल्कि जेलों की अन्धकारपूर्ण छोटी कोठरियों में घुल-घुल कर निकृष्टतम दरजे के अत्याचारों को सहन भी कर सकते हैं।

तुम्हारा
भगतसिंह

मैं नास्तिक क्यों हूँ?

[भगतसिंह जब लाहौर जेल में थे, तब ग़दर पार्टी से सम्पर्क रखने के अपराध में भाई रणधीरसिंह भी कैद भुगत रहे थे। भाई रणधीरसिंह की–अपनी रिहाई से कुछ दिन पहले–भगतसिंह से भेंट हुई। ग़दर पार्टी के बाबा हरनामसिंह कालासन्धिया व तेजासिंह चूहड़काना ने यह भेंट करवाने में महत्त्वपूर्ण भूमिका निभायी। भाई रणधीरसिंह ने एक बार यह कहकर कि भगतसिंह ने केश कटा दिये हैं उनसे मिलने से इन्कार कर दिया था। इसके उत्तर में पत्र लिखकर भगतसिंह ने कहा था, "मैं सिक्ख धर्म की अंग-अंग कटवाने की परम्परा का कायल हूँ। अभी तो मैंने एक ही अंग (केश) कटवाया है–यह भी पेट के लिए नहीं, देश के लिए–जल्दी ही गर्दन भी कटवाऊँगा। लेकिन एक सिक्ख की तंगनजरी व तंगदिली का गिला जरूर रहेगा।"

इसके बाद भाई साहिब मुलाकात के लिए आये उन्हीं से बातचीत की प्रतिक्रिया में इस दस्तावेज की रचना 5-6 अक्टूबर, 1930 में हुई थी।]

एक नयी समस्या उठ खड़ी हुई है–क्या मैं किसी अहंकार के कारण सर्वशक्तिमान्, सर्वव्यापी तथा सर्वज्ञ ईश्वर के अस्तित्व पर विश्वास नहीं करता हूँ? मैंने कभी कल्पना भी न की थी कि मुझे इस समस्या का सामना करना पड़ेगा। लेकिन अपने दोस्तों से बातचीत के दौरान मुझे ऐसा महसूस हुआ कि मेरे कुछ दोस्त–यदि मित्रता का मेरा दावा गलत न हो–मेरे साथ अपने थोड़े से सम्पर्क में इस निष्कर्ष पर पहुँचने के लिए उत्सुक हैं कि मैं ईश्वर के अस्तित्व को नकार कर कुछ जरूरत से ज्यादा आगे जा रहा हूँ और मेरे घमण्ड ने कुछ हद तक मुझे इस अविश्वास के लिए उकसाया है। जी हाँ, यह एक गम्भीर समस्या है। मैं ऐसी कोई शेखी नहीं बघारता कि मैं मानवी कमजोरियों से बहुत ऊपर हूँ। मैं एक मनुष्य हूँ, और इससे अधिक कुछ नहीं। कोई भी इससे अधिक होने का दावा नहीं कर सकता। एक कमजोरी मेरे अन्दर भी है। स्वाभिमान मेरे स्वभाव का अंग है, अपने कामरेडों के बीच मुझे एक निरंकुश व्यक्ति कहा जाता था। यहाँ तक कि मेरे दोस्त श्री बी. के. दत्त भी मुझे कभी-कभी ऐसा कहते थे। कई मौकों पर स्वेच्छाचारी कहकर मेरी निन्दा भी की गयी। कुछ दोस्तों को यह शिकायत है, और गम्भीर रूप से है, कि मैं अनचाहे ही अपने विचार उन पर थोपता हूँ और अपने प्रस्तावों को मनवा लेता हूँ। यह बात कुछ हद तक सही है, इससे मैं इन्कार नहीं करता। इसे अहंकार भी कहा जा सकता है। जहाँ तक अन्य प्रचलित मतों के मुकाबले

हमारे अपने मत का सवाल है, मुझे निश्चय ही अपने मत पर गर्व है। लेकिन यह व्यक्तिगत नहीं है। ऐसा हो सकता है कि वह केवल अपने विश्वास के प्रति न्यायोचित गर्व हो और इसको घमण्ड नहीं कहा जा सकता। घमण्ड या सही शब्दों में 'अहंकार' तो स्वयं के प्रति अनुचित गर्व की अधिकता है। तो फिर क्या यह अनुचित गर्व है जो मुझे नास्तिकता की ओर ले गया, अथवा इस विषय का खूब सावधानी के साथ अध्ययन करने और उस पर खूब विचार करने के बाद मैंने ईश्वर पर अविश्वास किया? यह वह प्रश्न है जिसके बारे में मैं यहाँ बात करना चाहता हूँ। लेकिन पहले मैं यह साफ कर दूँ कि स्वाभिमान और अहंकार—दो अलग-अलग बातें हैं।

पहली बात तो मैं यह समझने में पूरी तरह से असमर्थ रहा हूँ कि अनुचित गर्व या वृथाभिमान किस प्रकार किसी व्यक्ति के ईश्वर में विश्वास करने के रास्ते में रोड़ा बन सकता है। मैं वास्तव में किसी महान् व्यक्ति की महानता को मान्यता न दूँ यह तभी हो सकता है, जब मुझे भी थोड़ा ऐसा यश प्राप्त हो जिसके या तो मैं योग्य नहीं हूँ या मेरे अन्दर वो गुण नहीं हैं जो कि इसके लिए आवश्यक अथवा अनिवार्य है। यहाँ तक तो समझ में आता है। लेकिन यह कैसे हो सकता है कि एक व्यक्ति, जो ईश्वर में विश्वास रखता हो, सहसा अपने व्यक्तिगत अहंकार के कारण उसमें विश्वास करना बन्द कर दे? दो ही रास्ते सम्भव हैं। या तो मनुष्य अपने को ईश्वर का प्रतिद्वन्द्वी समझने लगे या वह स्वयं को ही ईश्वर मानना शुरू कर दे। इन दोनों ही अवस्थाओं में वह सच्चा नास्तिक नहीं बन सकता। पहली अवस्था में तो वह अपने प्रतिद्वन्द्वी के अस्तित्व को नकारता ही नहीं है। दूसरी अवस्था में भी वह एक ऐसी चेतना के अस्तित्व को मानता है, जो पर्दे के पीछे से प्रकृति की सभी गतिविधियों का संचालन करती है। हमारे लिये इस बात का कोई महत्त्व नहीं कि वह अपने को ही परम-आत्मा समझता है या यह समझता है कि यह परम-चेतना उससे परे कुछ और हैं। मूल बात तो यह है कि उसका विश्वास मौजूद है। वह किसी भी तरह एक नास्तिक नहीं है। तो, मैं यह कहना चाहता हूँ कि न तो मैं पहली श्रेणी में आता हूँ न दूसरी में। मैं तो उस सर्वशक्तिमान् परम-आत्मा के अस्तित्व से भी इन्कार करता हूँ। मैं इससे क्यों इन्कार करता हूँ इसको बाद में देखेंगे। यहाँ तो मैं एक बात यह स्पष्ट कर देना चाहता हूँ कि यह अंहकार नहीं है जिसने मुझे नास्तिकता के सिद्धान्त को ग्रहण करने के लिए प्रेरित किया। न तो मैं एक प्रतिद्वन्द्वी हूँ, न ही एक अवतार और न ही स्वयं परम-आत्मा। एक बात निश्चित है, यह अहंकार नहीं है, जो मुझे इस भाँति सोचने की ओर ले गया। इस अभियोग को अस्वीकार करने के लिए, आइये, तथ्यों पर गौर करें। इन दोस्तों के अनुसार, दिल्ली बम केस और लाहौर षड्यन्त्र केस के दौरान मुझे जो अनावश्यक यश मिला, शायद उस कारण मैं वृथाभिमानी हो गया हूँ। तो फिर आइये,

देखें कि क्या यह पक्ष सही है। मेरा नास्तिकतावाद कोई अभी हाल की उत्पत्ति नहीं है। मैंने तो ईश्वर पर विश्वास करना तब से छोड़ दिया था जब मैं एक अप्रसिद्ध नौजवान था, जिसके अस्तित्व के बारे में मेरे उपरोक्त दोस्तों को कुछ पता भी न था। कम-से-कम एक कॉलेज का विद्यार्थी तो ऐसे किसी अनुचित अहंकार को नहीं पाल-पोस सकता जो उसे नास्तिकता की ओर ले जाये। यद्यपि मैं कुछ अध्यापकों का चहेता था तथा कुछ अन्य को मैं अच्छा नहीं लगता था, पर मैं कभी भी बहुत मेहनती अथवा पढ़ाकू विद्यार्थी नहीं रहा। अहंकार–जैसी भावना में फँसने का तो कोई मौका ही न मिल सका। मैं तो एक बहुत लज्जालु स्वभाव का लड़का था, जिसकी भविष्य के बारे में कुछ निराशावादी प्रकृति थीं और उन दिनों मैं पूर्ण नास्तिक नहीं था। मेरे बाबा, जिनके प्रभाव में मैं बड़ा हुआ, एक रूढ़िवादी आर्यसमाजी हैं। एक आर्यसमाजी और कुछ भी हो, नास्तिक नहीं होता। अपनी प्राथमिक शिक्षा पूरी करने के बाद मैंने डी.ए.वी. स्कूल, लाहौर में प्रवेश लिया और पूरे एक साल उस छात्रावास में रहा। वहाँ सुबह और शाम की प्रार्थना के अतिरिक्त मैं घण्टों गायत्री मन्त्र जपा करता था। उन दिनों मैं पूरा भक्त था। बाद में मैंने अपने पिता के साथ रहना शुरू किया। जहाँ तक धार्मिक रूढ़िवादिता का प्रश्न है, वे एक उदारवादी व्यक्ति हैं। उन्हीं की शिक्षा से मुझे स्वतन्त्रता के ध्येय के लिए अपने जीवन को समर्पित करने की प्रेरणा मिली। किन्तु वे नास्तिक नहीं हैं। उनका ईश्वर में दृढ़ विश्वास है। वे मुझे प्रतिदिन पूजा-प्रार्थना के लिए प्रोत्साहित करते रहते थे। इस प्रकार से मेरा पालन-पोषण हुआ। असहयोग आन्दोलन के दिनों में मैंने राष्ट्रीय कॉलेज में प्रवेश लिया। यहाँ आकर ही मैंने सारी धार्मिक समस्याओं, यहाँ तक कि ईश्वर के बारे में उदारतापूर्वक सोचना, विचारना तथा उनकी आलोचना करना शुरू किया। पर अभी भी मैं पक्का आस्तिक था। उस समय तक मैंने अपने बिना काटे व सँवारे हुए लम्बे बालों को रखना शुरू कर दिया था, यद्यपि मुझे कभी भी सिक्ख या अन्य धर्मों की पौराणिकता और सिद्धान्तों में विश्वास न हो सका था। किन्तु मेरी ईश्वर के अस्तित्व में दृढ़ निष्ठा थी।

बाद में मैं क्रान्तिकारी पार्टी से जुड़ा। वहाँ पर जिस पहले नेता से मेरा सम्पर्क हुआ, वे पक्का विश्वास न होते हुए भी ईश्वर के अस्तित्व को नकारने का साहस ही नहीं कर सकते थे। ईश्वर के बारे में हठपूर्वक पूछते रहने पर वे कहते, "जब इच्छा हो तब पूजा कर लिया करो।" यह ऐसी नास्तिकता है जिसमें इस विश्वास को अपनाने के साहस का अभाव है। दूसरे नेता जिनके मैं सम्पर्क में आया वे पक्के श्रद्धालु थे। उसका नाम बता दूँ–आदरणीय कामरेड शचीन्द्रनाथ सान्याल, जो कि काकोरी षड्यन्त्र केस के सिलसिले में आजीवान कारावास भोग रहे हैं। उनकी अकेली प्रसिद्ध पुस्तक 'बन्दी जीवन' में पहले पेज से ही ईश्वर की महिमा का जोर-शोर से गान है।

उस सुन्दर पुस्तक के दूसरे भाग के अन्तिम पेज में उन्होंने ईश्वर के ऊपर प्रशंसा के जो—रहस्यात्मक-वेदान्त के कारण—पुष्प बरसाये हैं वे उनके विचारों का अजीबोगरीब हिस्सा हैं। 28 जनवरी, 1925 को पूरे भारत में जो 'दि रिवोल्यूशनरी' (क्रान्तिकारी) पर्चा बाँटा गया था वह अभियोग पक्ष की कहानी के अनुसार उन्हीं के बौद्धिक श्रम का परिणाम है। अब इस प्रकार के गुप्त कार्यों में कोई प्रमुख नेता अनिवार्यतः अपने विचारों को ही रखता है, जो उसे स्वयं बहुत प्रिय होते हैं और अन्य कार्यकर्त्ताओं को उनसे सहमत होना होता है, मतभेदों के बावजूद। उस पर्चे में पूरा एक पैराग्राफ उस सर्वशक्तिमान् तथा उसकी लीला एवं कार्यों की प्रशंसा से भरा पड़ा था। यह सब रहस्यवाद है। मैं जो कहना चाहता हूँ वह यह है कि ईश्वर के प्रति अविश्वास का भाव क्रान्तिकारी दल में भी प्रस्फुटित नहीं हुआ था। काकोरी के प्रसिद्ध सभी चार शहीदों ने अपने अन्तिम दिन भजन-प्रार्थना में गुजारे थे। रामप्रसाद बिस्मिल एक रूढ़िवादी आर्यसमाजी थे। समाजवाद तथा साम्यवाद के अपने वृहत् अध्ययन के बावजूद, राजेन्द्र लाहिड़ी उपनिषद् एवं गीता के श्लोकों के उच्चारण की अपनी अभिलाषा को दबा न सके। मैंने उन सब में सिर्फ एक ही व्यक्ति को देखा जो कभी प्रार्थना नहीं करता था और कहता था, "दर्शनशास्त्र मनुष्य की दुर्बलता अथवा ज्ञान के सीमित होने के कारण उत्पन्न होता है।" वह भी आजीवन निर्वासन की सजा भोग रहा है। परन्तु उसने भी ईश्वर के अस्तित्व को नकारने की कभी हिम्मत नहीं की।

इस समय तक मैं केवल एक रोमाण्टिक आदर्शवादी क्रान्तिकारी था। अब तक हम दूसरों का अनुसरण करते थे, अब अपने कन्धों पर जिम्मेदारी उठाने का समय आया था। कुछ समय तक तो, अवश्यम्भावी प्रतिक्रिया के फलस्वरूप पार्टी का अस्तित्व ही असम्भव-सा दिखा। उत्साही कामरेडों—नहीं नेताओं—ने भी हमारा उपहास करना शुरू कर दिया। कुछ समय तक तो मुझे यह डर लगा कि एक दिन मैं भी कहीं अपने कार्यक्रम की व्यर्थता के बारे में आश्वस्त न हो जाऊँ। वह मेरे क्रान्तिकारी जीवन का एक निर्णायक बिन्दु था। 'अध्ययन' की पुकार मेरे मन के गलियारे में गूँज रही थी—विरोधियों द्वारा रखे गये तर्कों का सामना करने योग्य बनने के लिए अध्ययन करो। अपने मत के समर्थन में तर्क देने के लिए सक्षम होने के वास्ते पढ़ो। मैंने पढ़ना शुरू कर दिया। इससे मेरे पुराने विचार व विश्वास अद्भुत रूप से परिष्कृत हुए। हिंसात्मक तरीकों को अपनाने का रोमांस जो कि हमारे पुराने साथियों में अत्यधिक व्याप्त था, की जगह गम्भीर विचारों ने ले ली। अब रहस्यवाद और अन्धविश्वास के लिए कोई स्थान नहीं रहा। यथार्थवाद हमारा आधार बना। हिंसा तभी न्यायोचित है जब किसी विकट आवश्यकता में उसका सहारा लिया जाये। अहिंसा सभी जन-आन्दोलनों का अनिवार्य सिद्धान्त होना चाहिए। यह तो रही तरीकों की बात। सबसे आवश्यक

बात उस आदर्श की स्पष्ट धारणा है जिसके लिए हमें लड़ना है। चूँकि उस समय कोई विशेष क्रान्तिकारी कार्य नहीं हो रहा था अतः मुझे विश्व-क्रान्ति के अनेक आदर्शों के बारे में पढ़ने का खूब मौका मिला। मैंने अराजकतावादी नेता बाकुनिन को पढ़ा, कुछ साम्यवाद के पिता मार्क्स को, किन्तु ज्यादातर लेनिन, त्रात्स्की व अन्य लोगों को पढ़ा, जो अपने देश में सफलतापूर्वक क्रान्ति लाये थे। वे सभी नास्तिक थे। बाकुनिन की पुस्तक 'ईश्वर और राज्य' इस विषय पर, यद्यपि आंशिक रूप में, एक अच्छा अध्ययन है। बाद में मुझे निरलम्ब स्वामी द्वारा लिखी एक पुस्तक 'सहज ज्ञान' मिली। इसमें केवल एक रहस्यवादी नास्तिकता थी। इस विषय के प्रति मेरा गहरा रूझान हो गया। 1926 के अन्त तक मुझे इस बात का विश्वास हो गया कि एक सर्वशक्तिमान् परम-आत्मा की बात—जिसने ब्रह्माण्ड का सृजन किया, दिग्दर्शन और संचालन किया—एक कोरी बकवास है। मैंने अपने इस अविश्वास को प्रदर्शित किया। मैंने इस विषय पर अपने दोस्तों से बहस की। मैं एक घोषित नास्तिक हो चुका था। किन्तु इसका अर्थ क्या था, यह मैं आगे बतलाऊँगा।

मई, 1927 में मैं लाहौर में गिरफ्तार हुआ। यह गिरफ्तारी अकस्मात हुई थी। मुझे इसका जरा भी अहसास नहीं था कि पुलिस को मेरी तलाश है। अचानक एक बगीचे से गुजरते हुए मैंने पाया कि मैं पुलिसवालों से घिरा हुआ हूँ। मुझे स्वयं आश्चर्य हुआ कि मैं उस समय शान्त रहा। न तो मुझे कोई सनसनी महसूस हुई न ही जरा भी उत्तेजना का अनुभव हुआ। मुझे पुलिस हिरासत में ले लिया गया था। अगले दिन मुझे रेलवे पुलिस हवालात में ले जाया गया, जहाँ मुझे पूरा एक महीना काटना पड़ा। पुलिस अफसरों से कई दिनों तक बातचीत के बाद मुझे ऐसा लगा कि उन्हें मेरे काकोरी दल के साथ सम्बन्धों के बारे में तथा क्रान्तिकारी आन्दोलन से सम्बन्धित मेरी गतिविधियों के बारे में कुछ जानकारी है। उन्होंने बताया कि मैं लखनऊ में था जब वहाँ मुकदमा चल रहा था, कि मैंने उन्हें छुड़ाने की किसी योजना पर बात की थी, और उनकी सहमति पाने के बाद हमने कुछ बम प्राप्त किये थे, कि 1926 में दशहरा के अवसर पर उन बमों में से एक परीक्षण के लिए भीड़ पर फेंका गया। उसके बाद मेरे भले के लिए उन्होंने मुझे बताया कि यदि मैं क्रान्तिकारी दल की गतिविधियों पर प्रकाश डालनेवाला एक वक्तव्य दे दूँ तो मुझे गिरफ्तार नहीं किया जायेगा और इसके विपरीत मुझे अदालत में मुखबिर की तरह पेश किये बगैर रिहा कर दिया जायेगा और इनाम दिया जायेगा। मैं इस प्रस्ताव पर हँसा। यह सब बेकार की बात थी। हम लोगों की भाँति विचार रखनेवाले निर्दोष जनता पर बम नहीं फेंका करते। एक दिन सुबह सी. आई.डी. के वरिष्ठ अधीक्षक श्री न्यूमन मेरे पास आये। लम्बी-चौड़ी सहानुभूतिपूर्ण बातों के बाद उन्होंने मुझे अपनी समझ में एक अत्यन्त दुःखद समाचार दिया कि यदि

मैंने उनके द्वारा माँगा गया वक्तव्य नहीं दिया तो वे मुझ पर काकोरी-केस से सम्बन्धित विद्रोह छेड़ने के षड्यन्त्र तथा दशहरा बम काण्ड में क्रूर हत्याओं के लिए मुकदमा चलाने पर बाध्य होंगे और आगे उन्होंने मुझे यह भी बताया कि उनके पास मुझे सजा दिलाने व फाँसी पर लटकवाने के लिए उचित प्रमाण मौजूद हैं। उन दिनों मुझे यह विश्वास था—यद्यपि मैं बिलकुल निर्दोष था—कि पुलिस यदि चाहे तो ऐसा कर सकती है। उसी दिन से कुछ पुलिस अफसरों ने मुझे नियम से दोनों समय ईश्वर की स्तुति करने के लिए फुसलाना शुरू कर दिया। पर अब मैं एक नास्तिक था। मैं स्वयं के लिए यह बात तय करना चाहता था कि क्या शान्ति और आनन्द के दिनों में ही मैं नास्तिक होने का दम्भ भरता हूँ अथवा ऐसे कठिन समय में भी मैं उन सिद्धान्तों पर अडिग रह सकता हूँ। बहुत सोचने के बाद मैंने यह निश्चय किया कि किसी भी तरह ईश्वर पर विश्वास तथा प्रार्थना मैं नहीं कर सकता। न ही मैंने एक क्षण के लिए भी अरदास की। यही असली परीक्षण था और में इसमें सफल रहा। एक क्षण को भी अन्य बातों की कीमत पर अपनी गर्दन बचाने को मेरी इच्छा नहीं हुई। अब मैं एक पक्का नास्तिक था और तब से लगातार हूँ। इस परीक्षण पर खरा उतरना आसान काम न था। 'विश्वास' कष्टों को हलका कर देता है, यहाँ तक कि उन्हें सुखकर बना सकता है। ईश्वर से मनुष्य को अत्यधिक सान्त्वना देनेवाला एक आधार मिल सकता है। 'उसके' बिना मनुष्य को स्वयं अपने ऊपर निर्भर होना पड़ता है। तूफान और झंझावात के बीच अपने पाँवों पर खड़ा रहना कोई बच्चों का खेल नहीं है। परीक्षा की इन घड़ियों में अहंकार, यदि है, तो भाप बनकर उड़ जाता है और मनुष्य आम विश्वास को ठुकराने का साहस नहीं कर पाता। पर यदि करता है तो इससे यह निष्कर्ष निकलता है कि उसके पास सिर्फ अहंकार नहीं है, वरन् कोई अन्य शक्ति है। आज बिलकुल वैसी ही स्थिति है। मुझे अच्छी तरह पता है कि (मुकद्दमे का) क्या फैसला होगा। एक सप्ताह में ही फैसला सुना दिया जायेगा। मैं अपना जीवन एक ध्येय के लिए कुर्बान करने जा रहा हूँ, इस विचार के अतिरिक्त और क्या सान्त्वना हो सकती है? ईश्वर में विश्वास रखनेवाला हिन्दू पुनर्जन्म पर एक राजा होने की आशा कर सकता है। एक मुसलमान या ईसाई स्वर्ग में व्याप्त समृद्धि के आनन्द की तथा अपने कष्टों और बलिदान के लिए पुरस्कार की कल्पना कर सकता है। किन्तु मैं किस बात की आशा करूँ? मैं जानता हूँ कि जिस क्षण रस्सी का फन्दा मेरी गर्दन पर लगेगा और मेरे पैरों के नीचे से तख्ता हटेगा, वहीं पूर्ण विराम होगा। वही अन्तिम क्षण होगा। मैं, या संक्षेप में आध्यात्मिक शब्दावली की व्याख्या के अनुसार, मेरी आत्मा, बस वहीं समाप्त हो जायेगी। आगे कुछ भी नहीं रहेगा। एक छोटी-सी जूझती हुई जिन्दगी, जिसकी कोई ऐसी गौरवशाली परिणति नहीं है, अपने

में स्वयं एक पुरस्कार होगी—यदि मुझमें उसे इस दृष्टि से देखने का साहस हो। यही सब-कुछ है। बिना किसी स्वार्थ के यहाँ या यहाँ के बाद पुरस्कार की इच्छा के बिना, मैंने अनासक्त भाव से अपने जीवन को स्वतन्त्रता के ध्येय पर समर्पित कर दिया है, क्योंकि मैं और कुछ कर ही नहीं सकता था। जिस समय हमें इस मनोवृत्ति के बहुत से पुरुष और महिलाएँ मिल जायेंगी, जो अपने जीवन को मनुष्य की सेवा और पीड़ित मानवता के उद्धार के अतिरिक्त और कहीं समर्पित कर ही नहीं सकते, उसी दिन मुक्ति के युग का शुभारम्भ होगा। वे शोषकों, उत्पीड़कों और अत्याचारियों को चुनौती देने के लिए उत्प्रेरित होंगे, इसलिए नहीं कि उन्हें राजा बनना है या कोई अन्य पुरस्कार प्राप्त करना है—यहाँ या अगले जन्म में या मृत्यूपरान्त स्वर्ग में। उन्हें तो मानवता की गर्दन से दासता का जुआ उतार फेंकने और मुक्ति एवं शान्ति स्थापित करने के लिए एक मार्ग को अपनाना है। क्या वे उस रास्ते पर चलेंगे जो उनके अपने लिये खतरनाक किन्तु उनकी महान् आत्मा के लिए एक मात्र शानदार रास्ता है? क्या अपने महान् ध्येय के प्रति उनके गर्व को अहंकार कहकर झुठलाया जायेगा? कौन इस प्रकार के घृणित विशेषण लगाने का साहस करता है? मैं कहता हूँ कि ऐसे व्यक्ति या तो मूर्ख हैं या धूर्त। हमें चाहिए कि उन्हें क्षमा कर दें, क्योंकि वे उस हृदय में उद्वेलित उच्च विचारों, भावनाओं, आवेगों तथा उनकी गहराई को महसूस नहीं कर सकते। उनका हृदय एक मांस के टुकड़े की तरह मृत है। उनकी आँखें अन्य स्वार्थों के प्रेत की छाया पड़ने से कमजोर हो गयी हैं। स्वयं पर भरोसा करने के गुण को सदैव अहंकार की संज्ञा दी जा सकती है, जो दुःखपूर्ण एवं कष्टप्रद है, पर चारा ही क्या है?

तुम जाओ, और किसी प्रचलित धर्म का विरोध करो, जाओ, और किसी हीरो की महान् व्यक्ति की—जिसके बारे में सामान्यतः यह विश्वास किया जाता है कि वह आलोचना से परे है, क्योंकि वह गलती कर ही नहीं सकता—आलोचना करो, तो तुम्हारे तर्क की शक्ति हजारों लोगों को तुम पर वृथाभिमानी होने का आक्षेप लगाने को मजबूर कर देगी। ऐसा मानसिक जड़ता के कारण होता है। आलोचना तथा स्वतन्त्र विचार, दोनों ही एक क्रान्तिकारी के अनिवार्य गुण हैं। क्योंकि महात्मा जी महान् हैं अतः किसी को उनकी आलोचना नहीं करनी चाहिए। चूँकि वह ऊपर उठ गये हैं, अतः हर बात जो वे कहते हैं—चाहे वह राजनीति के क्षेत्र की हो अथवा धर्म, अर्थशास्त्र अथवा नीतिशास्त्र के—सब सही है। आप चाहे आश्वस्त हों अथवा नहीं, आपको कहना चाहिए, "हाँ यही सच है।" ऐसी मानसिकता विकास की ओर नहीं ले जा सकती। यह तो स्पष्ट रूप से प्रतिक्रियावादी है।

क्योंकि हमारे पूर्वजों ने किसी परम-आत्मा (सर्वशक्तिमान् ईश्वर) के प्रति विश्वास बना लिया था अतः किसी भी ऐसे व्यक्ति को, जो उस विश्वास की सत्यता या उस परम-आत्मा के अस्तित्व ही को चुनौती दे, विधर्मी, विश्वासघाती कहा जायेगा। यदि उसके तर्क इतने अकाट्य हैं कि उनका खण्डन वितर्क द्वारा नहीं हो सकता है और उसकी आस्था इतनी प्रबल है कि उसे ईश्वर के प्रकोप से होनेवाली विपत्तियों का भय दिखाकर दबाया नहीं जा सकता– तो उसकी यह कहकर निन्दा की जायेगी कि वह वृथाभिमानी है, उसकी प्रकृति पर अहंकार हावी है। तो इस व्यर्थ विवाद पर समय नष्ट करने का क्या लाभ? फिर इन सारी बातों पर बहस करने की कोशिश क्यों? ये लम्बी बहस इसलिए, क्योंकि जनता के सामने यह प्रश्न आज पहली बार आया है और आज ही पहली बार इस पर वस्तुगत रूप में चर्चा हो रही है।

मैं समझता हूँ कि मैंने यह साफ कर दिया है कि यह मेरा अहंकार नहीं था, जो मुझे नास्तिकता की ओर ले गया। मेरे तर्क का तरीका सन्तोषप्रद सिद्ध होता है या नहीं, इसका निर्णय मेरे पाठकों को करना है, मुझे नहीं। मैं जानता हूँ कि वर्तमान परिस्थितियों में ईश्वर पर विश्वास ने मेरा जीवन आसान और बोझ हल्का कर दिया होता पर उस पर मेरे अविश्वास ने सारे वातावरण को अत्यन्त शुष्क बना दिया है और परिस्थितियाँ एक कठोर रूप ले सकती हैं। थोड़ा-सा रहस्यवाद इन्हें कवित्वमय बना सकता है। किन्तु मेरे भाग्य को किसी उन्माद का सहारा नहीं चाहिए। मैं यथार्थवादी हूँ। मैं अपनी अन्तःप्रकृति पर विवेक की सहायता से विजय चाहता हूँ। इस ध्येय में मैं सदैव सफल नहीं हुआ हूँ। प्रयत्न और प्रयास करना मनुष्य का कर्त्तव्य है, सफलता तो संयोग तथा वातावरण पर निर्भर है।

और दूसरा सवाल—कि यदि यह अहंकार नहीं है, तो ईश्वर के अस्तित्व के बारे में प्राचीन तथा आज भी प्रचलित श्रद्धा पर अविश्वास का कोई कारण होना चाहिए। जी हाँ, मैं अब इस पर आता हूँ। कारण है। मेरे विचार से कोई भी मनुष्य जिसमें जरा-सी विवेकशक्ति है, अपने वातावरण को तार्किक रूप से समझना चाहेगा। जहाँ सीधा प्रमाण नहीं होता, वहाँ दर्शनशास्त्र महत्त्वपूर्ण स्थान बना लेता है। जैसा कि मैंने पहले कहा था, मेरे कुछ क्रान्तिकारी साथी कहा करते थे कि दर्शनशास्त्र मनुष्य की दुर्बलता का परिणाम है। जब हमारे पूर्वजों ने फुरसत के समय विश्व के रहस्य को—इसके भूत, वर्तमान एवं भविष्य, इसके क्यों और कहाँ से को—समझने का प्रयास किया तो सीधे प्रमाणों के भारी अभाव में हर व्यक्ति ने इन प्रश्नों को अपने-अपने ढंग से हल किया। यही कारण है कि विभिन्न धार्मिक मतों के मूलतत्त्व में ही हमें इतना अन्तर मिलता है, जो कभी-कभी तो वैमनस्य तथा झगड़े का रूप ले लेता है। न केवल पूर्व और पश्चिम के दर्शनों में मतभेद है, बल्कि प्रत्येक गोलार्द्ध के विभिन्न मतों में

आपस में अन्तर है। एशियाई धर्मों में, इस्लाम और हिन्दू धर्मों में जरा भी एकरूपता नहीं है। भारत में ही बौद्ध और जैन धर्म उस ब्राह्मणवाद से बहुत अलग है, जिसमें स्वयं आर्यसमाज व सनातन धर्म जैसे विरोधी मत पाये जाते हैं। पुराने समय के एक स्वतन्त्र विचारक चार्वाक हैं। उसने ईश्वर को पुराने समय में ही चुनौती दी थी। यह सभी मत एक-दूसरे से मूलभूत प्रश्नों पर मतभेद रखते हैं और हर व्यक्ति अपने को सही समझता है। यही तो दुर्भाग्य की बात है। बजाय इसके कि हम पुराने विद्वानों एवं विचारकों के अनुभवों और विचारों को भविष्य में अज्ञानता के विरुद्ध लड़ाई का आधार बनायें और इस रहस्यमय प्रश्न को हल करने की कोशिश करें—हम आलसियों की तरह, जो कि हम सिद्ध हो चुके हैं, विश्वास की, उनके कथन में अविचल एवं संशयहीन विश्वास की, चीख-पुकार मचाते रहते हैं और इस प्रकार मानवता के विकास को जड़ बनाने के अपराधी हैं।

प्रत्येक मनुष्य को, जो विकास के लिए खड़ा है, रूढ़िगत विश्वासों के हर पहलू की आलोचना तथा उन पर अविश्वास करना होगा और उनको चुनौती देनी होगी। प्रत्येक प्रचलित मत की हर बात को हर कोने से तर्क की कसौटी पर कसना होगा। यदि काफी तर्क के बाद भी वह किसी सिद्धान्त अथवा दर्शन के प्रति प्रेरित होता है, तो उसके विश्वास का स्वागत है। उसका तर्क असत्य, भ्रमित या छलावा और कभी-कभी मिथ्या हो सकता है। लेकिन उसको सुधारा जा सकता है, क्योंकि विवेक उसके जीवन का दिशा-सूचक है। पर निरा विश्वास और अन्धविश्वास खतरनाक है। यह मस्तिष्क को मूढ़ तथा मनुष्य को प्रतिक्रियावादी बना देता है। जो मनुष्य यथार्थवादी होने का दावा करता है, उसे समस्त प्राचीन विश्वासों को चुनौती देनी होगी। यदि वे तर्क का प्रहार न सह सके तो टुकड़े-टुकड़े होकर गिर पड़ेंगे। तब उस व्यक्ति का पहला काम होगा, तमाम पुराने विश्वासों को धराशायी करके नये दर्शन की स्थापना के लिए जगह साफ करना। यह तो नकारात्मक पक्ष हुआ। इसके बाद सही कार्य शुरू होगा, जिसमें पुनर्निर्माण के लिए पुराने विश्वासों की कुछ बातों का प्रयोग किया जा सकता है। जहाँ तक मेरा सम्बन्ध है, मैं प्रारम्भ में ही मानता हूँ कि इस दिशा में मैं अभी कोई विशेष अध्ययन नहीं कर पाया हूँ। एशियाई दर्शन को पढ़ने की मेरी बड़ी लालसा थी पर ऐसा करने का मुझे कोई संयोग या अवसर नहीं मिला। किन्तु जहाँ तक इस विवाद के नकारात्मक पक्ष की बात है, मैं प्राचीन विश्वासों के ठोसपन पर प्रश्न उठाने के सम्बन्ध में आश्वस्त हूँ। मुझे पूरा विश्वास है कि एक चेतन, परम-आत्मा का, जो कि प्रकृति की गति का दिग्दर्शन एवं संचालन करती है, कोई अस्तित्व नहीं है। हम प्रकृति में विश्वास करते हैं और समस्त प्रगति का ध्येय मनुष्य द्वारा अपनी सेवा के लिए, प्रकृति

पर विजय पाना है। इसको दिशा देनेवाली कोई चेतन शक्ति नहीं। यही हमारा दर्शन है।

जहाँ तक नकारात्मक पहलू की बात है, हम आस्तिकों से कुछ प्रश्न करना चाहते हैं–

यदि, जैसा कि आपका विश्वास है, एक सर्वशक्तिमान्, सर्वव्यापक एवं सर्वज्ञानी ईश्वर है, जिसने कि पृथ्वी या विश्व की रचना की, तो कृपा करके मुझे यह बतायें कि उसने यह रचना क्यों की? कष्टों और आफतों से भरी यह दुनिया–असंख्य दुःखों के शाश्वत और अनन्त गठबन्धनों से ग्रसित। एक भी प्राणी पूरी तरह सुखी नहीं।

कृपया, यह न कहें कि यही उसका नियम है। यदि वह किसी नियम से बँधा है तो वह सर्वशक्तिमान् नहीं। फिर तो वह भी हमारी ही तरह गुलाम है। कृपा कर यह भी न कहें कि यह उसका शुगल है। नीरो ने सिर्फ एक रोम जलाकर राख किया था। उसने चन्द लोगों की हत्या की थी। उसने तो बहुत थोड़ा दुःख पैदा किया, अपने शौक और मनोरंजन के लिए। और उसका इतिहास में क्या स्थान है? उसे इतिहासकार किस नाम से बुलाते हैं? सभी विषैले विशेषण उस पर बरसाये जाते हैं। जालिम, निर्दयी, शैतान–जैसे शब्दों से नीरो की भर्त्सना में पृष्ठ-के-पृष्ठ रंगे पड़े हैं। एक चंगेज खाँ ने अपने आनन्द के लिए कुछ हजार जानें ले लीं और आज हम उसके नाम से घृणा करते हैं। तब फिर तुम उस सर्वशक्तिमान् अनन्त नीरो को जो हर दिन, हर घण्टे और हर मिनट असंख्य दुःख देता रहता है और अभी भी दे रहा है, किस तरह न्यायोचित ठहराते हो? फिर तुम उसके उन दुष्कर्मों की हिमायत कैसे करोगे, जो हर पल चंगेज के दुष्कर्मों को भी मात दिये जा रहे हैं? मैं पूछता हूँ कि उसने यह दुनिया बनायी ही क्यों थी–ऐसी दुनिया जो सचमुच का नर्क है, अनन्त और गहन वेदना का घर है? सर्वशक्तिमान् ने मनुष्य का सृजन क्यों किया, जबकि उसके पास मनुष्य का सृजन न करने की ताकत थी? इन सब बातों का तुम्हारे पास क्या जवाब है? तुम यह कहोगे कि यह सब अगले जन्म में, इन निर्दोष कष्ट सहनेवालों को पुरस्कार और गलती करनेवालों को दण्ड देने के लिए हो रहा है। ठीक है, ठीक है। तुम कब तक उस व्यक्ति को उचित ठहराते रहोगे जो हमारे शरीर को जख्मी करने का साहस इसलिए करता है कि बाद में इस पर बहुत कोमल तथा आरामदायक मलहम लगायेगा? ग्लैडियेटर संस्था के व्यवस्थापकों तथा सहायकों का यह काम कहाँ तक उचित था कि एक भूखे-खूँख्वार शेर के सामने मनुष्य को फेंक दो कि यदि वह उस जंगली जानवर से बचकर अपनी जान बचा लेता है तो उसकी खूब देखभाल की जायेगी? इसलिए मैं पूछता हूँ, उस परम चेतन और सर्वोच्च सत्ता ने इस विश्व और उसमें मनुष्य का सृजन क्यों किया? आनन्द लूटने के लिए? तब उसमें और नीरो में क्या फर्क है?

मुसलमानों और ईसाइयो! हिन्दू-दर्शन के पास अभी और भी तर्क हो सकते हैं। मैं तुमसे पूछता हूँ कि तुम्हारे पास ऊपर पूछे गये प्रश्नों का क्या उत्तर है? तुम तो पूर्व जन्म में विश्वास नहीं करते। तुम तो हिन्दुओं की तरह यह तर्क पेश नहीं कर सकते कि प्रत्यक्षतः निर्दोष व्यक्तियों के कष्ट उनके पूर्व जन्मों के कुकर्मों का फल है। मैं तुमसे पूछता हूँ कि उस सर्वशक्तिशाली ने विश्व की उत्पत्ति के लिए छह दिन मेहनत क्यों की और यह क्यों कहा था कि सब ठीक है। उसे आज ही बुलाओ, उसे पिछला इतिहास दिखाओ। उसे मौजूदा परिस्थितियों का अध्ययन करने दो। फिर हम देखेंगे कि क्या वह आज भी यह कहने का साहस करता है—सब ठीक है।

कारावास की काल-कोठरियों से लेकर, झोंपड़ियों तथा बस्तियों में भूख से तड़पते लाखों-लाख इन्सानों के समुदाय से लेकर, उन शोषित मजदूरों से लेकर जो पूँजीवादी पिशाच द्वारा खून चूसने की क्रिया को धैर्यपूर्वक या कहना चाहिए, निरुद्वेग होकर देख रहे हैं तथा उस मानव-शक्ति की बर्बादी देख रहे हैं। जिसे देखकर कोई भी व्यक्ति, जिसे तनिक भी सहज ज्ञान है, भय से सिहर उठेगा और अधिक उत्पादन को जरूरतमन्द लोगों में बाँटने के बजाय समुद्र में फेंक दंने को बेहतर समझने से लेकर राजाओं के उन महलों तक—जिनकी नींव मानव की हड्डियों पर पड़ी है—उसको यह सब देखने दो और फिर कहे—'सब कुछ ठीक है।' क्यों और किसलिए? यही मेरा प्रश्न है। तुम चुप हो? ठीक है, तो मैं अपनी बात आगे बढ़ाता हूँ।

और तुम हिन्दुओ, तुम कहते हो कि आज जो लोग कष्ट भोग रहे हैं, ये पूर्वजन्म के पापी हैं। ठीक है। तुम कहते हो आज के उत्पीड़क पिछले जन्मों में साधु पुरुष थे, अतः वे सत्ता का आनन्द लूट रहे हैं। मुझे यह मानना पड़ता है कि तुम्हारे पूर्वज बहुत चालाक व्यक्ति थे। उन्होंने ऐसे सिद्धान्त गढ़े जिनमें तर्क और अविश्वास के सभी प्रयासों को विफल करने की काफी ताकत है। लेकिन हमें यह विश्लेषण करना है कि ये बातें कहाँ तक टिकती हैं।

न्याय शास्त्र के सर्वाधिक प्रसिद्ध विद्वानों के अनुसार, दण्ड को अपराधी पर पड़नेवाले असर के आधार पर, केवल तीन या चार कारणों से उचित ठहराया जा सकता है। वे हैं—प्रतिकार, भय तथा सुधार। आज सभी प्रगतिशील विचारकों द्वारा प्रतिकार के सिद्धान्त की निन्दा की जाती है। भयभीत करने के सिद्धान्त का भी अन्त वही है। केवल सुधार करने का सिद्धान्त ही सही है और मानवता की प्रगति का अटूट अंग है। इसका उद्देश्य अपराधी को एक योग्य तथा शान्ति प्रिय नागरिक के रूप में समाज को लौटाना है। किन्तु यदि हम यह बात मान भी लें कि कुछ मनुष्यों ने (पूर्व जन्म में) पाप किये हैं तो ईश्वर द्वारा उन्हें दिये गये दण्ड की प्रकृति क्या है? तुम कहते हो कि वह उन्हें गाय, बिल्ली, पेड़, जड़ी-बूटी या जानवर बनाकर पैदा करता है, तुम

ऐसे 84 लाख दण्डों को गिनाते हो। मैं पूछता हूँ कि मनुष्य पर सुधार के रूप में इनका क्या असर है? तुम ऐसे कितने व्यक्तियों से मिले हो जो यह कहते हैं कि वे किसी पाप के कारण पूर्वजन्म में गदहा के रूप में पैदा हुए थे? एक भी नहीं? अपने पुराणों से उदाहरण मत दो। मेरे पास तुम्हारी पौराणिक कथाओं के लिए कोई स्थान नहीं है। और फिर, क्या तुम्हें पता है कि दुनिया में सबसे बड़ा पाप गरीब होना है? गरीबी एक अभिशाप है, यह एक दण्ड है। मैं पूछता हूँ कि अपराध-विज्ञान, न्यायशास्त्र या विधिशास्त्र के एक ऐसे विद्वान् की आप कहाँ तक प्रशंसा करेंगे जो किसी ऐसी दण्ड-प्रक्रिया की व्यवस्था करें, जो कि अनिवार्यतः मनुष्य को और अधिक अपराध करने को बाध्य करे? क्या तुम्हारे ईश्वर ने यह नहीं सोचा था? या उसको भी ये सारी बातें—मानवता द्वारा अकथनीय कष्टों के झेलने की कीमत पर—अनुभव से सीखनी थीं? तुम क्या सोचते हो—किसी गरीब तथा अनपढ़ परिवार, जैसे एक चमार या मेहतर के यहाँ पैदा होने पर इन्सान का भाग्य क्या होगा? चूँकि वह गरीब है, इसलिए पढ़ाई नहीं कर सकता। वह अपने उन साथियों से तिरस्कृत एवं त्यक्त रहता है जो ऊँची जाति में पैदा होने के कारण अपने को उससे ऊँचा समझते हैं। उसका अज्ञान, उसकी गरीबी तथा उससे किया गया व्यवहार उसके हृदय को समाज के प्रति निष्ठुर बना देते हैं। मान लो यदि वह कोई पाप करता है तो उसका फल कौन भोगेगा? ईश्वर, वह स्वयं या समाज के मनीषी? और उन लोगों के दण्ड के बारे में तुम क्या कहोगे जिन्हें दम्भी एवं घमण्डी ब्राह्मणों ने जान-बूझकर अज्ञानी बनाये रखा तथा जिन्हें तुम्हारी ज्ञान की पवित्र पुस्तकों—वेदों के कुछ वाक्य सुन लेने के कारण कान में पिघले सीसे की धारा को सहने की सजा भुगतनी पड़ती थी? यदि वे कोई अपराध करते हैं तो उसके लिए कौन जिम्मेदार होगा और उसका प्रहार कौन सहेगा? मेरे प्रिय दोस्तो! ये सारे सिद्धान्त विशेषाधिकारयुक्त लोगों के आविष्कार हैं। ये अपनी हथियायी हुई शक्ति, पूँजी तथा उच्चता को इन सिद्धान्तों के आधार पर सही ठहराते हैं। जी हाँ, शायद वह अपटन सिक्लेयर ही था, जिसने किसी जगह लिखा था कि मनुष्य को बस (आत्मा की) अमरता में विश्वास दिला दो और उसके बाद सारा धन व सम्पत्ति लूट लो। वह बगैर बड़बड़ाये इस कार्य में तुम्हारी सहायता करेगा। धर्म के उपदेशकों तथा सत्ता के स्वामियों के गठबन्धन से ही जेल, फाँसीघर, कोड़े और ये सिद्धान्त उपजते हैं।

मैं पूछता हूँ कि तुम्हारा सर्वशक्तिशाली ईश्वर हर व्यक्ति को उस समय क्यों नहीं रोकता है, जब वह कोई पाप या अपराध कर रहा होता है? यह तो वह बहुत आसानी से कर सकता है। उसने क्यों नहीं लड़ाकू राजाओं को या उनके अन्दर लड़ने के उन्माद को समाप्त किया और इस प्रकार विश्वयुद्ध द्वारा मानवता पर पड़नेवाली विपत्तियों से उसे क्यों नहीं बचाया? उसने अंग्रेजों के मस्तिष्क में भारत को मुक्त कर

देने हेतु भावना क्यों नहीं पैदा की? वह क्यों नहीं पूँजीपतियों के हृदय में यह परोपकारी उत्साह भर देता कि वे उत्पादन के साधनों पर व्यक्तिगत सम्पत्ति का अपना अधिकार त्याग दें और इस प्रकार न केवल सम्पूर्ण श्रमिक समुदाय, वरन् समस्त मानव-समाज को पूँजीवाद की बेड़ियों से मुक्त करें। आप समाजवाद की व्यावहारिकता पर तर्क करना चाहते हैं, मैं इसे आपके सर्वशक्तिमान् पर छोड़ देता हूँ कि वह इसे लागू करें। जहाँ तक जन सामान्य की भलाई की बात है, लोग समाजवाद के गुणों को मानते हैं, पर वह इसके व्यावहारिक न होने का बहाना लेकर इसका विरोध करते हैं। चलो, आपका परमात्मा आये और वह हर चीज को सही तरीके से कर दे। अब घुमा-फिराकर तर्क करने का प्रयास न करें, यह बेकार की बातें हैं। मैं आपको यह बता दूँ कि अंग्रेजों की हुकूमत यहाँ इसलिए नहीं है कि ईश्वर चाहता है, बल्कि इसलिए है कि उनके पास ताकत है और हममें उनका विरोध करने की हिम्मत नहीं। वे हमें अपने प्रभुत्व में ईश्वर की सहायता से नहीं रखे हुए हैं, बल्कि बन्दूकों, राइफलों, बम और गोलियों, पुलिस और सेना के सहारे रखे हुए हैं। यह हमारी ही उदासीनता है कि वे समाज के विरुद्ध सबसे निन्दनीय अपराध–एक राष्ट्र का दूसरे राष्ट्र द्वारा अत्याचारपूर्ण शोषण–सफलतापूर्वक कर रहे हैं। कहाँ है ईश्वर? वह क्या कर रहा है? क्या वह मनुष्य जाति के इन कष्टों का मजा ले रहा है? वह नीरो है? चंगेज है, तो उनका नाश हो।

क्या तुम समझते हो कि मैं इस विश्व की उत्पत्ति तथा मानव की उत्पत्ति की व्याख्या कैसे करता हूँ? ठीक है, मैं तुम्हें बतलाता हूँ। चार्ल्स डार्विन ने इस विषय पर कुछ प्रकाश डालने की कोशिश की है। उसको पढ़ो। सोहन स्वामी की 'सहज ज्ञान' पढ़ो। तुम्हें इस सवाल का कुछ सीमा तक उत्तर मिल जायेगा। यह विश्व एक प्राकृतिक घटना है। विभिन्न पदार्थों के आकस्मिक मिश्रण से पृथ्वी बनी। कब? इतिहास देखो। इसी प्रकार की घटना से जन्तु पैदा हुए और एक लम्बे दौर के बाद मानव। डार्विन की 'जीवों की उत्पत्ति' पढ़ो और तदुपरान्त सारा विकास मनुष्य द्वारा प्रकृति से लगातार संघर्ष और उस पर विजय पाने की चेष्टा से हुआ। यह इस परिघटना की सम्भवतः सबसे संक्षिप्त व्याख्या है।

तुम्हारा दूसरा तर्क यह हो जाता है कि क्यों एक बच्चा अन्धा या लँगड़ा पैदा होता है, यदि यह उसके पूर्वजन्म में किये कार्यों का फल नहीं है तो? जीवविज्ञान-वेत्ताओं ने इस समस्या का वैज्ञानिक समाधान निकाला है। उनके अनुसार इसका सारा दायित्व माता-पिता के कन्धों पर है जो अपने उन कारकों के प्रति लापरवाह अथवा अनभिज्ञ रहते हैं जो बच्चे के जन्म के पूर्व ही उसे विकलांग बना देते हैं।

स्वभावतः तुम एक और प्रश्न पूछ सकते हो, यद्यपि यह निरा बचकाना है। वह सवाल यह कि यदि ईश्वर कहीं नहीं है तो लोग उसमें विश्वास क्यों करने लगे? मेरा उत्तर संक्षिप्त तथा स्पष्ट होगा—जिस प्रकार लोग भूत-प्रेतों तथ दुष्ट-आत्माओं में विश्वास करने लगे, उसी प्रकार ईश्वर को मानने लगे। अन्तर केवल इतना है कि ईश्वर में विश्वास विश्वव्यापी है और उसका दर्शन अत्यन्त विकसित। कुछ उग्र परिवर्तनकारियों (रैडिकल्स) के विपरीत मैं इसकी उत्पत्ति का श्रेय उन शोषकों की प्रतिभा को नहीं देता जो परमात्मा के अस्तित्व का उपदेश देकर लोगों को अपने प्रभुत्व में रखना चाहते थे। यद्यपि मूल बिन्दु पर मेरा उनसे विरोध नहीं है कि सभी धर्म, सम्प्रदाय, पन्थ और ऐसी अन्य संस्थाएँ अन्त में निर्दयी और शोषक संस्थाओं, व्यक्तियों तथा वर्गों की समर्थक हो जाती हैं। राज्य के विरुद्ध विद्रोह हर धर्म में सदैव ही पाप रहा है।

ईश्वर की उत्पत्ति के बारे में मेरा अपना विचार यह है कि मनुष्य ने अपनी सीमाओं, दुर्बलताओं व कमियों को समझने के बाद, परीक्षा की घड़ियों का बहादुरी से सामना करने, स्वयं को उत्साहित करने, सभी खतरों को मर्दानगी के साथ झेलने तथा सम्पन्नता एवं ऐश्वर्य में उसके विस्फोट को बाँधने के लिए—ईश्वर के काल्पनिक अस्तित्व की रचना की। अपने व्यक्तिगत नियमों तथा अभिभावकीय उदारता से पूर्ण ईश्वर की बढ़ा-चढ़ाकर कल्पना एवं चित्रण किया गया। जब उसकी उग्रता तथा व्यक्तिगत नियमों की चर्चा होती है तो उसका उपयोग एक डरानेवाले के रूप में किया जाता है, ताकि व्यक्ति समाज के लिए एक खतरा न बन जाये। जब उसके अभिभावकीय गुणों की व्याख्या होती है तो उसका उपयोग एक पिता, माता, भाई, बहन, दोस्त तथा सहायक की तरह किया जाता है। इस प्रकार जब मनुष्य अपने सभी दोस्तों के विश्वासघात तथा उनके द्वारा त्याग देने से अत्यन्त दुःखी हो तो उसे इस विचार से सान्त्वना मिल सकती है कि एक सदा सच्चा दोस्त उसकी सहायता करने को है, उसे सहारा दे और कि वह जो कि सर्वशक्तिमान् है और कुछ भी कर सकता है। वास्तव में आदिम काल में वह समाज के लिए उपयोगी था। विपदा में पड़े मनुष्य के लिए ईश्वर की कल्पना सहायक होती है।

समाज को इस ईश्वरीय विश्वास के विरुद्ध उसी तरह लड़ना होगा जैसे कि मूर्ति-पूजा तथा धर्म-सम्बन्धी क्षुद्र विचारों के विरुद्ध लड़ना पड़ा था। इसी प्रकार मनुष्य जब अपने पैरों पर खड़ा होने का प्रयास करने लगे तथा यथार्थवादी बन जाये तो उसे ईश्वरी श्रद्धा को एक ओर फेंक देना चाहिए और उन सभी कष्टों, परेशानियों का पौरुष के साथ सामना करना चाहिए। जिनमें परिस्थितियाँ उसे पटक सकती हैं। मेरी स्थिति आज यही है। यह मेरा अहंकार नहीं है। मेरे दोस्तो! यह मेरे सोचने का ही

तरीका है जिसने मुझे नास्तिक बनाया है। मैं नहीं जानता कि ईश्वर में विश्वास और रोज-ब-रोज की प्रार्थना—जिसे मैं मनुष्य का सबसे अधिक स्वार्थी और गिरा हुआ काम मानता हूँ—मेरे लिये सहायक सिद्ध होगी या मेरी स्थिति को और चौपट कर देगी। मैंने उन नास्तिकों के बारे में पढ़ा है, जिन्होंने सभी विपदाओं का बहादुरी से सामना किया, अतः मैं भी एक मर्द की तरह फाँसी के फँदे की अन्तिम घड़ी तक, सिर ऊँचा किये खड़ा रहना चाहता हूँ।

देखना है कि मैं इस पर कितना खरा उतर पाता हूँ। मेरे एक दोस्त ने मुझे प्रार्थना करने को कहा। जब मैंने उसे अपने नास्तिक होने की बात बतलायी तो उसने कहा, "देख लेना, अपने अन्तिम दिनों में तुम ईश्वर को मानने लगोगे।" मैंने कहा, "नहीं प्रिय महोदय, ऐसा नहीं होगा, ऐसा करना मेरे लिये अपमानजनक तथा पराजय की बात होगी। स्वार्थ के लिए मैं प्रार्थना नहीं करूँगा।" पाठकों और दोस्तों, क्या यह अहंकार है? अगर है, तो मैं इसे स्वीकार करता हूँ।

अनुवाद : शिव वर्मा

◆

क्रान्तिकारी कार्यक्रम का मसौदा

[यह दस्तावेज अपने समग्र रूप में अंग्रेज सरकार की एक गुप्त पुस्तक में से मिला है। यह पुस्तक सी.आई.डी. अधिकारी सी. ई. एस. फेयरवैदर ने 1936 में 'बंगाल में संयुक्त मोर्चा-आन्दोलन की प्रगति पर नोट' शीर्षक से लिखी थी। उसके अनुसार यह मसौदा भगतसिंह ने लिखा था और 3 अक्टूबर, 1931 को श्रीमती विमला प्रभा देवी के घर से तलाशी में हासिल हुआ था।]

नवयुवक राजनीतिक कार्यकर्त्ताओं के नाम पत्र

प्रिय साथियों,

इस समय हमारा आन्दोलन अत्यन्त महत्त्वपूर्ण दौर से गुजर रहा है। एक साल के कड़े संघर्ष के बाद गोलमेज सम्मेलन ने हमारे सामने, संवैधानिक सुधारों सम्बन्धी कुछ निश्चित बातें प्रस्तुत की हैं और कांग्रेसी नेताओं से कहा गया है कि वर्तमान परिस्थितियों में अपना आन्दोलन वापस लेकर इसमें मदद करें। इस बात का हमारे लिये कोई महत्त्व नहीं है कि वे आन्दोलन समाप्त करने का निर्णय करते हैं या नहीं करते। यह तो निश्चित है कि वर्तमान आन्दोलन का अन्त किसी-न-किसी तरह के समझौते के रूप में होगा। यह बात अलग है कि समझौता जल्द होता है या देर से। वास्तव में समझौता कोई घटिया या घृणित वस्तु नहीं है, जैसा कि प्रायः समझा जाता है। राजनीतिक संघर्षों का यह एक जरूरी दाँव-पेंच है। कोई भी राष्ट्र जो अत्याचारी शासकों के खिलाफ उठ खड़ा होता है, शुरू में अवश्य असफल रहता है। संघर्ष के बीच में समझौते द्वारा कुछ आधे-अधूरे सुधार हासिल करता है और सिर्फ अन्तिम दौर में ही—जब सभी शक्तियाँ और साधन पूरी तरह संगठित हो जाते हैं—शासक वर्ग को नष्ट करने के लिए आखिरी जोरदार हमला किया जा सकता है। लेकिन यह भी सम्भव है कि तब भी असफलता हाथ लगे और किसी प्रकार का समझौता अनिवार्य हो जाये। रूस के उदाहरण से यह बात अच्छी तरह स्पष्ट की जा सकती है।

1905 में जब रूस में क्रान्तिकारी आन्दोलन शुरू हुआ तो राजनीतिक नेताओं को बड़ी आशाएँ थीं। लेनिन तब विदेश से, जहाँ वे शरण लिये हुए थे, लौट आये थे और संघर्ष का नेतृत्व कर रहे थे। लोग उन्हें यह बताने पहुँचे कि दर्जनों जागीरदार मार दिये गये हैं और बीसियों महल जला दिये गये हैं। लेनिन ने उत्तर में कहा कि

लौटकर 1200 जागीरदार मारो और इतने ही महल व हवेलियाँ जला दो, क्योंकि यदि असफल रहे तो भी इसका कुछ मतलब होगा। ड्यूमा (रूसी संसद) की स्थापना हुई। अब लेनिन ने ड्यूमा में हिस्सा लेने की वकालत की। यह 1907 की बात है, जबकि 1906 में वे पहली ड्यूमा में हिस्सा लेने के खिलाफ थे, बावजूद इसके कि उस ड्यूमा में काम करने का अवसर अधिक था और इस ड्यूमा के अधिकार अत्यन्त सीमित कर दिये गये थे। यह फैसला बदली हुई परिस्थितियों के कारण था। अब प्रतिक्रियावादी शक्तियाँ बहुत बढ़ रही थीं और लेनिन ड्यूमा के मंच को समाजवादी विचारों पर बहस के लिए इस्तेमाल करना चाहते थे।

पुनः, 1917 की क्रान्ति के बाद, जब बोल्शेविक ब्रेष्ट-लिटोक्स्क सन्धि पर हस्ताक्षर करने के लिए विवश हुए तो लेनिन के सिवाय बाकी सभी इसका विरोध कर रहे थे। लेकिन लेनिन ने कहा—"शान्ति, शान्ति और पुनः शान्ति। किसी भी कीमत पर शान्ति होनी चाहिए।" जब कुछ बोल्शेविक-विरोधियों ने इस सन्धि के लिए लेनिन की निन्दा की तो उन्होंने स्पष्ट कहा कि, "बोल्शेविक जर्मन हमले का सामना करने की सामर्थ्य नहीं रखते, इसीलिए सम्पूर्ण तबाही की जगह सन्धि को प्राथमिकता दी गयी है।"

जो बात मैं स्पष्ट करना चाहता हूँ वह यह है कि समझौता एक ऐसा जरूरी हथियार है, जिसे संघर्ष के विकास के साथ-ही-साथ इस्तेमाल करना जरूरी बन जाता है, लेकिन जिस चीज का हमेशा ध्यान रहना चाहिए वह है आन्दोलन का उद्देश्य। जिन उद्देश्यों की प्राप्ति के लिए हम संघर्ष कर रहे हैं, उनके बारे में, हमें पूरी तरह स्पष्ट होना चाहिए। इस बात से अपने आन्दोलन की उपलब्धियों, सफलताओं व असफलताओं को आँकने में हमें सहायता मिलती है और अगला कार्यक्रम बनाने व तय करने में भी। तिलक की नीति—उनके उद्देश्यों के बावजूद—यानी उनके दाँव-पेंच बहुत अच्छे थे। आप अपने शत्रु से सोलह आना पाने के लिए लड़ रहे हैं। आपको एक आना मिलता है, उसे जेब में डालिये और बाकी के लिए संघर्ष जारी रखिये। नर्म दल के लोगों में जिस चीज की कमी हम देखते हैं वह उनके आदर्श की है। वे इकन्नी के लिए लड़ते हैं और इसलिए उन्हें मिल ही कुछ नहीं सकता। क्रान्तिकारियों को यह बात हमेशा अपने मन में रखनी चाहिए कि वे सम्पूर्ण क्रान्ति के लिए लड़ रहे हैं। ताकत की बागडोर पूरी तरह अपने हाथों में लेनी है। समझौतों से इसीलिए डर महसूस होता है, क्योंकि प्रतिक्रियावादी शक्तियाँ समझौते के बाद क्रान्तिकारी शक्तियों को समाप्त करवाने की कोशिशें करती हैं। लेकिन समझदार और बहादुर क्रान्तिकारी नेता आन्दोलन को ऐसे गढ़ों में गिरने से बचा सकते हैं। हमें ऐसे समय और ऐसे मोड़ पर वास्तविक मुद्दों और विशेषतः उद्देश्यों सम्बन्धी कुछ गड़बड़ नहीं होने देनी चाहिए।

इंग्लैण्ड की लेबर पार्टी ने वास्तविक संघर्ष से धोखा किया है और वे (उसके नेता) सिर्फ कुटिल साम्राज्यवादी बनकर रह गये हैं।

मेरे विचार में इन रँगे हुए साम्राज्यवादी लेबर नेताओं से कट्टर प्रतिक्रियावादी हमारे लिये बेहतर हैं। दाँव-पेंचों और रणनीति सम्बन्धी लेनिन के जीवन और लेखन पर हमें विचार करना चाहिए। समझौते के मामले पर 'वामपन्थी कम्युनिज्म' में उनके स्पष्ट विचार मिलते हैं।

कांग्रेस का उद्देश्य क्या है?

मैंने कहा है कि वर्तमान आन्दोलन किसी-न-किसी समझौते या पूर्ण असफलता में समाप्त होगा।

मैंने यह इसलिए कहा है क्योंकि मेरी राय में इस समय वास्तविक क्रान्तिकारी ताकतें मैदान में नहीं हैं। यह संघर्ष मध्यवर्गीय दुकानदारों और चन्द पूँजीपतियों के बलबूते किया जा रहा है। यह दोनों वर्ग, विशेषतः पूँजीपति, अपनी सम्पत्ति या मिल्कियत खतरे में डालने की जुर्रत नहीं कर सकते। वास्तविक क्रान्तिकारी सेनाएँ तो गाँवों और कारखानों में हैं–किसान और मजदूर। लेकिन हमारे 'बूर्जुआ' नेताओं में उन्हें साथ लेने की हिम्मत नहीं है, न ही वे ऐसी हिम्मत कर सकते हैं। यह सोये हुए सिंह यदि एक बार गहरी नींद से जग गये तो वे हमारे नेताओं की लक्ष्य-पूर्ति के बाद ही रुकनेवाले नहीं हैं। 1920 में अहमदाबाद के मजदूरों के साथ अपने प्रथम अनुभव के बाद महात्मा गाँधी ने कहा था, "हमें मजदूरों के साथ साँठ-गाँठ नहीं करनी चाहिए। कारखानों के सर्वहारा वर्ग का राजनीतिक हितों के लिए इस्तेमाल करना खतरनाक है।" (मई, 1931 के 'दि टाइम्स' से) तब से उन्होंने इस वर्ग को साथ लेने का कष्ट नहीं उठाया। यही हाल किसानों के साथ है। 1922 का बारदोली-सत्याग्रह पूरी तरह यह स्पष्ट करता है कि नेताओं ने जब किसान वर्ग के उस विद्रोह को देखा, जिसे न सिर्फ विदेशी राष्ट्र के गलबः (प्रभुत्व) से ही मुक्ति हासिल करनी थी वरन् देशी जमींदारी की जंजीरें भी तोड़ देनी थीं, तो कितना खतरा महसूस किया था।

यही कारण है कि हमारे नेता किसानों के आगे झुकने की जगह अंग्रेजों के आगे घुटने टेकना पसन्द करते हैं। पण्डित जवाहरलाल को छोड़ दें तो क्या आप किसी भी नेता का नाम ले सकते हैं, जिसने मजदूरों या किसानों को संगठित करने की कोशिश की हो। नहीं, वे खतरा मोल नहीं लेंगे। यही तो उनमें कमी है, इसीलिए मैं कहता हूँ कि वे सम्पूर्ण आजादी नहीं चाहते। आर्थिक और प्रशासकीय दबाव डालकर वे चन्द और सुधार, यानी भारतीय पूँजीपतियों के लिए चन्द और रियायतें हासिल करना

चाहेंगे। इसीलिए मैं कहता हूँ कि इस आन्दोलन का बेड़ा तो डूबेगा ही—शायद किसी-न-किसी समझौते या ऐसी किसी चीज के बिना ही। नवयुवक कार्यकर्त्ता, जो पूरी तनदेही से 'इन्कलाब जिन्दाबाद' के नारे लगाते हैं, स्वयं पूरी तरह संगठित नहीं हैं और अपना आन्दोलन आगे ले जाने की ताकत नहीं रखते हैं। वास्तव में पण्डित मोतीलाल नेहरू के सिवाय हमारे बड़े नेता कोई जिम्मेदारी नहीं लेना चाहते। यही कारण है कि वे हर बार गाँधी के आगे बिना शर्त घुटने टेक देते हैं। अलग राय होने पर भी वे पूरे जोर से विरोध नहीं करते और गाँधी के कारण प्रस्ताव पास कर दिये जाते हैं। ऐसी परिस्थितियों में, क्रान्ति के प्रति पूरी संजीदगी रखने वाले नौजवान कार्यकर्त्ताओं को मैं चेतावनी देना चाहता हूँ कि कठिन समय आ रहा है, वे चौकस रहें, हिम्मत न हारें और उलझनों में न फँसें। 'महान् गाँधी' के दो संघर्षों के अनुभवों के बाद हम आज की परिस्थिति व भविष्य के कार्यक्रम के बारे में स्पष्ट राय बना सकते हैं।

अब मैं बिल्कुल सादे ढंग से यह केस बताता हूँ। आप 'इन्कलाब-जिन्दाबाद' का नारा लगाते हो। मैं यह मानकर चलता हूँ कि आप इसका मतलब समझते हो। असेम्बली बम केस में दी गयी हमारी परिभाषा के अनुसार इन्कलाब का अर्थ मौजूदा सामाजिक ढाँचे में पूर्ण परिवर्तन और समाजवाद की स्थापना है। इस लक्ष्य के लिए हमारा पहला कदम ताकत हासिल करना है। वास्तव में 'राज्य', यानी सरकारी मशीनरी, शासक वर्ग के हाथों में अपने हितों की रक्षा करने और उन्हें आगे बढ़ाने का यन्त्र ही है। हम इस यन्त्र को छीनकर अपने आदर्शों की पूर्ति के लिए इस्तेमाल करना चाहते हैं। हमारा आदर्श है—नये ढंग की सामाजिक संरचना, यानी मार्क्सवादी ढंग से। इसी लक्ष्य के लिए हम सरकारी मशीनरी का इस्तेमाल करना चाहते हैं। जनता को लगातार शिक्षा देते रहना है ताकि अपने सामाजिक कार्यक्रम की पूर्ति के लिए अनुकूल व सुविधाजनक वातावरण बनाया जा सके। हम उन्हें संघर्षों के दौरान ही अच्छा प्रशिक्षण और शिक्षा दे सकते हैं।

इन बातों के बारे में स्पष्टता, यानी हमारे फौरी और अन्तिम लक्ष्य को स्पष्टता से समझने के बाद हम आज की परिस्थिति का विश्लेषण कर सकते हैं। किसी भी स्थिति का विश्लेषण करते समय हमें हमेशा बिल्कुल बेझिझक, बेलाग व व्यावहारिक होना चाहिए।

हम जानते हैं कि जब भारत सरकार में भारतीयों की हिस्सेदारी को लेकर हल्ला हुआ था तो मिण्टो-मार्ले-सुधार लागू हुए थे, जिनके द्वारा केवल सलाह देने का अधिकार रखनेवाली वाइसराय-परिषद् बनायी गयी थी।

विश्वयुद्ध के दौरान जब भारतीय सहायता की अत्यन्त आवश्यकता थी तो स्वायत्त शासनवाली सरकार का वायदा किया गया और मौजूदा सुधार लागू किये गये।

असेम्बली को कुछ सीमित कानून बनाने की ताकत दी गयी, लेकिन सब-कुछ वाइसराय की खुशी पर निर्भर है। अब तीसरी स्टेज है।

अब सुधारों सम्बन्धी विचार हो रहा है और निकट भविष्य में ये लागू होंगे। अब नौजवान इनकी परीक्षा कैसे कर सकते हैं? यह एक सवाल है। मैं नहीं जानता कि कांग्रेसी नेता कैसे इनकी परख करेंगे? लेकिन हम क्रान्तिकारी इन्हें निम्नलिखित कसौटी पर परखेंगे–

1. किस सीमा तक शासन की जिम्मेदारी भारतीयों को सौंपी जाती है?
2. शासन चलाने के लिए किस तरह की सरकार बनायी जाती है और सामान्य जनता को इसमें हिस्सा लेने का कहाँ तक अवसर मिलता है?
3. भविष्य में क्या सम्भावनाएँ हो सकती हैं और इन उपलब्धियों को किस प्रकार बचाया जा सकता है?

इसके लिए शायद कुछ और स्पष्टीकरण की जरूरत हो। पहली बात यह कि हमारी जनता के प्रतिनिधियों को कार्यकारिणी (Executive) पर कितना अधिकार और जिम्मेदारी हासिल होती है। अब तक कार्यकारिणी को लेजिस्लेटिव असेम्बली के सामने उत्तरदायी नहीं बनाया गया है। वाइसराय के पास वीटो की ताकत है, जिससे चुने हुए प्रतिनिधियों की सारी कोशिशें बेअसर और ठप्प कर दी जाती हैं।

हम स्वराज्य पार्टी के शुक्रगुजार हैं जिनकी कोशिशों से वाइसराय ने अपनी इस ताकत का बड़ी बेशर्मी से बार-बार इस्तेमाल किया और राष्ट्रीय प्रतिनिधियों के मर्यादा-भरे निर्णय पाँव तले कुचल दिये। यह बात पूरी तरह स्पष्ट है और इस पर और बहस की जरूरत नहीं है।

आइये, सबसे पहले कार्यकारिणी की स्थापना के ढंग पर विचार करें? क्या कार्यकारिणी को असेम्बली के चुने हुए सदस्य चुनते हैं या पहले की ही तरह ऊपर से थोपी जायेगी? क्या यह असेम्बली के आगे उत्तरदायी होगी या पहले की ही तरह असेम्बली का अपमान करेगी?

जहाँ तक दूसरी बात का सम्बन्ध है, उसे हम वयस्क मताधिकार की सम्भावना से देख सकते हैं। सम्पत्ति होनें की धारा को पूरी तरह समाप्त कर व्यापक मताधिकार दिये जाने चाहिए। हर वयस्क स्त्री-पुरुष को वोट का अधिकार मिलना चाहिए। अब तो सिर्फ यह देख सकते हैं कि मताधिकार किस सीमा तक दिये जाते हैं।

जहाँ तक व्यवस्था का प्रश्न है, अभी दो सभाओंवाली सरकार है। मेरे खयाल में उच्च सभा बूर्जुआ भ्रमजाल या बहकावे के अतिरिक्त कुछ नहीं। मेरी समझ से जहाँ तक उम्मीद की जा सके, एक सभावाली सरकार अच्छी है।

यहाँ मैं प्रान्तीय स्वायत्तता के बारे में कुछ कहना चाहता हूँ। जो कुछ मैंने सुना है, उसके आधार पर मैं यह कह सकता हूँ कि ऊपर से थोपा हुआ गवर्नर, जिसके पास असेम्बली से ऊपर विशेष अधिकार होंगे, तानाशाह से कम सिद्ध नहीं होगा। हम इसे प्रान्तीय स्वायत्तता न कहकर प्रान्तीय अत्याचार कहें। राज्य की संस्थाओं का यह अजीब लोकतन्त्रीकरण है।

तीसरी बात तो बिल्कुल स्पष्ट है। पिछले दो साल से अंग्रेज राजनीतिज्ञ उस वायदे को मिटाने में लगे हैं, जिसे माण्टेग्यू ने यह कहकर दिया था कि जब तक अंग्रेजी खजाने में दम है, प्रत्येक दस वर्ष पर और सुधार किये जाते रहेंगे।

हम देख सकते हैं कि उन्होंने भविष्य के लिए क्या फैसला किया है। मैं यह बात स्पष्ट कर दूँ कि हम इन बातों का विश्लेषण इसलिए नहीं कर रहे कि उपलब्धियों पर जश्न मनाये जायें, वरन् इसलिए कि जनता में जागृति लायी जा सके और उन्हें आनेवाले संघर्षों के लिए तैयार किया जा सके। हमारे लिये समझौता घुटने टेकना नहीं है, बल्कि एक कदम बढ़ना और फिर कुछ आराम करना है।

लेकिन इसके साथ ही हमें यह भी समझ लेना चाहिए कि समझौता इससे अधिक कुछ और है भी नहीं। यह अन्तिम लक्ष्य और अन्तिम विश्राम की जगह नहीं है।

वर्तमान परिस्थिति पर कुछ हद तक विचार करने के बाद भविष्य के कार्यक्रम और कार्यनीति पर भी विचार कर लिया जाये।

जैसा कि मैंने पहले भी कहा है कि किसी क्रान्तिकारी पार्टी के लिए निश्चित कार्यक्रम होना बहुत जरूरी है। आपको यह पता होना चाहिए कि क्रान्ति का मतलब गतिविधि है। इसका मतलब संगठित व क्रमबद्ध काम द्वारा सोची-समझी तब्दीली लाना है और यह तोड़-फोड़—असंगठित, एकदम या स्वतः परिवर्तन—के विरुद्ध है। कार्यक्रम बनाने के लिए अनिवार्य रूप से इन बातों के अध्ययन की जरूरत है –

1. मंजिल (लक्ष्य) या उद्‌देश्य।
2. आधार, जहाँ से शुरू करना है, यानी वर्तमान परिस्थिति।
3. कार्यरूप, यानी साधन व दाँव-पेंच।

जब तक इन तत्त्वों के सम्बन्ध में कुछ स्पष्ट संकल्प नहीं हैं, तब तक कार्यक्रम सम्बन्धी कोई विचार सम्भव नहीं।

वर्तमान परिस्थिति पर हम कुछ हद तक विचार कर चुके हैं, लक्ष्य सम्बन्धी भी कुछ चर्चा हुई है। हम समाजवादी क्रान्ति चाहते हैं, जिसके लिए बुनियादी जरूरत राजनीतिक क्रान्ति की है। यही है जो हम चाहते हैं। राजनीतिक क्रान्ति का अर्थ राजसत्ता (यानी मोटे तौर पर ताकत) का अंग्रेजी हाथों से भारतीय हाथों में आना है

और वह भी उन भारतीयों के हाथों में, जिनका अन्तिम लक्ष्य हमारे लक्ष्य से मिलता हो। और स्पष्टता से कहें तो—राजसत्ता का सामान्य जनता की कोशिश से क्रान्तिकारी पार्टी के हाथों में आना। इसके बाद पूरी संजीदगी से पूरे समाज को समाजवादी दिशा में ले जाने के लिए जुट जाना होगा। यदि क्रान्ति से आपका यह अर्थ नही है तो महाशय, मेहरबानी करें और 'इन्कलाब-जिन्दाबाद' के नारे लगाने बन्द कर दें। कम-से-कम हमारे लिये 'क्रान्ति' शब्द में बहुत ऊँचे विचार निहित हैं और इसका प्रयोग बिना संजीदगी के नहीं करना चाहिए, नहीं तो इसका दुरुपयोग होगा। लेकिन यदि आप कहते हैं कि आप राष्ट्रीय क्रान्ति चाहते हैं जिसका लक्ष्य भारतीय गणतन्त्र की स्थापना है तो मेरा प्रश्न यह है कि उसके लिए आप, क्रान्ति में सहायक होने के लिए, किन शक्तियों पर निर्भर कर रहे हैं? क्रान्ति राष्ट्रीय हो या समाजवादी, जिन शक्तियों पर हम निर्भर हो सकते हैं वे हैं किसान और मजदूर। कांग्रेसी नेताओं में इन्हें संगठित करने की हिम्मत नहीं है, इस आन्दोलन में यह आपने स्पष्ट देख लिया है। किसी और से अधिक उन्हें इस बात का अहसास है कि इन शक्तियों के बिना वे विवश हैं। जब उन्होंने सम्पूर्ण आजादी का प्रस्ताव पास किया तो इसका अर्थ क्रान्ति ही था, पर इनका (कांग्रेस का) मतलब यह नहीं था। इसे नौजवान कार्यकर्त्ताओं के दबाव में पास किया गया था और इसका इस्तेमाल वे धमकी के रूप में करना चाहते थे, ताकि अपना मनचाहा डॉमिनिअन स्टेट्स हासिल कर सकें। आप कांग्रेस के पिछले तीनों अधिवेशनों के प्रस्ताव पढ़कर इस सम्बन्ध में ठीक राय बना सकते हैं। मेरा इशारा मद्रास, कलकत्ता व लाहौर अधिवेशनों की ओर है। कलकत्ता में डॉमिनिअन स्टेट्स की माँग का प्रस्ताव पास किया गया। 12 महीने के भीतर इस माँग को स्वीकार करने के लिए कहा गया और यदि ऐसा न किया गया तो कांग्रेस मजबूर होकर पूर्ण आजादी को अपना उद्देश्य बना लेगी। पूरी संजीदगी से वे 31 दिसम्बर, 1929 की आधी रात तक इस तोहफे को प्राप्त करने का इन्तजार करते रहे और तब उन्होंने पूर्ण आजादी का प्रस्ताव मानने के लिए स्वयं को 'वचनबद्ध' पाया, जो कि वे चाहते नहीं थे। और तब भी महात्मा जी ने यह बात छिपाकर नहीं रखी कि बातचीत के दरवाजे खुले हैं। यह था इसका वास्तविक आशय। बिल्कुल शुरू से ही वे जानते थे कि उनके आन्दोलन का अन्त किसी-न-किसी तरह के समझौते में होगा। इस बेदिली से हम नफरत करते हैं ना कि संघर्ष के किसी मसले पर समझौते से।

खैर! हम इस बात पर विचार कर रहे थे कि क्रान्ति किन-किन ताकतों पर निर्भर है? लेकिन यदि आप सोचते हैं कि किसानों और मजदूरों को सक्रिय हिस्सेदारी के लिए आप मना लेंगे तो मैं बताना चाहता हूँ कि वे किसी प्रकार की भावुक बातों से बेवकूफ नहीं बनाये जा सकते। वे साफ-साफ पूछेंगे कि उन्हें आपकी क्रान्ति से क्या लाभ

होगा, वह क्रान्ति जिसके लिए आप उनसे बलिदान की माँग कर रहे हैं। भारत सरकार का प्रमुख लार्ड रीडिंग की जगह यदि सर पुरुषोत्तमदास ठाकुरदास हो तो उन्हें (जनता को) इससे क्या फर्क पड़ता है? एक किसान को इससे क्या फर्क पड़ेगा, यदि लार्ड इरविन की जगह सर तेज बहादुर सप्रू आ जायें। राष्ट्रीय भावनाओं की अपील बिल्कुल बेकार है। उसे आप अपने काम के लिए 'इस्तेमाल' नहीं कर सकते। आपको गम्भीरता से काम लेना होगा और उन्हें समझाना होगा कि क्रान्ति उनके हित में है और उनकी अपनी है। सर्वहारा श्रमिक वर्ग की क्रान्ति, सर्वहारा के लिए।

जब आप अपने लक्ष्य के बारे में स्पष्ट अवधारणा बना लेंगे तो ऐसे उद्देश्य की पूर्ति के लिए आप अपनी शक्ति संजोने में जुट जायेंगे। अब दो अलग-अलग पड़ावों से गुजरना होगा—पहला तैयारी का पड़ाव, दूसरा उसे कार्यरूप देने का।

जब यह वर्तमान आन्दोलन खत्म होगा तो आप अनेक ईमानदार व गम्भीर क्रान्तिकारी कार्यकर्त्ताओं को निराश व उचाट पायेंगे। लेकिन आपको घबराने की जरूरत नहीं है। भावुकता एक ओर रखो। वास्तविकता का सामना करने के लिए तैयार होओ। क्रान्ति करना बहुत कठिन काम है। यह किसी एक आदमी की ताकत के वश की बात नहीं है और न ही यह किसी निश्चित तारीख को आ सकती है। यह तो विशेष सामाजिक-आर्थिक परिस्थितियों से पैदा होती है और एक संगठित पार्टी को ऐसे अवसर को सँभालना होता है और जनता को इसके लिए तैयार करना होता है। क्रान्ति के दुस्साध्य कार्य के लिए सभी शक्तियों को संगठित करना होता है। इस सबके लिए क्रान्तिकारी कार्यकर्त्ताओं को अनेक कुर्बानियाँ देनी होती हैं। यहाँ मैं यह स्पष्ट कह दूँ कि यदि आप व्यापारी हैं या सुस्थिर दुनियादार या पारिवारिक व्यक्ति हैं तो महाशय! इस आग से न खेलें। एक नेता के रूप में आप पार्टी के किसी काम के नहीं हैं। पहले ही हमारे पास ऐसे बहुत से नेता हैं जो शाम के समय भाषण देने के लिए कुछ वक्त जरूर निकाल लेते हैं। ये नेता हमारे किसी काम के नहीं हैं। हम तो लेनिन के अत्यन्त प्रिय शब्द 'पेशेवर क्रान्तिकारी' का प्रयोग करेंगे। पूरा समय देनेवाले कार्यकर्त्ता, क्रान्ति के सिवाय जीवन में जिनकी और कोई ख्वाहिश ही न हो। जितने अधिक ऐसे कार्यकर्त्ता पार्टी में संगठित होंगे, उतने ही सफलता के अवसर अधिक होंगे।

पार्टी को ठीक ढंग से आगे बढ़ने के लिए जिस बात की सबसे अधिक जरूरत है वह यह है कि ऐसे कार्यकर्त्ता स्पष्ट विचार, प्रत्यक्ष समझदारी, पहलकदमी की योग्यता और तुरन्त निर्णय कर सकने की शक्ति रखते हों। पार्टी में फौलादी अनुशासन होगा और यह जरूरी नहीं कि पार्टी भूमिगत रहकर ही काम करे, बल्कि इसके विपरीत खुले रूप में काम कर सकती है, यद्यपि स्वेच्छा से जेल जाने की नीति पूरी तरह छोड़

दी जानी चाहिए। इस तरह बहुत-से कार्यकर्त्ताओं को गुप्त रूप से काम करते हुए जीवन बिताने की भी जरूरत पड़ सकती है, लेकिन उन्हें उसी तरह पूरे उत्साह से काम करते रहना चाहिए और यही है वह ग्रूप जिससे अवसर सँभाल सकनेवाले नेता तैयार होंगे।

पार्टी को कार्यकर्त्ताओं की जरूरत होगी, जिन्हें नौजवानों के आन्दोलनों से भरती किया जा सकता है। इसीलिए नवयुवकों के आन्दोलन सबसे पहली मंजिल हैं, जहाँ से हमारा आन्दोलन शुरू होगा। युवक-आन्दोलन को अध्ययन केन्द्र (स्टडी सर्कल) खोलने चाहिए। लीफलेट, पैम्फलेट, पुस्तकें, मैगजीन छापने चाहिए। क्लासों में लेक्चर होने चाहिए। राजनीतिक कार्यकर्त्ताओं के लिए मस्ती करने और प्रशिक्षण देने की यह सबसे अच्छी जगह होगी।

उन नौजवानों को पार्टी में ले लेना चाहिए, जिनके विचार विकसित हो चुके हैं और वे अपना जीवन इस काम में लगाने के लिए तैयार हैं। पार्टी-कार्यकर्त्ता नवयुवक आन्दोलन के काम को दिशा देंगे। पार्टी अपना काम प्रचार से शुरू करेगी। यह अत्यन्त आवश्यक है। ग़दर पार्टी (1914-15) के असफल होने का मुख्य कारण था—जनता की अज्ञानता, लगावहीनता और कई बार विरोध। इसके अतिरिक्त किसानों और मजदूरों का सक्रिय समर्थन हासिल करने के लिए भी प्रचार जरूरी है। पार्टी का नाम कम्युनिस्ट पार्टी हो। ठोस अनुशासनवादी राजनीतिक कार्यकर्त्ताओं की यह पार्टी बाकी सभी आन्दोलन चलायेगी। इसे मजदूरों व किसानों की तथा अन्य पार्टियों का संचालन भी करना होगा और लेबर यूनियन कांग्रेस तथा इस तरह की अन्य राजनीतिक संस्थाओं पर प्रभावी होने की कोशिश भी पार्टी करेगी। पार्टी एक बड़ा प्रकाशन-अभियान चलायेगी जिससे राष्ट्रीय चेतना ही नहीं, वर्ग-चेतना भी पैदा होगी। समाजवादी सिद्धान्तों के सम्बन्ध में जनता को सचेत बनाने के लिए सभी समस्याओं की विषयवस्तु प्रत्येक व्यक्ति की समझ में आनी चाहिए और ऐसे प्रकाशनों को बड़े पैमाने पर वितरित किया जाना चाहिए। लेखन सादा और स्पष्ट हो।

मजदूर आन्दोलन में ऐसे व्यक्ति हैं जो मजदूरों और किसानों की आर्थिक और राजनीतिक स्वतन्त्रता के बारे में बड़े अजीब विचार रखते हैं। ये लोग उत्तेजना फैलानेवाले हैं या बौखलाये हुए हैं। ऐसे विचार या तो ऊल-जलूल हैं या कल्पनाहीन। हमारा मतलब जनता की आर्थिक स्वतन्त्रता से है और इसी के लिए हम राजनीतिक ताकत हासिल करना चाहते हैं। इसमें कोई सन्देह नहीं कि शुरू में छोटी-मोटी आर्थिक माँगों और इन वर्गों के विशेष अधिकारों के लिए हमें लड़ना होगा। यही संघर्ष उन्हें राजनीतिक ताकत हासिल करने के अन्तिम संघर्ष के लिए सचेत व तैयार करेगा।

इसके अतिरिक्त सैनिक विभाग भी संगठित करना होगा। यह बहुत महत्त्वपूर्ण है। कई बार इसकी बुरी तरह जरूरत होती है। उस समय शुरू करके आप ऐसा ग्रूप तैयार नहीं कर सकते जिसके पास काम करने की पूरी ताकत हो। शायद इस विषय को बारीकी से समझाना जरूरी है। इस विषय पर मेरे विचारों को गलत रंग दिये जाने की बहुत अधिक सम्भावना है। ऊपरी तौर पर मैंने एक आतंकवादी की तरह काम किया है, लेकिन मैं आतंकवादी नहीं हूँ। मैं एक क्रान्तिकारी हूँ, जिसके दीर्घकालीन कार्यक्रम सम्बन्धी ठोस व विशिष्ट विचार हैं जिन पर यहाँ विचार किया जा रहा है। 'शास्त्रों के साथी' मेरे कुछ साथी मुझे रामप्रसाद बिस्मिल की तरह इस बात के लिए दोषी ठहरायेंगे कि फाँसी की कोठरी में रहकर मेरे भीतर कुछ प्रतिक्रिया पैदा हुई है। इसमें कुछ भी सच्चाई नहीं है। मेरे विचार वही हैं, मुझमें वही दृढ़ता है और वही जोश व स्पिरिट मुझमें यहाँ है, जो बाहर थी–नहीं, उससे कुछ अधिक है। इसीलिए अपने पाठकों को मैं चेतावनी देना चाहता हूँ कि मेरे शब्दों को वे पूरे ध्यान से पढ़ें।

उन्हें पंक्तियों के बीच कुछ भी नहीं देखना चाहिए। मैं अपनी पूरी ताकत से यह कहना चाहता हूँ कि क्रान्तिकारी जीवन के शुरू के चन्द दिनों के सिवाय न तो मैं आतंकवादी हूँ और न ही था; और मुझे पूरा यकीन है कि इस तरह के तरीकों से हम कुछ भी हासिल नहीं कर सकते। हिन्दुस्तान समाजवादी रिपब्लिकन पार्टी के इतिहास से यह बिल्कुल स्पष्ट हो जाता है। हमारे सभी काम इसी दिशा में थे, यानी बड़े राष्ट्रीय आन्दोलन के सैनिक विभाग की जगह अपनी पहचान करवाना। यदि किसी ने मुझे गलत समझ लिया है तो वे सुधार कर लें। मेरा मतलब यह कदापि नहीं है कि बम व पिस्तौल बेकार हैं, वरन् इसके विपरीत, यह लाभदायक हैं। लेकिन मेरा मतलब यह जरूर है कि केवल बम फेंकना न सिर्फ बेकार, बल्कि नुकसानदायक है। पार्टी के सैनिक विभाग को हमेशा तैयार रहना चाहिए, ताकि संकट के समय काम आ सकें। इसे पार्टी के राजनीतिक काम में सहायक के रूप में होना चाहिए। यह अपने आप स्वतन्त्र काम न करें।

जैसा ऊपर बताया गया है, पार्टी अपने काम को आगे बढ़ाये। समय-समय पर मीटिंगें और सम्मेलन बुलाकर अपने कार्यकर्त्ताओं को सभी विषयों के बारे में सूचनाएँ और सजगता देते रहना चाहिए। यदि आप इस तरह से काम शुरू करते हैं तो आपको काफी गम्भीरता से काम लेना होगा। इस काम को पूरा होने में कम-से-कम बीस साल लगेंगे। क्रान्ति सम्बन्धी यौवन काल के दस साल में पूरे होने के सपनों को एक ओर रख दें, ठीक वैसे ही जैसे गाँधी के (एक साल में स्वराज के) सपने को परे रख दिया था। न तो इसके लिए भावुक होने की जरूरत है और न ही यह सरल है। जरूरत है निरन्तर संघर्ष करने, कष्ट सहने और कुर्बानी भरा जीवन बिताने की। अपना

व्यक्तिवाद पहले खत्म करो। व्यक्तिगत सुख के सपने उतारकर एक ओर रख दो और फिर काम शुरू करो। इंच-इंच कर आप आगे बढ़ेंगे। इसके लिए हिम्मत, दृढ़ता और बहुत मजबूत इरादे की जरूरत है। कितने ही भारी कष्ट व कठिनाइयाँ क्यों न हों, आपकी हिम्मत न काँपे। कोई भी पराजय या धोखा आपका दिल न तोड़ सके। कितने भी कष्ट क्यों न आयें, आपका क्रान्तिकारी जोश ठण्डा न पड़े। कष्ट सहने और कुर्बानी करने के सिद्धान्त से आप सफलता हासिल करेंगे और यह व्यक्तिगत सफलताएँ क्रान्ति की अमूल्य सम्पत्ति होगी।

इन्कलाब-जिन्दाबाद।

2 फरवरी, 1931

हमें फाँसी देने के बजाय गोली से उड़ा दिया जाय

[फाँसी पर लटकाये जाने से 3 दिन पूर्व—20 मार्च, 1931 को—सरदार भगतसिंह तथा उनके सहयोगियों श्री राजगुरु एवं श्री सुखदेव ने निम्नांकित पत्र के द्वारा सम्मिलित रूप से पंजाब के गवर्नर से माँग की थी कि उन्हें युद्धबन्दी माना जाये तथा फाँसी पर लटकाये जाने के बजाय गोली से उड़ा दिया जाय।]

20 मार्च, 1931

प्रति,
गवर्नर पंजाब, शिमला
महोदय,

उचित सम्मान के साथ हम नीचे लिखी बातें आपकी सेवा में रख रहे हैं—

भारत की ब्रिटिश सरकार के सर्वोच्च अधिकारी वाइसराय ने एक विशेष अध्यादेश जारी करके लाहौर षड्यन्त्र अभियोग की सुनवायी के लिए एक विशेष न्यायाधिकरण (ट्रिब्यूनल) स्थापित किया था, जिसने 7 अक्टूबर, 1930 को हमें फाँसी का दण्ड सुनाया। हमारे विरुद्ध सबसे बड़ा आरोप यह लगाया गया है कि हमने सम्राट् जार्ज पंचम के विरुद्ध युद्ध किया है।

न्यायालय के इस निर्णय से दो बातें स्पष्ट हो जाती हैं—

पहली यह कि अंग्रेज जाति और भारतीय जनता के मध्य एक युद्ध चल रहा है। दूसरे यह कि हमने निश्चित रूप में इस युद्ध में भाग लिया, अतः हम युद्धबन्दी हैं।

यद्यपि इस व्याख्या में बहुत सीमा तक अतिशयोक्ति से काम लिया गया है, तथापि हम यह कहे बिना नहीं रह सकते कि ऐसा करके हमें सम्मानित किया गया है। पहली बात के सम्बन्ध में हम तनिक विस्तार से प्रकाश डालना चाहते हैं। हम नहीं समझते कि प्रत्यक्ष रूप में ऐसी कोई लड़ाई छिड़ी हुई है। हम नहीं जानते कि युद्ध से न्यायालय का आशय क्या है? परन्तु हम इस व्याख्या को स्वीकार करते हैं और साथ ही इसे इसके ठीक सन्दर्भ में समझाना चाहते हैं।

युद्ध की स्थिति

हम यह कहना चाहते हैं कि युद्ध छिड़ा हुआ है और यह लड़ाई तब तक चलती रहेगी जब तक कि शक्तिशाली व्यक्तियों ने भारतीय जनता और श्रमिकों की आय के साधनों

पर अपना एकाधिकार कर रखा है—चाहे ऐसे व्यक्ति अंग्रेज पूँजीपति या सर्वथा भारतीय ही हों, उन्होंने आपस में मिलकर एक लूट जारी कर रखी है। चाहे शुद्ध भारतीय पूँजीपतियों के द्वारा ही निर्धनों का खून चूसा जा रहा हो तो भी इस स्थिति में कोई अन्तर नहीं पड़ता। यदि आपकी सरकार कुछ नेताओं या भारतीय समाज के मुखियों पर प्रभाव जमाने में सफल हो जाये, कुछ सुविधाएँ मिल जायें, अथवा समझौते हो जायें, इससे भी स्थिति नहीं बदल सकती, तथा जनता पर इसका प्रभाव बहुत कम पड़ता है। हमें इस बात की भी चिन्ता नहीं कि युवकों को एक बार फिर धोखा दिया गया है और इस बात का भी भय नहीं है कि हमारे राजनीतिक नेता पथ-भ्रष्ट हो गये हैं और वे समझौते की बातचीत में इन निरपराध, बेघर और निराश्रित बलिदानियों को भूल गये हैं, जिन्हें दुर्भाग्य से क्रान्तिकारी पार्टी का सदस्य समझा जाता है। हमारे राजनीतिक नेता उन्हें अपना शत्रु समझते हैं, क्योंकि उनके विचार में वे हिंसा में विश्वास रखते हैं। हमारी वीरांगनाओं ने अपना सब-कुछ बलिदान कर दिया है। उन्होंने अपने पतियों को बलिवेदी पर भेंट किया, भाई भेंट किये, और जो कुछ भी उनके पास था—सब न्योछावर कर दिया। उन्होंने अपने आपको भी न्योछावर कर दिया। परन्तु आपकी सरकार उन्हें विद्रोही समझती है। आपके एजेण्ट भले ही झूठी कहानियाँ बनाकर उन्हें बदनाम करें और पार्टी की प्रतिष्ठा को हानि पहुँचाने का प्रयास करें, परन्तु यह युद्ध चलता रहेगा।

युद्ध के विभिन्न स्वरूप

हो सकता है कि यह लड़ाई भिन्न-भिन्न दशाओं में भिन्न-भिन्न स्वरूप ग्रहण करे। किसी समय यह लड़ाई प्रकट रूप ले ले, कभी गुप्त दशा में चलती रहे, कभी भयानक रूप धारण कर ले, कभी किसानों के आन्दोलन के रूप में जारी रहे और कभी यह घटना इतनी भयानक हो जाये कि जीवन और मृत्यु की बाजी लग जाये। परन्तु यह लड़ाई जारी रहेगी। इसमें छोटी-छोटी बातों पर ध्यान नहीं दिया जायेगा। बहुत सम्भव है कि यह युद्ध भयंकर स्वरूप ग्रहण कर ले। पर निश्चय ही यह उस समय तक समाप्त नहीं होगा जब तक कि समाज का वर्तमान ढाँचा समाप्त नहीं हो जाता, प्रत्येक स्थिति में परिवर्तन या क्रान्ति नहीं हो जाती और मानवीय सृष्टि में एक नवीन युग का सूत्रपात नहीं हो जाता।

अन्तिम युद्ध

निकट भविष्य में अन्तिम युद्ध लड़ा जायेगा और यह युद्ध निर्णायक होगा। साम्राज्यवाद व पूँजीवाद कुछ दिनों के मेहमान हैं। यही वह लड़ाई है जिसमें हमने

प्रत्यक्ष रूप से भाग लिया है। हम अपने पर गर्व करते हैं, किन्तु इस युद्ध को न तो हमने प्रारम्भ ही किया है और न यह हमारे जीवन के साथ समाप्त ही होगा। हमारी सेवाएँ इतिहास के उस अध्याय में लिखी जायेंगी जिसको यतीन्द्रनाथ दास और भगवतीचरण के बलिदानों ने विशेष रूप से प्रकाशमान कर दिया है। इनके बलिदान महान् हैं। जहाँ तक हमारे भाग्य का सम्बन्ध है, हम जोरदार शब्दों में आपसे यह कहना चाहते हैं कि आपने हमें फाँसी पर लटकाने का निर्णय कर लिया है। आप ऐसा करेंगे ही, आपके हाथों में शक्ति है और आपको अधिकार भी प्राप्त है। परन्तु इस प्रकार आप जिसकी लाठी उसकी भैंसवाला सिद्धान्त ही अपना रहे हैं—और आप उस पर कटिबद्ध हैं। हमारे अभियोग की सुनवायी इस बात को सिद्ध करने के लिए पर्याप्त है कि हमने कभी कोई प्रार्थना नहीं की और अब भी हम आपसे किसी प्रकार की दया की प्रार्थना नहीं करते। हम आपसे केवल यह कहना चाहते हैं कि आपकी सरकार के ही एक न्यायालय के निर्णय के अनुसार हमारे विरुद्ध युद्ध जारी रखने का अभियोग है। इसी स्थिति में हम युद्धबन्दी हैं, अतः इस आधार पर हम आपसे माँग करते हैं कि हमारे प्रति युद्धबन्दियों-जैसा ही व्यवहार किया जाये और हमें फाँसी देने के बदले गोली से उड़ा दिया जाये।

अब यह सिद्ध करना आपका काम है कि आपको उस निर्णय में विश्वास है जो आपकी सरकार के एक न्यायालय ने किया है। आप अपने कार्य द्वारा इस बात का प्रमाण दीजिये। हम विनयपूर्वक आपसे प्रार्थना करते हैं कि आप अपने सैनिक-विभाग को आदेश दे-दें कि हमें गोली से उड़ाने के लिए एक फौजी टोली भेज दी जाये।

भवदीय,

भगतसिंह, राजगुरु, सुखदेव

◆

बलिदान से पहले साथियों को अन्तिम पत्र

22 मार्च, 1931

साथियो,

स्वाभाविक है कि जीने की इच्छा मुझमें भी होनी चाहिए, मैं इसे छिपाना नहीं चाहता। लेकिन मैं एक शर्त पर जिन्दा रह सकता हूँ, कि मैं कैद होकर या पाबन्द होकर जीना नहीं चाहता।

मेरा नाम हिन्दुस्तानी क्रान्ति का प्रतीक बन चुका है और क्रान्तिकारी दल के आदर्शों और कुर्बानियों ने मुझे बहुत ऊँचा उठा दिया है—इतना ऊँचा कि जीवित रहने की स्थिति में इससे ऊँचा मैं हर्गिज नहीं हो सकता।

आज मेरी कमजोरियाँ जनता के सामने नहीं हैं। मगर मैं फाँसी से बच गया तो वे जाहिर हो जायेंगी और क्रान्ति का प्रतीक-चिह्न मद्धिम पड़ जायेगा या सम्भवतः मिट ही जाये। लेकिन दिलेराना ढंग से हँसते-हँसते मेरे फाँसी पर चढ़ने की सूरत में हिन्दुस्तानी माताएँ अपने बच्चों के भगतसिंह बनने की आरजू किया करेंगी और देश की आजादी के लिए कुर्बानी देनेवालों की तादाद इतनी बढ़ जायेगी कि क्रान्ति को रोकना साम्राज्यवाद या तमाम शैतानी शक्तियों के बूते की बात नहीं रहेगी।

हाँ, एक विचार आज भी मेरे मन में आता है कि देश और मानवता के लिए जो कुछ करने की हसरतें मेरे दिल में थीं, उनका हजारवाँ भाग भी पूरा नहीं कर सका। अगर स्वतन्त्र, जिन्दा रह सकता तब शायद इन्हें पूरा करने का अवसर मिलता और मैं अपनी हसरतें पूरी कर सकता।

इसके सिवाय मेरे मन में कभी कोई लालच फाँसी से बचे रहने का नहीं आया। मुझसे अधिक सौभाग्यशाली कौन होगा? आजकल मुझे स्वयं पर बहुत गर्व है। अब तो बड़ी बेताबी से अन्तिम परीक्षा का इन्तजार है। कामना है कि यह और नजदीक हो जाये।

आपका साथी,
भगतसिंह